André Kubiczek, geboren 1969 in Potsdam, studierte Germanistik in Leipzig und Bonn und lebt als freier Schriftsteller in Berlin. Seit dem Erscheinen seines Debütromans «Junge Talente» (rororo 23448) gilt er als einer der profiliertesten Autoren seiner Generation. Im Rowohlt Taschenbuch Verlag ist außerdem «Die Guten und die Bösen» (rororo 23363) erschienen.

André Kubiczek

# Oben leuchten die Sterne

Roman

Rowohlt Taschenbuch Verlag

Die Arbeit des Autors am vorliegenden Text wurde
durch den Deutschen Literaturfonds e. V. gefördert.

Veröffentlicht im Rowohlt Taschenbuch Verlag,
Reinbek bei Hamburg, März 2008
Copyright © 2006 by Rowohlt · Berlin
Verlag GmbH, Berlin
Umschlaggestaltung any.way, Barbara Hanke/Cordula Schmidt
(Foto: Premium/Hill Creek)
Satz Berthold Garamond PostScript, InDesign,
bei Pinkuin Satz und Datentechnik, Berlin
Druck und Bindung Druckerei C. H. Beck, Nördlingen
Printed in Germany
ISBN 978 3 499 24040 9

Für Nike

«Feuer, Feuer»
Xmal Deutschland

Teil 1

# IG Metallica

# Plan B

**Es schien, als würde** sich das Auto langsam nähern, doch in Wirklichkeit war seine Geschwindigkeit enorm. Es kam aus dem Nichts des rasenden Verkehrs, war plötzlich da, im rechten Seitenspiegel, sehr rot, sehr groß und also sehr nahe, behielt für Sekunden diese Größe bei, bevor es abermals beschleunigte, noch größer wurde, kurz verschwand, um im nächsten Moment links an ihnen vorbeizuschießen, schlingernd schon, was vom Versuch des Fahrers zeugte, gegenzulenken. Dann bremste er abrupt, die Räder pflügten über die Fahrbahn, und dort, wo die Spur verbrannten Gummis einsetzte, stand einen Augenaufschlag lang eine schwarze Qualmwolke senkrecht über dem Bitumen.

Aber der Fahrer hatte längst die Kontrolle verloren und würde sie auch nicht zurückerlangen, und so war das missratene Bremsmanöver nicht mehr als der Ausdruck eines verzweifelten Willens zur Tat, bevor das Unausweichliche seinen Lauf nahm und der Wagen frontal mit dem Betonsockel der Avus-Zuschauertribüne kollidierte. Bevor das Fahrzeug zurückprallen konnte, um ihnen in die Seite zu krachen, trat Rock das Gaspedal durch, während er gleichzeitig das Lenkrad nach links riss, und der alte VW-Bus, Typ T3, war, wenn auch kurzzeitig aus dem Gleichgewicht gebracht, am Unfallort vorbeigezogen.

«Heilige Scheiße», sagte Bender und sah sich über die Schulter nach hinten um, wo das Unglück noch in vollem Gang war und nunmehr alle drei Spuren der Autobahn in Beschlag nahm, was den nachmittäglichen, aus Berlin drängenden Ferienverkehr für eine beträchtliche Zeit zum Stehen bringen würde.

«Was war das, ein Ferrari?», sagte Rock und kuckte in den Rückspiegel.

«Keine Ahnung», sagte Bender, «vielleicht 'ne Corvette?»

Es war Sommer, und trotzdem sah der Himmel aus, wie die Matratze auf ihrem Balkon ausgesehen hatte, vermodert, verrottet, als spiegele sich in ihm die Welt, über der er hing. Eine legendäre Matratze auf einem baufälligen Balkon, damals, in ihrer Studentenzeit, als sie zusammen in einer Wohngemeinschaft gelebt hatten.

Jetzt waren sie unterwegs zu Dusch. Irgendwer hatte ihn auf eine ihrer Partys mitgebracht, die sie meist gaben, um sich billig zu betrinken. Manchmal hatte jemand Geburtstag oder eine Seminararbeit zu Ende gebracht oder eine Kommilitonin geschwängert. Sie wohnten im vierten Stock an einem Park nördlich des Berliner Zentrums. Damals hatte es den Fischladen an der Ecke noch gegeben und Leute, die aussahen, als wären sie in den zerkrümelnden Häusern geboren worden. Es waren die Einzigen, die im Schnapsladen im Parterre einkauften, wo das Bier doppelt so teuer war wie im Supermarkt hundert Schritte weiter. Zuerst waren diese Leute verschwunden. Sie hinterließen nur die Siegel des Finanzamts an den Türen ihrer Wohnungen, in die nach ein paar Wochen junge Paare einzogen, denen Eltern die Möbel hochschleppten. Mit den Leuten verschwanden ihre dreibeinigen Hunde, ihre dreirädrigen Kinderwagen, die Steppdecken, Matratzen und Holzhaufen neben den Mülltonnen. Keiner konnte sagen, wohin.

«Dusch!», hatte Dusch gesagt und Rock die ausgestreckte Hand hingehalten.

«Dusch?», sagte Rock und sah sich nach Beistand um. Sie standen in der Küche, wo die Gäste den mitgebrachten Alkohol abstellten.

«Cooler Name», sagte Bender.

«Yeah», sagte ein anderer. Sie sprachen damals alle in einer Art Comic-Sprache, ein bisschen Bart Simpson, ein bisschen Beavis & Butthead.

«Hey, Alter», sagte Rock und schlug ein.

Bender und Rock, der eigentlich Hannes Buntrock hieß, hatten sich an ihrem ersten Uni-Tag kennen gelernt, Anfang der Neunziger. Sie waren beide Landeier, beide zwanzig, und das Seminar, für das sie sich eingeschrieben hatten, versprach eine Einführung in die amerikanische Literatur. Es sollte um vierzehn Uhr beginnen, doch als kurz vor drei noch immer kein Dozent erschienen war und sich die Kommilitonen längst verzogen hatten, ging auch ihnen auf, dass es ausfallen würde. Also stellten sie sich einander vor, recht förmlich zuerst, was an der beiderseitigen Angst liegen mochte, der andere könne an einem falschen Zungenschlag oder einer falschen Geste den Provinzler erkennen. Und es bedurfte in der Tat nicht vieler Worte, bis sie auf Ähnlichkeiten ihrer Herkunft stießen, deren augenfälligste das bergige Land bildete, in dem beide groß geworden waren, Bender im Harz, Rock im wesentlich milderen Schwarzwald.

Die Basis war hergestellt, jetzt galt es, so lange nicht aufzufallen, bis sich ein neuer Schwall von Dorftrotteln in die

Stadt ergoss, was spätestens mit Beginn des nächsten Semesters geschehen würde.

Um auf ihre Bekanntschaft anzustoßen, gingen sie in den Uni-Keller. Es war der erste Fehler ihrer noch jungen akademischen Karrieren. Hier roch es wie in den Ausflugskneipen der Kindheit: nach Scheuersalz, verschüttetem Bier und kaltem Rauch. Sie tranken halbe Liter und spielten am Indiana-Jones-Flipper, bis ihnen die Münzen ausgingen. Anschließend versackten sie in einem Retro-Klub in Mitte, rappelten sich dort gegen sechs Uhr morgens aus den Plastik-Sitzeiern hoch und nahmen zum Abschluss des Tages ein schnelles Frühstück bei Konnopke ein, unter den Hochbahngleisen der Schönhauser Allee, Currywurst geschnitten, dazu ein kleines Schultheiss.

So also stellte er sich dar, der Beginn ihrer Freundschaft. Eine Woche später zog Bender zu Rock in die Wohnung am Rande des Parks, und das Unheil nahm seinen Lauf.

Dabei war lange alles in Ordnung gewesen. Sogar jetzt, da sie die Stadtgrenze passiert hatten und doch beide insgeheim am Sinn dieser Fahrt zu zweifeln begannen, keine Dreiviertelstunde nachdem sie aufgebrochen waren, sogar jetzt war eigentlich nichts verloren. Aber es war bislang auch nichts gewonnen worden. Sie kannten sich seit mehr als zehn Jahren, und, genau, das war der Punkt: Es war noch nichts gewonnen worden. Das war der Kern des Unbehagens, das sie aber nie so genannt hätten, denn Worte wurden wegen so einem Quatsch nicht gemacht, klar.

Und: Es war natürlich kein Unheil, was da seinen Lauf nahm. Es war nur das Übliche, was einsetzte und sich mit dem üblichen Blabla beschreiben ließe, eine ums Metaphysische abgespeckte Version dessen, das sie an der Uni auszuwerten versuchten, der klassischen Literatur. All der zwi-

**14**

schenmenschliche Kram: Beziehungen, Liebe etc., der zu einem vernünftigen Plot gehörte und wahrscheinlich auch zu einem akzeptablen Leben, dieses Klein-Klein, das für Wahrhaftigkeit stand, fürs Authentische, all die unnötigen Konflikte eben, die den Rang der wirklichen beanspruchten. Die Zermürbungsmaschine, zu der das alles wurde und die einem den Alltag zu einer schmierigen Paste mahlte. Dann das Unausweichliche: Geld natürlich, d. h. Geldmangel, Jobs, die daraus folgten und Kündigungen, und dann alles von vorn. Das Wichtige – was immer das einmal gewesen sein mochte – nicht mal mehr nebensatztauglich, nicht gestorben oder obsolet, sondern: einfach weg. Was sollte man auch damit, wo es doch um Kleineres gehen konnte. Um Kommunikationsprobleme zum Beispiel, zwischen den Geschlechtern: nicht sprechen zu können, worüber zu sprechen nicht lohnte. Worüber zu sprechen man dennoch ständig genötigt wurde. Missverständnisse deswegen, zwischenmenschlicher Quark, lächerlich, Blödsinn, aber zur Katastrophe aufgeblasen. Sowieso – das ganze Private.

Dabei war nichts wirklich schlimm: existenziell, um es so zu sagen. Ein paarmal am Minimum entlangschrammen, ohne es zu unterschreiten, das höchste der Gefühle. Oder zusammengefasst: dämliche Geschichtchen, mit denen sich Tausende Seiten füllen ließen. Das brachte es einfach nicht.

Deshalb nur so viel: Irgendwann waren unsere Freunde einfach zu alt, um noch länger in einer WG zu wohnen. Der ernsthafte Teil des Lebens stand bevor, der, in dem man sich um allen möglichen Kram kümmern musste. Sie waren beide knapp dreißig, als sie die Sache auflösten, das Haus sollte ohnehin saniert werden, es war das einzige in ihrer Straße, von dem der Putz noch bröckelte. Wurde schon peinlich in letzter Zeit, dort reingehen zu müssen, in diese Einfahrt, grau und beschmiert, kein richtiges Klingelbrett, man kam sich manchmal selber vor wie einer der Penner, die wegen Mietschulden als Erstes rausgekickt worden waren und mit denen man damals noch Mitleid gehabt hatte. Zentralheizung sollte jetzt rein, gekacheltes Bad, weiße Raufasertapete an die Wände usw. Es gab da eine Ankündigung des Vermieters – Miete vorher, nachher –, und das war dann ein bisschen zu viel, das war, bei aller Liebe, nicht mehr drin.

Bender war als Erster mit dem Studium fertig. Nicht, dass er es beendet hatte, es war mehr so ausgelaufen. Seitdem schlug er sich durch, konnte ja nicht schlecht schreiben, d. h. ganz gut formulieren, bester Abituraufsatz seines Jahrgangs, über Brecht und sein Verhältnis zu irgendwas. Hier mal ein Artikel, da mal eine kleine Rezension, Wurstblätter zumeist, keine Handbreit mehr Niveau als die kostenlosen Stadtteil-Zeitungen. Ein paar Klitschen im Internet nebenbei, für die er Mobiltelefone testete. Stapelweise standen die Verpackungen in seinem Zimmer rum und rochen gut, wenn er sie öffnete. Bisschen auf den Tasten rumdrücken, bisschen was lesen, was andre darüber geschrieben hatten, und das dann zusammenfassen: *contentprovider.* Möglichst viele Silben pro Minute, um den Stundenlohn zu heben. Keine Rentenversicherung, kein Anrecht auf Arbeitslosengeld, kein Nichts. Allerfeinstes *freelance*-Proletariat. Immerhin: Es reichte zwar nicht, um die alten Schulden abzuzahlen, es kamen aber keine neuen dazu. Vielleicht schaffte man ja eines Tages den Durchbruch und wurde entdeckt von einer richtigen Zeitung. Allerdings schmissen auch die ihre Leute raus, doch es konnte ja nicht immer so weitergehen, irgendwann musste die Konjunktur ja wieder einsetzen, der Aufschwung, und dann würde man auch unten etwas merken.

Bender zum Beispiel, und die, die noch tiefer standen auf der Leiter des sozialen Prestiges.

Natürlich ging es nicht um Prestige, es ging hauptsächlich um Geld. War zwar alles neu eingeteilt worden, das mit den Klassen, war ja nicht mehr primär eine Frage von Arm oder Reich, ging jetzt eher um sozio-kulturelle Zugehörigkeit, wie Soziologen entdeckt hatten, die aus der Abteilung Freizeit-forschung. Der Spaß allerdings hielt sich in Grenzen, wenn man sich wegen ein paar Schrippen den Kopf zerbrechen musste. Doch das Gute an Berlin war: Wenn es einem mal mies ging, stieg man runter auf die Straße und kuckte ein Weilchen umher und fand genug Leute, die schlechter dran waren, denen man das schon ansah, Typen mit Grind im Gesicht, die Sternburg-Pils soffen. Um sich keine Gedanken machen zu müssen, wegen der Schrippen womöglich, denn Bier is schließlich ooch Stulle, wie der Berliner sagt.

Ja, Berlin war schon cool.

Rock hatte es um einiges besser getroffen. Seine Eltern waren nett, sprachen selbstverständlich den badischen Dia-lekt, den er sich mühevoll abtrainiert hatte, und staunten mit offenen Mündern über die Veränderungen in der Stadt, wenn sie zweimal pro Jahr zu Besuch kamen. Sie bezahl-ten seine Miete, gaben ihm Geld für Klamotten etc. Recht bequemes Leben, alles in allem. Eines Tages aber, vor ca. zwei Jahren, Rock steckte gerade in den Vorbereitungen für eine Zwischenprüfung, erfuhr er, dass er demnächst Vater werden würde. Großes Gejammer natürlich, die Prüfungen in Gefahr, das Studium, überhaupt sein gesamter Lebensent-wurf, auch wenn der nicht sehr konkret gewesen war bis zu diesem Tag. Und dann an diese Frau gekettet zu sein, lebens-lang, durch das Kind, diese Frau, die sich partout weigerte, den Fötus abzutreiben, obwohl Rock sie bekniete, Woche für

Woche, bis legal nichts mehr zu machen war. Er saß in der Falle, so erzählte er es jedenfalls Bender, der den größten Teil des Gejammers abkriegte.

Gleich nach der Niederkunft dann die Wende, 180 Grad: Rock führte sich auf wie der perfekte Vater, süßestes Töchterchen der Welt, wahrscheinlich irgendwas Hormonelles, Beschützerinstinkt, Nest bauen müssen. Die Großeltern waren gerührt, finanzierten die Erstausstattung und sicherten Geld zu, das dem glückstrunkenen Rock weitere Jahre seines provisorischen Lebensstils ermöglichen würde.

Binsenweisheit: Mit dem Glück ist das so eine Sache. Es schleift sich ab, man gewöhnt sich dran, es geht einfach flöten. Kinder bekommen Allergien, kosten mehr Geld, als man dachte, und das gespannte Verhältnis zur Kindesmutter ist auch nicht ohne.

War ja anfangs eine prima Ausrede gewesen, noch langsamer zu studieren, schildkrötenschnell, sozusagen, dieses Gleichnis, Achill und die Schildkröte, ließ sich auf Partys immer zum Besten geben, wenn das Gespräch auf die Semesteranzahl kam. Dieses Paradoxon. Die meisten kapierten es auch, Lachen entlastet.

Kurz gesagt: Es ging bei unseren beiden Freunden nicht besonders gradlinig voran.

Duschs Leben war so etwas wie das Gegenteil von alledem. So kam es zumindest Bender und Rock vor, wenn sie sich mit ihm verglichen. Zugegeben, sie wussten nicht viel über ihn, und möglicherweise war die Faszination, die er ausübte, einem Mangel an Informationen geschuldet. Was sie wussten, war Folgendes (und selbst das war nicht verbürgt): Er musste jetzt Mitte dreißig sein und ging keinem eigentlichen Beruf nach. Er machte irgendwie Kunst, wobei er sich das

Handwerkliche selber angeeignet hatte, ein Autodidakt, vielleicht ein Stümper, von denen es viele gab, doch in Duschs Fall war es egal, denn er hatte den entscheidenden Vorteil, von der Kunst nicht leben zu müssen. Und das verdankte er seinem Großvater, der in den fünfziger Wirtschaftswunderjahren eine jener kleinen, genialischen Tüfteleien zum Patent angemeldet hatte, ohne die die Menschheit bis dato zwar hatte leben können, die nichtsdestotrotz eine enorme Hilfe im Alltag darstellten. Erfindungen, die schon nach ein, zwei Jahren mit solcher Selbstverständlichkeit in jedem Haushalt anzutreffen waren, dass niemand einen Erfinder dahinter vermutet hätte. Keiner wusste, worum genau es sich dabei handelte. Duschs Andeutungen ließen immerhin den Schluss zu, dass die Sache nicht ganz so simpel war wie die berühmten Fotoecken, aber weit weniger komplex als Fischer-Dübel. Und dieses Patent warf Geld ab, noch und noch, Geld, das Dusch allein zur Verfügung stand, denn als Einzelkind aufgewachsen, waren ihm in der Pubertät die Eltern weggestorben, wenig später gefolgt vom geschäftstüchtigen Großvater. In einem Alter, in dem andere sich eine Lehrstelle suchen mussten, besaß Dusch ein Vermögen. Das Letzte, was Bender und Rock über ihn gehört hatten, über weiß Gott welche Buschfunker, war, dass er alleine in einer ehemaligen Schule im Schwarzwald wohnte, zwei Etagen, Fachwerk, und sich aus Italien Marmorblöcke liefern ließ, die er zu Staub zermahlte. Keine schlechte Geschichte, klang nicht nach Stress und Maloche, von wegen sich den Lebensunterhalt finanzieren müssen.

Kurz vor den Sommerferien war Duschs Brief eingetroffen, seltsam altmodisch wirkende, von Hand geschriebene Zeilen, an Bender adressiert, der mittlerweile Mühe hatte, Buchstaben zu entziffern, die nicht auf einem Monitor standen. Der

Eindruck schwerer Tinte, wie mit dem Federkiel hingekratzt, handgeschöpftes Bütten, das obligatorische Wasserzeichen, das dem edlen Papier Tiefe verlieh. Ein Emblem: Hammer und Meißel gekreuzt, das Ganze wahrscheinlich ein Abfall-produkt künstlerischen Müßiggangs.

Er habe Langeweile, schrieb Dusch dann auch tatsäch-lich, und eine kreative Pause eingelegt, nicht ganz freiwillig. In seinem Haus inmitten herrlichster Natur sei Platz genug, und da die Urlaubszeit bevorstehe, lade er sie in den schö-nen Süden Deutschlands ein. Ihm selber käme Gesellschaft sehr zupass, falls sie also noch keine Pläne hätten, dann ... sehr herzlich, sehr gern. Außerdem sei er ihnen noch etwas schuldig, wegen damals.

Er meinte eben jene Party, auf der Dusch bei ihnen auf-getaucht war, eine typische Studentenparty. Man kannte höchstens ein Drittel der Leute, der Rest waren mitgebrachte Freunde, die verklemmt in den Ecken standen. Wenn mal ein Gespräch aufkam, dann über Professoren, die komischer-weise alle kannten, über Scheine, Prüfungsordnung, den ganzen Mist. Im Hintergrund abwechselnd Off-Beats und schmierige Gitarrenmusik mit deutschen Texten, saurer Wein dazu und das zweitbilligste Flaschenbier, pisswarm aus der Badewanne. So war die Party angelaufen, und so lief sie ab, besoffen wurde man trotzdem, und nur darum ging es.

Dusch hatte sich vorgestellt und war irgendwann im Ge-tümmel verschwunden, oder Bender und Rock hatten ihn abgewimmelt, das ließ sich nicht mehr genau rekonstruie-ren. War ja durchaus ein komischer Typ, mit seinem Nadel-streifenanzug und dem weißen Hemd, die Haare streng nach links gescheitelt, fast militärisch, und obendrein blond. Plus: blaue Augen, etwas glasig zwar, schon als er ankam, aber immerhin. Das war nicht unbedingt kompatibel mit dem

Secondhand-Stil der anderen Gäste, mit den ausgeleierten Trainingsjacken und Schlag-Cordhosen.

Es war gegen eins, als an der Wohnungstür Sturm geklingelt wurde. Scheiße, hatte Bender gedacht, die Bullen. Es war nicht das erste Mal, dass ihnen die neuen Nachbarn die Polizei auf den Hals hetzten.

Vor der Tür standen zwei junge Männer, weiße Kittel, orange Westen, eine Trage unterm Arm: die Rettungssanitäter. Ob sie hier richtig seien, bei Bender und Buntrock? Klar, stand ja groß auf dem Klingelschild.

Die beiden rempelten Bender rüde aus dem Weg und traten in den Flur, wo plötzlich eine hysterische Studentenziege stand, ein Telefon in der Hand, und wimmernd auf die Tür des hinteren Zimmers deutete, Benders Zimmer, wo etwas passiert sein musste. Bender mutmaßte: Kreislaufkollaps infolge Drogenkonsums, damit gab es gewisse Erfahrungen. Insulinmangel, fiel Rock noch auf dem Weg ins hintere Zimmer ein, aber nichts dergleichen, kein Unfall aus Nachlässigkeit. Nein, dazu gab es dann doch zu viel Blut.

Es hatte einen Typen erwischt, den unsere Freunde unter sich Kadaver nannten, ein Spitzname, den er seinem fahlen Teint verdankte. Kadavers Gesicht war geschwollen, das rechte Auge komplett zu, an der Braue darüber eine Platzwunde, aus der es tropfte, enervierend langsam und rhythmisch, aufs Jochbein. Die Mundpartie ließ sich nicht richtig erkennen, es brannten überall nur Teelichter, und die Deckenlampe ging nicht, verschmiert jedenfalls sah sie aus, eine Mischung aus Rotz und dem frischen Blut, das vom Jochbein dort ankam.

Kadaver grinste schief, als unsere Freunde den Raum betraten. Er saß auf dem Boden, den Rücken an Benders Buchregal gelehnt. Die Arme hingen schlaff zur Seite runter, er schämte sich anscheinend seiner Lage, musste genäht werden, war aber Manns genug, nicht auf die Trage zu steigen, der blöde Sack. Der hatte sowieso mal eins auf die Fresse verdient, der Dummschwätzer, ein flüchtiger Bekannter aus dem ersten Semester. Das Problem war: Er mochte Bender und Rock, aber sie konnten ihn nicht leiden. Er hing trotzdem immer bei ihnen rum, war aus Mitleid geduldet und half wehrlosen Studentinnen seine kruden Linguistik-Ansichten über.

Dann endlich war die ganze Bande abgezogen, Sanitäter, Opfer, verängstigte Gäste. Zeit, um die Sachschäden zu inspizieren, die sich allerdings in Grenzen hielten. Eine kleine rote Lache am Fuß des Buchregals – als sei was aus dem Macbeth-Band gesickert, der knapp darüber stand – war schnell weggewischt, und gerade wollten sie sich hinsetzen zu einem letzten Bier in Ruhe, da stand wer plötzlich im Türrahmen? Genau: Dusch!

Es war sofort klar, dass er den armen Kadaver so zugerichtet hatte. Dusch hatte immer noch glasige Augen, war jedoch nach wie vor korrekt gekleidet, abgesehen von ein paar Blutschlieren auf dem Weiß des Oberhemds. Lediglich die Haare hingen ihm jetzt ins Gesicht, als er sie nach einem Bier fragte, während er sich mit der rechten Hand die linke rieb. Das Ganze sah aus wie eine Entschuldigung, nicht an Kadaver gerichtet natürlich, sondern an sie, von wegen der Umstände.

Dusch fragte also nach einem Bier, nicht so, als wenn nichts passiert sei, aber recht entspannt, bekam sein Bier, setzte sich zu ihnen auf den Boden und begann zu trinken, fast genüsslich, was bei der warmen Plörre was heißen wollte. Nach dem dritten, vierten Schluck fragte er, ob da was nachkommen könne, Anzeige wegen Körperverletzung oder

Ähnliches, und was das für ein Typ sei, den er da zusammen-
gefaltet habe.

Rock sagte sofort, er werde mit Kadaver reden, der sei
ziemlich umgänglich, auch wenn er manchmal stinke und
oft dummes Zeug rede.

«Danke!», sagte Dusch, trank sein Bier aus und machte
sich zum Gehen fertig. An der Tür sagte er noch: «Man sieht
sich», und war weg.

Kadavers Gesicht war bunt und leicht geschwollen, als ihn
Rock am nächsten Tag besuchte. Vier Stiche hielten seine
Braue zusammen. Rock überreichte ihm einen Blumenstrauß und eine Flasche Wodka, mittlere Preislage, und setzte
ein Lächeln auf, ebenfalls mittlere Preislage, als er ihn fragte,
wie es gehe.

Wider Erwarten war Kadaver ziemlich guter Dinge. Er
sehe ja jetzt relativ gefährlich aus für einen Linguisten, M. A.,
sagte er.

Kein Gedanke an eine Anzeige, er wollte ums Verrecken
nichts mit der Polizei zu tun haben, war also im Grunde
doch ganz in Ordnung.

Abends dann, beim Resümieren, sagte Rock, der habe ja
schon ziemlich sexy ausgesehen, dieser Typ: der Anzug, das
Blut am Hemd, die aus der Form geratene Frisur, d. h., auf
Nachfrage Benders, wenn er, Rock, eine Frau wäre, hätte er
das ziemlich sexy gefunden, dass da keine Missverständnisse
aufkommen.

Seither bekamen sie von Dusch drei, vier Postkarten im
Jahr, was für eine lockere Partybekanntschaft erstaunlich
war, außergewöhnlich viel, zumal weder Rock noch Bender
je geantwortet hatten, Weihnachtsgrüße, Grüße zu Neujahr,
Pfingsten, Ostern. Umso überraschter also waren unsere
beiden Freunde, als sie knapp fünf Jahre nach der Party die

Einladung in den Schwarzwald erhielten: sehr förmlich, sehr stilvoll, wenn man auf diesen pseudo-noblen Quatsch stand.

Noch wenige Jahre zuvor wäre es ihnen im Traum nicht eingefallen, ein solches Angebot anzunehmen, und der schlichte Grund hätte gelautet: Es sei spießig. Punkt. Aber die Zeiten ändern sich, und wenn man sich ab einem bestimmten Alter um allen möglichen Kram kümmern muss, Sie wissen schon, wächst auch das Bedürfnis, das Ganze mal für eine Weile hinter sich zu lassen, und allmählich steigt man hinter den Sinn des *Konzepts* Urlaub, das man bis dahin immer verachtet hatte.

Sie waren gerade dabei, ein Auto zu organisieren, als Bender einen Anruf seines Vaters erhielt: Der Großvater sei verstorben, friedlich, vierundachtzigjährig, die Beerdigung finde dann und dann statt, das Testament werde am Tag darauf eröffnet.

Als ihm Bender dies mitteilte, fiel auch Rock ein, dass er lange nicht mehr bei seiner Familie gewesen war. Immerhin verdankte er ihr einiges. Wahrscheinlich hatte er sich in den letzten Jahren so distanziert verhalten, um seine Abhängigkeit geringer erscheinen zu lassen, wenn er sie schon nicht hinter sich lassen konnte. Was lag näher, als das Angenehme mit dem Nützlichen zu verbinden, die Pflicht mit der Erholung, und sich nach den familiären Anstrengungen für einige Zeit bei Dusch auszuruhen.

Das war also der Plan: erst ein kurzer Besuch in Benders Geburtskaff, lag ja quasi auf dem Weg, ein kleines Zimmer in einer Pension anmieten, war ja billig, wollte ja keiner mehr dorthin, trotz des Harzes, der Felsenschluchten, des Wildbachs, an dessen Ufer Goethe schon gesessen und die Natur bedichtet hatte. Für eine halbe Woche vielleicht, dann den Großvater unter die Erde bringen, Tanten treffen und vor allem: so tun, als ginge es einem gut. Möglicherweis erbte Bender sogar eine Kleinigkeit, und wenn Rock mitkäme, zum Händchenhalten sozusagen, ließ sich all das relativ unbeschadet überstehen. Danach tief in den Südwesten runter, kurze Visite bei Rocks Eltern, höchstens eine Woche, und dann: nichts wie weg. Duschs Schulhaus, das eigentliche Ziel ihrer Reise, war von dort nur einen Katzensprung entfernt.

Den nächsten Tag waren sie mit Organisieren beschäftigt, ein weiterer Nachteil, wenn man über dreißig war, man musste da und dort Bescheid sagen, entweder, damit andere sich um den ganzen Kram kümmerten, Versicherungen, Steuer, Kinder, weiß der Geier, oder damit die Stellen, die verlangten, dass man sich persönlich darum kümmerte, Aufschub gewährten, man musste Stellvertreter finden und Ersatzleute, man musste ein potemkinsches Dorf errichten, in dem einen die anderen auch dann noch vermuteten, wenn man längst woanders war.

So begannen Abenteuer dieser Tage.

## Mitte von Nichts

**Das Wetter in diesem Sommer** war seltsam. Regen seit Wochen, der aus schweren Wolken fiel, die in Fronten den Himmel okkupierten, keine Sonne, und das Mitte Juli. Alle, die in der Stadt verblieben waren, litten unter Depressionen: Lichtentzug, Wärmemangel. Sie litten stärker als unter der drückenden Hitze im Jahr zuvor. Die Nachrichten waren ein einziger Wetterbericht, viel mehr passierte anscheinend nicht auf der Welt.

«Heilige Scheiße», sagte Bender und sah sich über die Schulter nach hinten um.

«Was war das, ein Ferrari?», sagte Rock und kuckte in den Rückspiegel.

«Keine Ahnung, vielleicht 'ne Corvette?»

Rock behielt den Fuß auf dem Gas, und sie waren in fünfzehn Sekunden von 90 auf 110, mehr schaffte der alte VW nicht. Wegen des Ausweichmanövers hatte sich Rocks Leinen-Seesack gelöst und rollte über die Ladefläche des T3, bis ihn Benders beigefarbener Kunstlederkoffer stoppte. In einer faltbaren Plastikkiste hatten sie alles abgeworfen, was entfernt an Camping erinnerte, unter anderem einen Hirschfänger, Kochgeschirr aus Aluminium, Tabletten zur Wasseraufbereitung, die aussahen, als müssten sie selbst aufbereitet werden, einen Verbandskasten und nicht zuletzt ein zerschlissenes Zweimannzelt aus fernen Kindheitstagen, als man noch aus Abenteuerlust außerhalb fester Wände übernachtet hatte und nicht aus Geldmangel. Den Rest ihres Gepäcks bildete ein Grundstock an Proviant, der aus einer Palette No-Name-Bier in Büchsen und einer Jumbo-Tüte voll einfallslos zusammengekaufter Konserven bestand: Ravioli, Linsensuppe mit Würstchen, alles lagerfeuerkompatibel. Man konnte nie wissen.

«Vielleicht hätten wir anhalten sollen», sagte Rock.

«Quatsch», sagte Bender, «wir warn doch nicht beteiligt.»

«Aber fast», sagte Rock.

«Eben», sagte Bender, «und genau das ist der Unterschied.»

Am Horizont wurde der Unfallort kleiner und war schließlich ganz verschwunden. Vermutlich hatte es bereits diverse Auffahrunfälle gegeben. Eines stand fest: Für Stunden ging hier nichts mehr, und sie waren die Letzten, die auf diesem Weg aus der Stadt kamen.

Anfangs stießen noch vereinzelte Fahrzeuge von den Auffahrten zu ihnen, auf die Autobahn, wurde der T3 von schnelleren Wagen überholt oder überholten sie selbst den einen oder anderen Lastzug, der trotz des sonntäglichen LKW-Fahrverbotes unterwegs war. Doch auch dieser spärliche Verkehr versickerte, nachdem sie den Berliner Ring verlassen hatten und am Dreieck Werder auf die A2 eingebogen waren, Richtung Magdeburg: Kein Fahrzeug erschien mehr im Rückspiegel, die Fahrbahn vor ihnen blieb leer.

Trotz des intakten Verkehrs aus der Gegenrichtung, der sich wie je dahinschleppte, war es seltsam ruhig. Nur die Stoßstange des VWs schepperte, und gelegentlich röchelte der Dieselmotor.

Wenig später, Höhe Brandenburg/Havel, begann es, wie vorhergesagt, zu regnen, in kleinen Tropfen zunächst, die der Scheibenwischer im Zehnsekundentakt über die Scheibe schmierte.

Man gewöhnt sich an alles, an Einsamkeit sogar recht schnell. Ich meine: keine pathetische Einsamkeit, eher eine faktische. Die Abwesenheit anderer, die, war sie gekoppelt an ein gewisses Gleichmaß von Verrichtungen, einem die Tage im Zeitraffer verfliegen lässt und im Detail dennoch zäh macht. Sie kennen das.

Und so gewöhnten sich auch unsere beiden Freunde schnell an die leere Autobahn, die unter ihnen abrollte, ohne Gedanken an mögliche Gründe zu verschwenden. Selbst den Unfall auf der Avus hatten sie zu diesem Zeitpunkt wieder vergessen. Wäre im Armaturenbrett ein Radio gewesen, hätte es vielleicht anders ausgesehen. Da dort, in einer Aussparung, aber nur ein paar lose Drähte wippten, war jeder gezwungen, den eigenen Gedanken nachzuhängen, wollten sie sich nicht ständig unterhalten.

Bender dachte womöglich an seinen Großvater, in groben Umrissen zuerst, an seine Stellung im weltgeschichtlichen Zusammenhang, sozusagen. So, wie man eben dachte als respektvoller Nachkomme, den eigenen, kümmerlichen Erlebnishorizont vor Augen. Da ließ sich nur schwer gegen ankommen, allein schon die Orte, Oberschlesien, Frankreich, Russland, dann ein hektisches Hin und Her zwischen Mitteldeutschland und Ruhrgebiet, schließlich der Harz als Endpunkt aller Bemühungen, als Kapitulation in schöner Landschaft. Dann waren da noch die Berufe, Landarbeiter, Wehrmachtssoldat, Stahlwerker. Dazwischen die Gefangenschaft. Nicht zu vergessen die Verletzungen: Bauchdurchschuss im Krieg, Verlust von drei Fingern unter der Blechstanze, im Kalten Krieg, an der schwerindustriellen Front.

Bender dagegen hatte es gerade mal zu einem gekachelten Bad und Fernwärme gebracht und dafür geschlagene zweiunddreißig Jahre gebraucht, und zu allem Überfluss war er darauf stolz. Schließlich hatte sein Großvater bis zuletzt Holz hacken und Briketts in die Wohnung schleppen müssen und sich am Küchentisch über einer Schüssel heißen Wassers aus dem Kessel rasiert.

Es war ja nicht so, dass Bender die Armseligkeit seines Tuns und dessen Ergebnisse nicht bewusst waren. Bloß, sollte man sich, nur weil das Leben langweilig war und man auf der Stelle trat, sagen wir, einen Krieg wünschen, und wenn es nur ein Bürgerkrieg wäre? So, wie es diese homosexuellen Lyriker damals getan hatten, die aus dem Expressionismus-Seminar? Und die, bevor es Ernst wurde, beim Eiskunstlaufen im halbgefrorenen See ertrunken waren, wenn sich Bender recht erinnerte. Typisch. Typisch deutsch.

Die Überlegungen wieder dem Großvater zugewandt, empfand Bender leichte Scham darüber, dass ihn dessen Leben nie wirklich interessiert hatte, dass er wenig mehr als vier, fünf Eckpunkte aus dessen Biographie kannte, die er jetzt aus Pietät abgerufen hatte.

Fast schlimmer noch war, dass ihn dieses Leben eines Tages tatsächlich interessieren könnte, aus Recherchegründen, eines zu schreibenden Artikels wegen, es dann aber zu spät wäre, weil der Zeitzeuge tot war und es Bender – obwohl mit ihm verwandt – aus Trägheit versäumt hatte, ihn zu Lebzeiten zu befragen. Und das Interview zu archivieren. In einem Archiv allerdings, das Bender anzulegen gleichfalls noch nicht geschafft hatte.

Während Benders Überlegungen riss das Tachometer des

T3 die Kilometer herunter, ritsch-ratsch, bei jeder vollen Null knirschte die Mechanik, während Rock womöglich an seine Eltern dachte, alte Achtundsechziger, mittlerweile pensioniert, und an das Referendariat, das er als Anwärter auf das Lehramt, Deutsch-Englisch, im kommenden Herbst antreten sollte und das ihm erstmalig in seinem Leben ein selbst verdientes monatliches Grundeinkommen verschaffen würde, knapp tausend Euro.

Unsere Freunde waren also in Gedanken versunken, dämmerten beide offenen Auges, woran die monotone Landschaft draußen nicht schuldlos war, Rapsfelder, manchmal ein trauriges Gehöft, doch zumeist märkische Kiefernwälder, Bäume wie zum Appell angetreten, leicht geneigt im Wind, der aufgekommen war und nicht nur die dunkler werdenden und mittlerweile tiefer hängenden Wolken gen Westen trieb, sondern auch den T3, der, wenn ihn eine gelegentliche Böe erfasste, ruckartig vorwärts zu schnellen schien. Der Regen kam jetzt in fetten Tropfen herunter – den Scheibenwischern gelang es kaum mehr, die Sicht freizulegen – und erzeugte einen dumpfen Sing-Sang auf dem Blechdach, unter den sich vereinzelt der hellere Klang aufschlagender Hagelkörner mischte. Das Licht war dreckig geblieben, fahl und schmutzig gelb wie vor einem Gewitter: *Magic.*

«Wir müssen tanken», sagte Rock unvermittelt. Bender fuhr zusammen und sah auf das Armaturenbrett, wo der Zeiger der Tankuhr im roten Bereich zuckte.

«Wo sind wir eigentlich?», sagte Bender und gähnte.

Rock sah in den Rückspiegel: «Wenn ich mich so umgucke – in der Mitte von Nichts.»

Das stimmte fast. Richtiger war, sie befanden sich in der Mitte von Nichts, plus: Sie waren dort beinahe allein. Doch erst jetzt, da sie nach einer Tankmöglichkeit zu suchen begannen, auf den blauen Schildern die Entfernungen zu Städten und Raststätten entzifferten, fiel es ihnen wieder auf. Es hatte sie seit einer geraumen Weile niemand mehr überholt. Sie waren einsam auf ihrer Geraden vorangezogen, während der Verkehr aus der Gegenrichtung nach wie vor dicht war, fast schon zähflüssig nun, da es auf den Abend zuging, eine Schlange aus Scheinwerferpaaren, die durch die Dunkelheit in Richtung Berlin kroch.

«Komisch», sagte Rock.

«Hey, da vorne», sagte Bender und schlug seinem Freund auf die Schulter.

«*Strike!*», sagte Rock und beschleunigte, so gut es ging, den T3.

Einem Versorgungsshuttle gleich, lag am Horizont die illuminierte Anlage einer Tank-Rast-Kombination in der preußischen Steppe und ließ die wetterbedingte Nacht, die sie umhüllte, im Kontrast umso schwärzer erscheinen. Das weit und breit einzige, allerdings schon aus der Ferne erkennbare Zeichen der Zivilisation war das leuchtende Logo eines französischen Ölunternehmens, und es wirkte auf unsere beiden Freunde, die nicht nur müde waren, sondern beim Anblick der Lichter auch augenblicklich Hunger verspürten, wie ein Vorposten der Städte. Etwas, worin man sich orientieren konnte.

Rock schaltete den Blinker ein und nahm den Fuß vom Gas. Die Stimmung war beinahe festlich, als sie mit 20 Kilometern pro Stunde unter das rote Dach der Tankanlage rollten, einen dünnen Film Wasser unter den Reifen. Eine Festlichkeit, die jedoch nur auf den ersten Blick mit der perfekt ausgeleuchteten Anlage zu tun hatte (ein Quader aus Licht, ein Licht-Raum geradezu) oder der makellosen Sauberkeit, die jedem Hotelfoyer zur Ehre gereicht hätte, nein, es war die Leere oder, genauer: die Menschen-Leere, die selbst einer Designer-Tankstelle wie dieser hier zu etwas wie Erhabenheit verhalf und die unsere beiden Freunde nun, nachdem sie dem T3 entstiegen waren, daran hinderte, bedenkenlos die Türen zuzuschlagen. Denn bereits das Öffnen hatte einen metallischen Hall erzeugt, der nicht mehr vergehen wollte, und das trotz des Regens, der in den flachen Pfützen jenseits des Dachs kleine Blasen aufwarf. Es war möglicherweise diese – bleiben wir bei dem Wort – Erhabenheit, die sie davon abhielt, wie Erwachsene einfach das Naheliegende zu tun (den T3 zu betanken, Wasser abzuschlagen und einen Imbiss zu organisieren), sondern sie stattdessen im Flüsterton erst mal beratschlagen ließ, was man tun *könnte.*

«Tanken?», sagte Rock, nachdem er vorsichtigen Schrittes um den Transporter gelaufen war und nun neben Bender stand, der auf eine Zapfpistole starrte, statt sie in die Hand zu nehmen.

«Riecht ziemlich nach Benzin», sagte Bender.

«Halleluja», sagte Rock und sah zu dem kleinen Verkaufs-pavillon hinüber, wo sich auch die Kasse befand. Hinter der Theke war niemand zu erkennen.

«Hast du Geld dabei?»

«Klar hab ich Geld dabei. Außerdem 'ne EC-Karte. Also: Was jetzt?»

«Voll tanken!»

«Na dann», sagte Rock und wies einladend auf die Zapfpis-tole, die satt klickte, als Bender sie aus der Halterung nahm. Abermals hing ein metallisches Echo in der Luft, und erst als der Diesel in den Tank floss und ein Rauschen erzeugte, das dem Grundrauschen des Regens nun endlich doch half, die grelleren Geräusche zu schlucken, entspannten sich unsere Freunde. Bender schlug den Kragen seiner Jeansjacke hoch und beobachtete den Zähler der Zapfsäule, Rock steckte sich eine Zigarette an, lief um den T3 herum und trat einige Male fachmännisch gegen die Reifen, ohne zu wissen, worauf zu achten sei. Dann brach der Dieselstrom ab, Bender schraubte den Tankstutzen zu und hängte die Zapfpistole weg.

«Ziemlich teuer, die Droge der einfachen Leute.»

«Ich dachte, *Sex* wäre die Droge der einfachen Leute», sagte Rock.


Sie stiegen ein, und Rock lenkte den Transporter auf einen Parkplatz vor dem Verkaufspavillon. Drinnen gab es den üblichen Kram: eine Ecke voll bedruckten Papiers, bürgerliche Verlogenheit im Magazinformat, subproletarische Ahnungslosigkeit in Gestalt billiger Tittenmagazine und ein Haufen anderer Firlefanz. Eine Mischung aus Entertainment, Food und Propaganda. Das entsprechende Getränkeangebot reichte von blauer Disney-Brause bis Prosecco. An der rückseitigen Wand hing eine Mikrowelle, in die Rock, nachdem er sie entdeckt hatte, einen gefrorenen Cheeseburger stopfte, den er aus der Kühltruhe darunter geangelt hatte. Er drückte ein paar Knöpfe, und der Teller im Inneren begann sich zu drehen. Bender wartete an der Kasse, trommelte mit den Fingern auf die Ladentheke, nahm sich einen Schokoladenriegel und begann ihn auszuwickeln. Er räusperte sich laut und sah zur angelehnten Tür neben dem Zigarettenregal. Niemand erschien. Die Nüsse im Schokoriegel schmeckten nach Unkraut. Rock lehnte an der Kühltruhe und sah gierig dem rotierenden Teller in der Mikrowelle zu, dann endlich, es mochten zwei Minuten vergangen sein, machte es: *Bing!*

Doch es war nicht der Burger, der zum Verzehr bereitstand, vielmehr: Es war nicht *nur* das, was das Signal anzeigte. Im selben Moment und mit einem stoßartig ins

Bewusstsein dringenden, sodann abschwellenden und in Sekundenschnelle ersterbenden Geräusch fuhr sämtliches elektrisches Facility-Equipment herunter. Es klang wie ein Seufzer der Erleichterung, den Kühlaggregate und Leuchtstoffröhren und Klimaanlage ausstießen, als sie in den Ruhezustand fielen. Rock, der gerade zur Tür der Mikrowelle langen wollte, lauschte blind ins Dunkle. Er konnte Bender nicht hören, der sich nicht rührte und den Atem anhielt. In der Mikrowelle knisterte der fertige Burger.

«Du und dein Scheiß-Burger», flüsterte Bender nach ein paar Sekunden.

«Ich war das nicht, Alter. Muss 'n Kurzschluss gewesen sein oder so was», flüsterte Rock zurück und tastete in Richtung der Mikrowellentür.

«Los, wir haun ab», sagte Bender.

«Nicht so schnell», sagte Rock, «ich nehm noch den Burger mit. Hab schließlich dafür bezahlt.»

«Quatsch, hast du nicht, lass uns verschwinden.»

«Scheiße», sagte Rock, «heiß das Ding.»

«Alter Vater», sagte Bender, und dann laut und ostentativ: «Ich leg das Geld auf den Tresen, okay? Wir gehn dann mal.»

«Mann, hier ist keiner außer uns», sagte Rock und biss unvorsichtig schnell in den Cheeseburger, sodass Gurken, Tomaten und sämtliche andere Pampe rausquollen und platschend auf dem Boden landeten. «Fuck!»

Das magisch-dreckige Licht von draußen ließ unsere Freunde jetzt zumindest in Umrissen das Innere des Ladens erkennen, und dennoch hatte Bender einige Mühe, den Weg zur Tür zu finden. Überall standen Aufsteller mit Müll rum. Als er die Automatiktür erreichte, öffnete sie sich nicht.

Auch Rock tastete sich fluchend zur Tür vor, er stolperte

gegen ein Regal, Glas ging zu Bruch, er blieb an einem Ständer mit Sonnenbrillen hängen, der scheppernd zu Boden fiel. Bei Bender angekommen, nahm er einen Werbe-Regenschirm aus einer Tonne neben der Tür und klemmte dessen Spitze in den Spalt zwischen die beiden Glasscheiben: Ein heftiges Ziehen genügte, und sie bewegten sich ein paar Zentimeter. Den Rest erledigte er mit Muskelkraft. Anschließend warf Rock den Schirm in die Tiefe des Raumes.

«Lass den Scheiß», sagte Bender.

Sie gingen zum T3 rüber, nicht hastig, aber durchaus zügig. Rock ließ den Motor an. Sie waren hungrig und müde, doch wenigstens reichte die Tankfüllung, um ohne weiteren Zwischenhalt in den Harz zu gelangen. Im Scheinwerferlicht konnte man den Eingang des Tank-Shops sehen. Die Glastür hing schief im Rahmen.

Rock setzte zurück, etwas zu schnell vielleicht. Mag sein, dass dieser Eindruck nur dem folgenden dumpfen Geräusch und der leichten Erschütterung geschuldet war, die den T3 erfasste. Sie mussten mit der hinteren Stoßstange etwas mitgenommen haben. Rock schaltete in den ersten Gang, nahm die Hände vom Lenkrad und sah Bender an. Sie lauschten und warteten, was als Nächstes passieren würde. Und tatsächlich hob sich bald vom Rauschen des Regens und dem Rasseln des Motors ein anderes Geräusch ab: das Geräusch von Schritten.

Dann klopfte es an der Fahrertür, ein blecherner, hohler Ton. Rock kurbelte das Seitenfenster herunter.

«Gut, dass ich Sie treffe», sagte eine Stimme aus dem Dunkeln, «ich wäre Ihnen verbunden, wenn Sie mich ein Stück mitnehmen könnten.»

«Sind Sie verletzt?», fragte Bender.

«Nicht der Rede wert. Also: Würden Sie die Freundlichkeit

besitzen, mich ein Stück mitzunehmen?» Die Stimme klang fest und tief, der Tonfall war freundlich, aber bestimmt.

«Na ja ... klar, warum nicht», sagte Rock, «wo wolln Sie denn hin?»

«Was ist *Ihr* Ziel?», wurde seine Frage pariert.

Rock nannte den Ort und skizzierte den Anlass ihrer Reise.

«Vortrefflich. – Aber verzeihen Sie, ich habe mich noch nicht vorgestellt: Winter ist mein Name – Doktor Edgar Winter, um genau zu sein», sagte Dr. Edgar Winter und steckte eine feingliedrige Hand durch das Fenster, an der Rock einen Siegelring aufblitzen sah. Ungeschickt ergriff er sie.

«Sie müssten dann allerdings dahinten ...», sagte Rock und nickte zur Ladefläche, «ich meine: Hier vorne ist nur Platz für zwei.»

«Quatsch», sagte Bender, «ich gehe nach hinten.»

«Danke, junger Mann», sagte Dr. Winter. «Ich will ja nicht drängen, aber ... Wissen Sie, das Wetter ist nicht das beste.»

«Alles klar.» Rock öffnete die Tür, und das Licht der Fahrerkabine warf einen blassorangen Schein auf die Gestalt Dr. Winters. Er war tadellos gekleidet. Einreihiger dunkler Anzug, handgenähte Schuhe, englisches Button-down-Hemd, Seidenschlips mit Windsorknoten. Selbst der Regen hatte die Eleganz nicht zerstören können.

Beeindruckender jedoch als seine distinguierte Kleidung – seltsam genug an einem Ort wie diesem, zumal für einen Anhalter – war das Gesicht Dr. Winters, der augenscheinlich älter war, als seine Stimme hatte vermuten lassen. Weit jenseits der siebzig, dachte Rock. Es war von jener Art Falten durchzogen, die Noblesse ausdrücken und nicht körperlichen Verfall. Sie kennen das: Falten, die nicht Erschlaffung suggerieren, sondern – im Gegenteil – Lebendigkeit, ja Jugendlichkeit, wenn schon nicht des Körpers, so doch des Intellekts. Des Weiteren besaß Dr. Winter weißes, volles Haar, das um wenige Zentimeter zu lang war und ihm jetzt nass am Schädel klebte. Er hatte eine Collegemappe dabei und trug einen vor Wasser triefenden Staubmantel über dem Arm.

«Ich komme zurecht, junger Freund», sagte er, als ihm Bender beim Einsteigen behilflich sein wollte, und erklomm den Beifahrersitz. «Fahren Sie!», sagte er zu Rock, nachdem Bender sich auf der Ladefläche eingerichtet hatte.

«Fahren Sie dort entlang!», sagte Dr. Winter und wies nach rechts, als sie im Schritttempo die Tankanlage passiert hatten. Er verströmte den Geruch von Aftershave.

«Zur Auffahrt geht's aber nach links», sagte Rock und sah nach hinten zu Bender.

«Dort gibt es eine *Ab*fahrt», sagte Dr. Winter.

«Moment mal …», versuchte Bender Einspruch zu erheben, doch Dr. Winter unterbrach ihn und sagte – und sein Tonfall war weisend: «Vertrauen Sie mir!»

So kam es, dass unsere Freunde bereits an diesem Punkt der Reise ihre Route verließen und von einer Versorgungsauffahrt herab in das unbekannte Land stießen. Oder anders gesagt: Sie sickerten in die Mitte des Nichts ein. Und derart entging ihnen auch, dass wenige Kilometer weiter westlich auf ihrer ursprünglichen Route eine etwas betagte Alouette II des Bundesgrenzschutzes zur Landung ansetzte – der Wind kam aus Nord-Ost mit vier Knoten pro Stunde – und nur noch wenige Meter über der dreispurigen, von NATO-Draht überwucherten Fahrbahn schwebte, die vom Licht zweier provisorischer Halogenmasten weiß beleuchtet wurde, was die zwei Räumpanzer an ihren Rändern, Typ TM 170, aussehen ließ wie Echsen in einem Terrarium.

# Töchter in Not

**Zwar liebten sie ihre Väter nicht,** dafür hassten sie ihre Mütter umso mehr. Und natürlich war es kein Zufall, dass sich gerade diese drei getroffen hatten und zusammengeblieben waren, Ramona Ramon, Lydia Kant und Kordula Klix. Es war sogar weit mehr, es war so etwas wie Bestimmung, oder wie die drei es genannt hätten: *Intuition.* Mit Ende zwanzig hatten sie einander in Berlin getroffen, und es ließ sich nicht mehr genau sagen, ob an der Universität oder in einem der Klubs, in denen sie sich jedes Wochenende die Nächte um die Ohren schlugen. Mit Alkohol, Männern und Drogen, Haschisch meist, was am billigsten war, Ecstasy, das alsbald seine Wirkung verlor, manchmal Speed, am liebsten aber, und wenn es jemand spendierte, Koks.

Sie stammten alle drei aus der südwestdeutschen Provinz und waren alle drei kurz nach dem Mauerfall nach Ostberlin gezogen, wo das Leben noch grau war, wo mit Kachelöfen geheizt wurde, wo es Außenklos gab und normale Menschen, die kein Geld hatten und nicht etabliert waren wie ihre Eltern. *Authentisch* war es dort gewesen, wie sie fanden, und irgendwie auch romantisch, was dem Weltschmerzgefühl entsprach, das sie seit der Gymnasiumszeit mit sich herumschleppten. Nach der Schule waren sie in die jeweils nächstgelegene Universitätsstadt gegangen und hatten, von der ökonomischen Vernunft ihrer Eltern geleitet, pragmatische Fächer gewählt, nur um schnell festzustellen, dass sich das Klima der gemütlichen Universitätsstädte in nichts von dem ihrer Heimatorte unterschied, bezüglich Freiheit, Emanzipation und so. Außerdem fühlten sie sich unter Druck gesetzt: Plötzlich gab es keine Instanzen mehr, die sie kontrollierten, keine Eltern oder Lehrer oder festen Stundenpläne, und sich selbst zu kontrollieren wäre ihnen vorgekommen wie ein schlechter Scherz, nach all den Kämpfen der Schulzeit, gegen Autorität und Kleinbürgerlichkeit und Naturwissenschaften. Es wäre ihnen vorgekommen wie ein Verrat an all den freiheitsliebenden Büchern, die sie seit «Pippi Langstrumpf» gelesen hatten, Bücher, die ihnen insbesondere durch die Pubertät geholfen hatten, als sich die anderen, bösen Mädchen gleichen Alters ihrer Sexualität bewusst zu werden begannen und dieses Bewusstsein aggressiv nach außen trugen.

Sie waren überfordert gewesen in den südlichen Universitätsstädten, definitiv, doch vergessen wir nicht: Sie waren nicht mal zwanzig damals.

Dann kam die Wiedervereinigung, keine große Sache, wenn man hinlänglich mit sich selbst beschäftigt war. Aber es hatte kurzzeitig eine Art Ausnahmezustand gegeben: Feuerwerk allerorten, Freudentaumel bei denen, die Symbolisches liebten, Angst bei denen, die gleichfalls das Symbolische liebten, wenn auch mit anderen Vorzeichen. Eine Welle schwappte übers Land, eine Welle der … sagen wir: Euphorie, und riss viele der Nichtverwurzelten, zu denen auch Ramona Ramon, Lydia Kant und Kordula Klix gehörten, mit sich, Richtung Berlin, wo sie zwischen bröckelnden Gründerzeithäusern verebbte. Und auf einmal war sie da gewesen, die Möglichkeit zur zweiten Chance, hier, weit weg von der beklemmenden Heimat, konnte das neue Leben beginnen, besser gesagt, der nächste Versuch, und hier störte auch niemanden der persönliche Kontrollverlust.

In Berlin studierten sie Kulturwissenschaft oder Kunst auf Lehramt oder Soziologie, und sie studierten ein wenig an den bürokratischen Vorgaben vorbei, da es ihnen zunächst um Orientierung ging, nach den pragmatischen Fehlschlägen an den Universitäten des Südens, um die grobe Richtung. Für etwas Konkretes würden sie sich später entscheiden.

Sie waren immer noch keine disziplinierten Studentinnen und auch keine sonderlich guten, aber wenn sie sich für ein Thema begeisterten, wurden sie zu *fanatischen* Studentinnen. Im Übrigen half ihnen das Studium, die eine oder andere Absonderlichkeit ihres Lebensstils zu rechtfertigen, den einen oder anderen Überschwang. Es half, das praktische Vergnügen theoretisch zu unterfüttern, mit Theorien zumeist, denen ein *Post-* vorangestellt war – Sie wissen schon, Feminismus, Strukturalismus –, und manchmal genügte es, den Namen einer der Theoretikerinnen vor sich hin zu murmeln, um auf der Seite der Wahrheit zu stehen. Es half zum Beispiel, wenn es um künstlichen Rausch ging oder minimalistische Musik aus dem Laptop oder Promiskuität. Vor allem Letzteres war entscheidend für die Bildung dessen, was sie das *eigene Ich* nannten. Auf seine Hege verwandten sie mehr Sorgfalt als auf die ihrer geliebten Katzen.

Jede ihrer Handlungen, jede Aussage war eine Demonstration. Es ging nicht darum, etwas zu tun oder zu sagen, sondern zu zeigen, dass man es auf genau *diese* Art tat oder sagte, aggressiv und theoretisch untermauert. Das wirkte auf die meisten Kommilitonen zwar nicht sonderlich sexy, doch im Grunde stand dahinter noch immer und nichts weiter als die alte, freundliche Pippi-Langstrumpf-Emanzipation ohne Ziel.

**40**

Wie gesagt: Sie liebten ihre Väter nicht und sie hassten ihre Mütter, weswegen es umso erstaunlicher war, dass die Eltern dennoch die wichtigsten Personen in ihrem Leben blieben. Und das ließ sich nicht allein durch Sentimentalität oder Blutsbande erklären, eher schon durch die regelmäßigen Geldzuwendungen, die es seit mehr als einem Jahrzehnt gab, die eine Art Angestelltenverhältnis begründet hatten ohne Gegenleistung ihrerseits. Nun, nicht ganz, denn im Gegenzug lieferten sie ihren Eltern Aufmerksamkeit, eine Aufmerksamkeit allerdings, die nur kurzzeitig verschenkt wurde, um danach selbst das Dreifache an Aufmerksamkeit einzufordern. Denn die Eltern waren die erste Instanz, die konsultiert wurde, wann immer es Probleme mit dem *eigenen Ich* gab, und das kam wöchentlich vor, manchmal täglich, die Eltern waren die Halden für enorme Mengen seelischen Mülls, den die Töchter gleichzeitig zu verarbeiten hatten und produzierten, was nicht wundernahm in einer Welt, die unaufhörlich ihre Mädchenideale terrorisierte. Das erklärte auch die hohen Telefonrechnungen, die in keinem Verhältnis zu ihren ansonsten bescheidenen materiellen Ansprüchen standen. Sie waren also Berufstöchter, auf Abruf freilich, bis zur *nächsten* Chance auf einen Neubeginn. Der Optimismus, mit dem sie an ihn glaubten, hatte im Laufe der Zeit fast religiöse Züge angenommen. Und ihre Eltern, egal ob Anwälte, Lehrerinnen oder Hausfrauen, waren von Beruf Eltern.

Ramona, Kordula und Lydia würden noch eine ganze Weile Töchter bleiben, obwohl sie längst in das Alter von Müttern geraten waren, ja das Idealalter Erstgebärender lange überschritten hatten – eine von ihnen, Lydia Kant, besaß tatsächlich eine zweijährige Tochter namens Maylandia –, denn sie waren bereits Mitte dreißig.

Nebenberuflich betätigten sie sich als Ego-Therapeutinnen, d. h., sie salbten einander und einem Kreis ausgewählter Freundinnen die Seelen, bei Gesprächen *face-to-face* oder telefonisch, und zusammen bildeten sie eine mächtige Phalanx des Misstrauens: In jedem Außenstehenden witterten sie einen Angreifer auf ihre Integrität, ganz besonders in jenen Männern, mit denen sie – mal kürzer, mal länger – gerade liiert waren. Sie stellten damit eine kleine, aber feine Schule des sozialen Zusammenhalts dar, wie sie sich dieser Tage nicht mehr allzu oft finden ließ und deren Motto *bedingungslose Solidarität* lautete. Komischerweise waren sie trotz allem nicht nur hübsch, sondern auch sympathisch, ja sogar liebenswert. Trotz ihrer mangelnden Manieren, ihrer lauten Stimmen, ihrer Altkleidersammlungen, ihrer Möbel vom Sperrmüll.

Natürlich hatte jede der drei ihre Eigenheiten, aber in einem Diagramm zusammengefasst wären ihre Lebenskurven ziemlich deckungsgleich gewesen, weshalb es vielleicht wirklich kein Zufall war, dass sie einander begegnet waren und sofort beschlossen hatten, gemeinsam etwas zu machen. Zum Beispiel eine Band zu gründen. Gesagt, getan. Doch womit beginnen? Natürlich mit dem Wichtigsten, dem Namen. Den zu finden brauchte es grade mal zwei Runden Tequila in ihrer Stammkneipe, und er war obendrein eine ironische Anspielung auf eine gewisse Art des Macho-Punk-Rock, zu dessen Dresscode schwarze Motorrad-Lederjacken gehörten, ein stupides Mitgröl-Geschrammel für in die Jahre gekommene Macker, jedes Lied vom Drummer eingezählt – Gabba, gabba, hey! –, und dieser Name lautete: Die Ramonas.

Als Zweites an jenem Abend legten sie ihre bürgerlichen Namen ab und bestanden seither auch in nüchternem Zustand darauf, mit ihren Band-Pseudonymen angeredet zu werden, woran ich mich, wie Sie bemerkt haben, halte.

Drittens schließlich besorgten sie sich im Laufe des nächsten halben Jahres gebrauchte Instrumente, Gitarre, Bass und Schlagzeug, was Die Ramonas zu einer klassischen Punk-rock-Combo werden ließ, inklusive Drei-Akkord-Repertoire und leichten Unsicherheiten im Rhythmischen. Das Dilettantenimage jedoch konnten sie dank Ramonas fast schon intellektuellen Texten unterlaufen. Nicht zuletzt derentwegen erspielten sie sich in den Klubs der Hauptstadt eine größer werdende, vor allem aus Studenten bestehende Fangemeinde und wurden nach drei Jahren Bühnenmaloche mit einem Plattenvertrag beim Braunschweiger Independent-Label «Sumpf-Pop» belohnt. Das hatte sich Mitte der Neunziger auf Post-Rock spezialisiert, verlegte aber mittlerweile – logische Folge – Schweinerock à la Motörhead, der heutzutage allerdings von gut frisierten Jungs mit Universitäts-Abschluss gespielt wurde.

Kurz nach Vertragsunterzeichnung hatten Die Ramonas ihr Debüt «alle viere grade» herausgebracht, das unverzüglich nach Erscheinen im führenden Popkultur-Journal der Republik begeistert besprochen wurde. Vor allem Ramonas Texte hatten es dem Rezensenten angetan, dieses Changieren zwischen emanzipatorischen Theorien, surrealer Poesie und Alltagsbeschreibungen, was heutzutage nichts anderes sei als: *Politik*. Zwar wirkte sich der Artikel nicht unmittelbar auf die Verkaufszahlen aus, aber er öffnete den Ramonas die Türen Dutzender alternativer Klubs des ganzen Landes, sodass «Sumpf-Pop», um die rege Nachfrage zu bewältigen, sogar eine Praktikantin für das Tour-Management abstellen musste.

Im Jahr darauf hatte Lydia Kant die kleine Maylandia zur Welt gebracht, und Ramona Ramon hatte beschlossen, ihr Studium – übrigens als Einzige der drei – abzuschließen.

Nach einem weiteren Jahr der Suche hatte sie endlich das Thema für ihre Magisterarbeit gefunden, das einerseits originell genug war, um ihre eigene Neugier eine Weile zu füttern, andererseits ihrem Interesse an feministischer Theorie entgegenkam. Es ging um eine Aktivistin des späten 19. Jahrhunderts, die irgendwann begonnen hatte, sämtliche Frauen des Schwarzwalddorfes G* einmal pro Jahr in die Praxis eines Gynäkologen nach F*burg, der größten badischen Stadt, zu bringen. Diese Ausflüge hatten sich seither zu einer Dorf-Tradition entwickelt, der die heutige Generation Bäuerinnen sogar freiwillig und ohne Führung nachging, wobei sich im Laufe der Jahre, oder vielmehr der Jahrzehnte, der Schwerpunkt des Ausflugs vom Hygienischen hin zum Hedonistischen verlagert hatte, was bedeutete, sich nach jedem Arztbesuch kollektiv mit Obstbränden zu besaufen und mit Engadiner Nusstorte vollzustopfen.

Kordula Klix schließlich hatte sich vollends dem Hoffen auf eine neue Chance ergeben und bestritt derweil ihren Lebensunterhalt als Bedienung in einer Cocktail-Bar, deren Publikum, Neureiche der Berliner Mitte, sie aufs herzlichste hasste. Kurz gesagt, die drei hatten nach dem bescheidenen Erfolg ihrer ersten Platte und der anschließenden kleinen Tour schlichtweg keine Zeit mehr gehabt, an ihrer musikalischen Karriere zu basteln. Und so staunten sie nicht schlecht, als im Frühjahr der «Sumpf-Pop»-Chef anrief und vorschlug, im Vorfeld der nächsten Veröffentlichung, die nach fast zweijähriger Pause demnächst ja wohl anstehe, eine kleine Konzertreise durch ausgewählte Klubs zu unternehmen, um Die Ramonas allmählich wieder ins Gespräch zu bringen.

War es Geldmangel, Langeweile oder die Lust auf ein Abenteuer? Eines stand fest: An dem Tag, an dem sich das Jahrhunderttief Mariko endlich Richtung Russland verzogen hatte – in den kommenden Wochen sollte die Stadt unter einer drückenden Hitze leiden, wie es sie seit achtzehnhundertnochwas nicht mehr gegeben hatte –, standen die drei Freundinnen, es war ein Samstag, auf dem schattigen Parkplatz vor einem Gründerzeithaus in Berlin, Prenzlauer Berg, und beluden Lydia Kants verbeulten Passat Kombi. Und nachdem die kleine Maylandia erst einmal in ihrem Kindersitz fixiert worden war und in der brütenden Luft des Wagens unverzüglich einschlief, war das Verstauen der Instrumente ein schnell erledigtes Kinderspiel, sodass sie ohne weitere Verzögerung Richtung K*burg aufbrechen konnten, einer mittelalterlichen Kleinstadt, knapp dreihundert Kilometer südwestlich von Berlin gelegen, wo das erste Konzert ihrer kleinen Comeback-Tournee noch am selben Abend stattfinden sollte, und zwar in einer Pinte namens «Zur Eiche».

# Nekropolis

**Die Platanen,** die den schmalen Kiesweg zur Kapelle säumten, hingen voller Krähen. Krähen aus Russland, behaupteten die Einheimischen, gekommen des Futters wegen, das die Felder des Harzvorlandes reichlich boten. Große, kräftige Tiere, die seit nunmehr einer Dekade auf die ornithologischen Wahrscheinlichkeiten schissen, so wie sie jetzt, in der frühen Morgenstunde des Julitags, auf die Grabsteine schissen, die im schweren Boden des Gottesackers steckten.

Das Glockenspiel der St.-Petri-Kirche schlug achtmal, als Dr. Edgar Winter das Friedhofstor aufstieß, sehr forsch für einen Mann seines Alters, und trotz eines leichten Hinkens zügig den Kiesweg hinunterlief, der an der angelehnten Kapellentür endete. Dort angekommen, sah er sich über die Schulter um, doch wie nicht anders zu erwarten, war er um diese Zeit allein. Die erste und einzige Beisetzung des Tages fand in einer Stunde statt. Dr. Winter betrat die Kapelle und zog die Tür hinter sich zu. Mit lautem Krachen fiel sie ins Schloss. Die Krähen stoben aus den Bäumen gen Himmel.

Kaum dreihundert Meter entfernt, linker Hand des Friedhofseingangs, dieselbe Straße bergan, in der zweiten Etage eines maroden, dreistöckigen Mehrparteien-Mietshauses, erwachte wenige Sekunden später unser Freund Bender aus einem so alkoholtiefen wie unruhigen Schlaf, als eine der vermeintlich russischen Krähen auf das Aluminium des Fensterbrettes knallte, keinen Halt fand, gegen das Fenster flatterte, unter dem Benders Ruhestatt – ein altmodisches Kanapee – stand, und schließlich abrutschte und fortflog.

«Scheiße», sagte Bender, nachdem er auf die Uhr gekuckt hatte. Er stand auf und ging in die Küche, wo eine Familienpackung Aspirin auf dem Tisch lag. Er kramte zwischen leeren Aluminiumhüllen und Packungsfetzen nach zwei Tabletten und löste sie in zwei Gläsern Leitungswasser auf. Mit den Gläsern begab er sich ins Schlafzimmer, wo Rock diagonal in einem Echtholz-Eiche-Doppelbett lag und schnarchte. Es roch, wie es tagsüber in Kneipen riecht, d. h., kurz bevor sie wieder aufmachen, nach schalem Bier, nach kaltem Rauch und kaltem Schweiß. Bender ging zum Fenster und zog die Vorhänge auf. Man konnte von hier aus den Fuß des Berges sehen, auf dem sich der Sage nach die Hexen in der Walpurgisnacht trafen. Seine Spitze allerdings steckte in fetten Wolken fest. Rock bewegte sich und gab einen gequälten Laut von sich.

«Aufstehn, wir sind spät dran», sagte Bender und reichte Rock ein Glas, während er das andere auf ex leerte.

«Ich kann nicht», sagte Rock, «sorry.»

«Du hast es gestern Abend meinem Vater versprochen, falls du dich erinnerst.»

«Ich war betrunken», stöhnte Rock.

Bender ging ins Wohnzimmer rüber, wo sein Koffer stand und Rocks Seesack. Beide Gepäckstücke wirkten, als seien sie von einer tropischen Krankheit befallen: aufgequollen und dann geplatzt.

Sie wohnten jetzt seit einer knappen Woche in der Wohnung des verstorbenen Großvaters, und bevor es begann, hier nach Kneipe zu stinken, hatte es nach Tod gerochen oder zumindest doch nach altem Mann. Komisch, der Geruch war Bender zu Lebzeiten seines Opas nie aufgefallen, obwohl er zweifellos vorhanden gewesen sein musste. War wohl überdeckt worden vom Tabaksqualm und den Schwefelausdünstungen der billigen Bruchbriketts, mit denen die Kachelöfen befeuert wurden, und dem süßlichen Aftershave, das sein Großvater benutzt hatte. Alter Mann, tot, roch demnach anders als alter Mann, halb tot, dachte Bender, und schämte sich im selben Augenblick dafür. Trotz des Sommers fröstelte es sie, ihn und Rock, und das nun schon seit Tagen. Alles in der Wohnung war klamm: Teppiche, Gardinen, die Wäsche in den Schränken, ihr Bettzeug. An der Garderobe im Korridor hing auf einem Bügel der Anzug, den sein Großvater angezogen hatte, wenn er sonntags das Haus verließ. Er war gleichfalls klamm. Hut und Stock hingen daneben am Haken.

Bender konnte sich nicht dazu durchringen, die Sachen wegzuräumen, und er fragte sich, warum seine Eltern das Zeug nicht entsorgt hatten, bevor sie sie hier einquartiert hatten. Mittlerweile bereute er es, kein Pensionszimmer angemietet zu haben, wie geplant, oder wenigstens auf den Zeltplatz am Stadtrand gezogen zu sein, am ehemaligen Gondelteich, wo sie als Kinder Enten gefüttert hatten und in Kähnen gerudert waren.

Der gute alte Gondelteich, der gerade zum Spaßbad ausgebaut wurde – es gab ja sonst nicht viel zu lachen hier. Man musste nur mal für fünf Minuten auf die Straße gehen und den Leuten in die Gesichter kucken, da fröstelte es einen noch mehr als in der Wohnung, so viele Minusgrade: unglaublich. Man brauchte nicht mal die Fakten zu kennen, die einem der nächste Kioskverkäufer sowieso auftischte, ungefragt, in seinem verwaschenen Dialekt, 30 Prozent Arbeitslosigkeit und dieser ganze Scheiß, der einen in Berlin nicht so richtig juckte. Dort waren ja irgendwie alle, die man kannte, arbeitslos, das war kein Ding, wenn man keine Arbeit wollte, Lohnarbeit, dass wir uns richtig verstehen, in einem Job etwa, den man durch einen Nebenjob finanzieren musste. *Arbeitslosenquote*: Das war für Leute wie Bender und Rock nur eine Zahl, von der sie jeden Monat insgeheim hofften, dass sie noch höher ausfiele, weil es einem das angenehme Gefühl gab, die Regierung mit gutem Grund zu verachten, nicht wählen zu gehen etc., all das, was man eben machte, wenn man gelähmt war und trotzdem nicht desinteressiert. Aber wenn man dann persönlich in so eine Gegend kam, *sah* man eben auch diese Gestalten, diese Lumpenproletarier, die sich in vietnamesischen Ramschläden einkleideten, komplettes Outfit für fünfzehn Euro.

Natürlich blieben die Zahlen auch hier Zahlen: siebentausend Leute abgewandert in zehn Jahren, aber man sah außerdem die menschenleeren Straßen dazu und die toten, verstaubten Fenster, die ganze Häuserzeilen dominierten. Man konnte sich die Spielhallen ankucken und Videotheken und Alles-für-50-Cent-Kaufhäuser, und man hörte förmlich den Wind über die Kreuzungen pfeifen.

Jedenfalls: Der Komfort war geringer, als er es auf dem Zeltplatz gewesen wäre. Es gab kein Badezimmer, nicht mal eine Dusche, das Klo lag auf halber Treppe im Hausflur, und Bender hatte Rock nur mit Mühe davon abhalten können, in den Nachttopf seines Großvaters zu pinkeln, der noch immer unter dem Doppelbett stand. Die anderen Wohnungen im Haus standen schon lange leer, nur im Erdgeschoss gab es einen Laden, der künstliche Blumen und chinesischen Nippes verkaufte. Im Übrigen sollte das Spaßbad eine 200 Meter lange Rutsche kriegen. Plus Wildwasserkaskaden.

Nach einem verkaterten Hin und Her, das insgesamt eine Dreiviertelstunde dauerte, standen unsere beiden Freunde vor dem Haus. Das Wetter war mies, die Straße leer, keine Autos fuhren vorbei, pietätvolle Ruhe, die dem Anlass entsprach. Beide trugen sie Jacketts – Bender ein schwarzes, Rock ein graues –, die von der Reise zerdrückt waren, darunter weiße Hemden, dazu Jeans und Turnschuhe. Obenrum sahen sie aus wie Kellner, vom Hosenbund abwärts wie Studenten. Langsam schlenderten sie die Straße runter. Einige schwarz gekleidete Menschen durchschritten bereits das Friedhofstor. Manche hatten Blumensträuße dabei oder kleine Kränze. Bender sah seine Mutter, die sich bei seinem Vater untergehakt hatte. Die anderen Leute kannte er gleichfalls, aus der Kindheit, konnte die meisten aber nicht mehr einordnen.

Am Friedhofseingang empfing sie Dr. Edgar Winter, das blühende Leben, ein diskretes, trauervolles Lächeln um den Mund, makellos frisiert, mit einem Wort: stilvollendet. Er gab Rock kurz die Hand. Die Hand Benders behielt er eine Sekunde länger in der seinen und legte ihm obendrein die Linke auf den Handrücken. Sie schwiegen. Unsere Freunde, weil sie nicht wussten, was sie hätten sagen sollen, Dr. Winter höchstwahrscheinlich, weil es sich in einem solchen Augenblick geziemte, zu schweigen.

Im Laufe der letzten Woche hatten es unsere Freunde aufgegeben, sich zu fragen, was Dr. Winter in diesem Kaff zu suchen hatte oder warum er an der Tankstelle aufgetaucht war. Zumindest für die leere Autobahn hatte es am nächsten Tag eine Erklärung gegeben. Zeitungen und das Fernsehen berichteten, Politiker der Regierung nahmen Stellung, betonten ihre Verantwortung, rechtfertigten den Aufwand. Die üblichen Experten von Universitäten, Stiftungen, Verbänden meldeten Kritik an oder sprangen der Regierung bei, die Opposition hielt sich weitestgehend zurück: Es war das ewig gleiche Spiel.

Als sie in der Nacht ihrer Anreise, nach einem Ritt über Dörfer und Felder – die einzige Orientierung in dem Gewirr aus schmalen Straßen, die auf Kreuzungen führten, an denen es in jede Richtung nirgendwohin zu gehen schien, war die weisende Stimme des distinguierten Anhalters gewesen –, als sie schließlich in Benders Geburtsstadt eingetroffen waren, hatte sich Dr. Winter unverzüglich und wie selbstverständlich im Hotel «Zum Jäger» eingemietet. Eine verstaubte Absteige, die am Anfang der Poststraße lag, an der sich auch der Friedhof und die Wohnung von Benders Großvater befanden, einen Steinwurf vom Bahnhof entfernt. Das zweistöckige Gebäude war dunkel, und sie hatten den Portier, der wirkte wie ein Hausmeister, herausklingeln müssen. Mürrisch, als wäre es eine Zumutung, dass jemand ein Zimmer verlangte, hatte er die Formalitäten erledigt und den Schlüssel ausgehändigt. Und während unsere Freunde den T3 bestiegen, um ihr Quartier zu erreichen – Benders Vater hatte dort den Schlüssel unter die Fußmatte gelegt – und endlich ins Bett zu fallen, ging in einem der Fenster des «Jägers» das Licht an. Kurz darauf erschien die Silhouette Dr. Winters. Er zog die Papierjalousie hoch, öffnete das Fenster und atmete tief ein. Und sodann genüsslich wieder aus: Die Stadt war dunkel und still. So sollte es sein.

Die folgenden Tage war Dr. Winter von den Einheimischen beargwöhnt worden, wann immer er einem begegnete. Seit das Hüttenwerk vor mehr als zehn Jahren geschlossen worden war, sahen die Stadtoberen im Tourismus die Lösung ihrer ökonomischen Probleme. Die Einwohner schienen es anders zu sehen, sie wollten keine Dienste leisten, sondern handfeste Werte schaffen. Etwas tun, wonach man abends ordentlich stank. Und zwar nach Schweiß und nicht nach Frittierfett. Entsprechend harsch wurden sämtliche Wünsche Auswärtiger von den domestizierten Hüttenwerkern entgegengenommen, sei es der nach einer Bockwurst, einer Auskunft oder eben nach einem Hotelzimmer. Und das war weit mehr als ein ungehobelter Ausdruck verletzter Arbeiterehre, nein, in all den «Gibt's nicht», «Keine Ahnung», «Müssen Sie morgen wiederkommen» manifestierte sich das tiefe Misstrauen gegenüber der großen Stadt, als deren Vertreter jeder Fremde gesehen wurde, denn wer, wenn nicht die Städter, hatte ihnen die Suppe eingebrockt, die sie jetzt im Dunst einer Imbissbude wieder auslöffeln mussten.

Nach ein paar Tagen hatten sich die Einheimischen an Dr. Winter gewöhnt – es waren immer die gleichen, denen er auf seinen Gängen durch die Stadt begegnete –, und auch Dr. Winter fiel es leichter, ihre mal klagenden, mal aggressiven Blicke zu ertragen und sich nichts weiter dabei zu denken. Außerdem hatte sich der «Jäger» im Laufe der Woche gefüllt. Die meisten Gäste waren wegen der Beisetzung von Benders Großvater angereist, Verwandte zweiten, dritten Grades aus mittelgroßen Städten, aber es war auch ein Pärchen Wanderer aus dem Ruhrgebiet darunter. Und nachdem die Hotelgäste vergeblich versucht hatten, in der Stadt auf ein gepflegtes, nächtliches Bier einzukehren, entschloss sich der Portier, in der pergamentartig vergilbten Lobby des «Jägers» drei Tische aufzustellen, an denen er seither diverse Alkoholika ausschenkte, die er zu einem Bruchteil des Verkaufspreises im Getränkehandel erwarb. Mit dem neuen Nebenverdienst verbesserte sich seine Laune zusehends, ja er gesellte sich höchstselbst zur zechenden Runde, der sich am folgenden Abend auch Bender und Rock anschlossen. Dr. Winter dagegen mied sie. Wenn er von einem seiner nächtlichen Spaziergänge zurückkehrte, winkte er zwar freundlich hinüber, stieg aber sofort die schmale Treppe hoch, die zum Korridor mit den Zimmern führte, ein langer Schlauch, mit abgewetztem Teppich ausgelegt, an den Wänden Drucke, die Motive aus Jagd- und Sagenwelt zeigten. Niemand wusste, was der Doktor tat, nachdem er morgens das Haus verließ, was er getan hatte, wenn er zu später Stunde heimkam, und warum das Licht in seinem Zimmer länger brannte als jedes andere in der Stadt. Nur so viel war gewiss: Zwei Tage nach seiner Einquartierung im «Jäger» war ein UPS-Fahrzeug auf den Gästeparkplatz im Hof gebogen. Bepackt mit einem halben Dutzend Paketen unterschiedlicher Abmessungen, wobei das größte das Ausmaß eines Koffers hatte – es befand sich tatsächlich einer darin –, war der Bote durch den Personaleingang direkt zum Zimmer Dr. Winters gegangen. Dieser hatte den Erhalt der Kartons quittiert und ein großzügiges Trinkgeld gegeben.

Um die Ecke kamen die Totengräber, zwei rauchende Männer, schlecht gekleidet, aber gut gelaunt, die sich aufgrund einer Vereinbarung zwischen Sozial- und Grünflächenamt der Stadt hier den Vormittag um die Ohren schlugen. Als sie Dr. Winter sahen, senkten sie die Stimmen und ließen die 0,25-Liter-Flaschen Jägermeister in den Taschen ihrer vietnamesischen Hochglanz-Jacketts verschwinden.

«Kommen Sie», sagte Dr. Winter und schob unsere beiden Freunde sanft in Richtung Kapelle. Die Totengräber, die vor ihnen gingen, warfen die Zigarettenkippen zwischen die Gräber und strafften ihre Körper. Plötzlich wirkten sie seriös.

In der Kapelle roch es nach kaltem Weihrauch und Kerzenwachs, es war kühl. Etwa die Hälfte der Stühle war besetzt. Vorne saßen die Verwandten des Verstorbenen in zwei geschlossenen Reihen, auf den hinteren Plätzen hatten sich Leute niedergelassen, die mit ihm bekannt gewesen waren, Arbeitskollegen zumeist. Bender zögerte, die Schwelle zu überqueren, aber Dr. Winter nickte ihm aufmunternd zu, bevor er selbst eintrat und die Tür hinter sich zuzog. Wie schon am Morgen ließ der defekte Schließer sie mit lautem Krachen ins Schloss fallen, statt sie abzufedern. Diesmal stoben keine Krähen aus den Bäumen.

Im selben Moment bogen zwei Fahrzeuge in die Poststraße ein, an der Kreuzung, in die die Bundesstraße mündete, direkt unterhalb des «Jägers», eine schwarze Limousine, gefolgt von einem schwarzen Van, beides amerikanische Modelle der neuesten General-Motors-Kollektion. Die Nummernschilder deuteten auf eine Berliner Herkunft hin. Knapp unterhalb des Friedhofs drosselten die Wagen das Tempo. Als sie den Friedhofseingang passierte, hielt die Limousine auf dem Parkstreifen, wo unter Kastanien ein Sammelsurium billiger Kleinwagen stand, die Trauernden, Friedhofsbediensteten und Anwohnern gehörten. Der Van fuhr weiter und schwenkte an der nächsten Kreuzung in die Seitenstraße ein. Zehn Minuten später – die Andacht für den Verstorbenen war im Gange – schlenderten zwei Männer in schwarzem bzw. anthrazitfarbenem Anzug den Kiesweg entlang. Die Eleganz der Schnitte, die schmalen Sonnenbrillen und die sauberen Konturen ihrer Frisuren wiesen sie untrüglich als Auswärtige aus. Wären sie nicht verkabelt gewesen, was nur für das misstrauische Auge erkennbar war, und ausgestattet mit Kleinstkameras, Richtmikrophonen und Knöpfen im Ohr, hätte man in ihnen großstädtische, wohlhabende Neffen des Verstorbenen vermuten können, die sich wegen geschäftlicher Termine verspätet hatten. Allerdings verließen sie jetzt den

Kiesweg, noch bevor sie die Kapelle erreicht hatten, um kurz darauf hinter einer dichten Ligusterhecke abzutauchen.

Als nach einer halben Stunde, in der nichts passierte, endlich die Glocke der Kapelle zu läuten begann und Dr. Winter die Tür von innen aufstieß, um dem Trauerzug den Weg nach draußen zu öffnen, war nichts von den Männern zu sehen.

Mit all der Würde, die ihm möglich war, trug einer der Totengräber die Urne vor sich her. Dahinter der Trauerzug, bei jedem Schritt stockend, um den Vorangehenden nicht in die Hacken zu treten. An der Grabstelle sprach der Pfarrer die letzten Worte, dann ließ der Totengräber die Urne in die Erde. Es folgten die üblichen Rituale: Blumen und ein paar Hand voll Erde wurden in die Tiefe geworfen, der enge Familienkreis nahm die Beileidsbekundungen der Gäste entgegen. Auch Rock hatte sich mit Dr. Winter in die Schlange der Kondolierenden gereiht. «Tut mir Leid», sagte er, während er Bender die Hand drückte, und machte ein zerknirschtes Gesicht.

«Kann passiern», sagte Bender und setzte ebenfalls ein zerknirschtes Gesicht auf.

Im Laufe der nächsten halben Stunde zerstreute sich der Kreis der Hinterbliebenen. Die meisten brachen in kleineren Gruppen zu Spaziergängen auf, Dr. Winter zog sich auf sein Zimmer zurück, Bender und Rock beschlossen, ihr Quartier aufzuräumen und dann ihren Kater auszuschlafen, denn am Abend sollte im «Jäger» die Trauerfeier stattfinden, ein Festessen, zu dem sie einigermaßen erholt erscheinen wollten.

Auch die beiden schwarzen Fahrzeuge befanden sich längst wieder auf der Bundesstraße, die in die großen Städte führte. Noch bevor die erste Blume auf die Urne gefallen war, hatten sich die Männer zurückgezogen, geschmeidig, lautlos, und waren in die Limousine gestiegen, die wie ein Tiger auf dem Sprung mit laufendem Motor am Straßenrand wartete. Oberhalb des Friedhofes scherte der Van auf die Poststraße. Bereits am «Jäger» fuhren sie wieder in Zweierformation, und das hohe Tempo, das sie alsbald aufnahmen, ließ vermuten, dass sie eine weite Strecke zurückzulegen hatten. Doch das Ziel war nicht Berlin oder eine andere große Stadt, sondern das beschauliche, gut zehn Kilometer entfernte K*burg, wo in einem 4-Sterne-Hotel, das zumindest ansatzweise internationalen Standards genügte, Zimmer für die Männer reserviert waren. Denn hier, unter ausländischen Touristen, die wegen des mittelalterlichen, zum Kulturerbe der Welt zählenden Stadtzentrums gekommen waren, fielen ihre Maßanzüge, ihre Sonnenbrillen und exzentrischen Autos kaum mehr auf. Hier wirkten sie in der Tat wie Geschäftsleute: eine gute Basis, um die Arbeit zu erledigen.

# IG Metallica

**Die Straße war fünf Meter breit.** Zwei Autos hätten einander knapp passieren können. Aber es war Nacht, und die Stadt schlief. Nur ein einsamer Wagen parkte am leicht ansteigenden Gehweg. Links und rechts der Straße standen dicht an dicht einstöckige, verklinkerte Mietshäuser. Eines sah aus wie das andere. Die Eingangstüren waren ebenerdig, die Rollläden der Parterrewohnungen heruntergelassen. Hier und da spannten sich armdicke Kabelbündel zwischen den schiefergedeckten Dächern. Fahles Licht ging von den Laternen aus, die im Abstand von fünfzig Metern in den Asphalt des Bürgersteiges eingelassen waren: weiß eigentlich, doch Staubpartikel und Rußteilchen gaben ihm etwas Warmes.

Weiter vorne bog sich die Straße nach links. Bender lief in der Straßenmitte und war vielleicht hundert Schritte von der Kurve entfernt. Es gab keinen Grund, schneller zu gehen, aber er tat es dennoch. Als er die Kurve durchquert hatte, sah er, dass die Straße ein Stück weiter an einer mannshohen Mauer aus Feldsteinen endete. Er befand sich in einer Sackgasse, die er an dieser Stelle nicht vermutet hatte, denn eigentlich kannte er die Unterstadt, in der er jetzt war, wie seine Westentasche, von früher, als er mit anderen Kindern hier umhergezogen war.

Bender wurden die Füße schwer. Nur das wusste er noch:

Die Trauerfeier war längst beendet. Die Feiernden hatten den gesamten Abend kräftig zugelangt, vor allem bei den Schnäpsen. Wahrscheinlich war das auch der Grund, warum sich Bender, statt zu schlafen, in den unwirtlichen Straßen der toten Arbeitersiedlung herumtrieb. Und: Er merkte, dass seine Sinne nicht mehr auf der Höhe waren, denn statt zu sehen, was da hinter der Feldsteinmauer in den schwarzblauen Himmel ragte, sich geradezu auftürmte zu einem brachialen architektonischen Monument und dem widerlich romantischen Harzhimmel einen flackernden Feuerschein verlieh, *hörte* er es zunächst. Es war ein Rumpeln, nein: ein Rumoren, ein satter, fetter Sound, der aus einer Vielzahl einzelner Geräusche bestand, hämmernde, pochende, metallisch helle und hölzern dumpfe, schleifende und zischende Geräusche. Eisen auf Eisen, rasselnde Förderbänder, dröhnende Motoren, Zahnräder, die ineinander griffen: eine Kakophonie schwerindustrieller Vitalität. Und als er, benommen von der Wucht des Klanges, den Kopf hob, um die Ursache zu erkennen, fand er sich in einer gigantischen Kulisse aus Rost wieder. Korrodiertes Eisen, so weit das Auge sehen konnte, bis zum Horizont, der zu Füßen der steil ansteigenden Berge endete. Rost in den abwegigsten Formen: mehrstöckige Türme, Reihen von Stahlzylindern, Kranausläufer, alles ohne Symmetrie, ein Gewirr von Trägern, Verstrebungen und Seilen, dazwischen einzelne, gemauerte Essen, die sich wie ausgestreckte Mittelfinger aus der bebenden Erde hoben und die Luft mit stinkenden Gasen verätzten. Während die Stadt schlief, raste hier ihr Herz, und dieses Herz hatte verdammte Ähnlichkeiten mit einer Hölle.

Bender lief weiter. Der Boden, auf dem er jetzt ging, bestand aus Beton und war von einem Schienennetz durchzogen. Öllachen schimmerten auf den Pfützen. Einem dieser

Schienenstränge folgte Bender und gelangte derart in eine Halle von der Fläche eines Fußballfeldes. Der gesamte Raum loderte, er glühte geradezu, und zwar weiß: Weißglut. Entsprechend war die Temperatur. Auch hier dröhnte es. Bender schmerzten die Ohren, die Augen brannten ihm vor Hitze und Müdigkeit. Er schwitzte. Und er stellte sich zum ersten Mal die Frage, was er hier machte, und indem er sich die Frage stellte, schwand seine Lust, weiterzugehen. Dann aber entdeckte er etwas, das seine Neugier abermals fesselte, so sehr, dass er unbedacht einige Schritte vorantat. Die Hitze versetzte ihm einen Schlag, der ihn augenblicklich zum Hallentor zurückwarf, durch das ein kühler Zug Nachtluft hereinwehte. Doch einmal entdeckt, waren sie auch von hier zu sehen: menschliche Schemen, die sich bewegten, die Betreiber dieser Hölle. Es waren Dutzende. Sie schaufelten Koks und Erz in die Türen brodelnder Öfen, sie stachen Stahl ab, sie leiteten glühende Ströme flüssigen Metalls durch die Halle, sie zwangen sie durch Walzen, sie kühlten sie mit Wasser, sie rollten den gewalzten Stahl auf meterhohe Haspeln.

Die Männer trugen silberne Schutzanzüge, unter denen die Brustkörbe bebten. Der Widerschein des Feuers zuckte in den Schutzbrillen. Bender wusste sofort: Das hier war Kampf. Die Verbissenheit, mit der die Männer die Materie bezwangen, der Fanatismus, mit dem sie ihr Form gaben. Hier ging es nicht nur um die Produktion von Stahl, hier ging es um eine Mission. Hier setzte sich fort, was im Mittelalter begonnen hatte, als der «Wilde Mann» aus dem Boden gestampft worden war, die erste Eisenhütte der Gegend, und was sich in den folgenden Jahrhunderten mit kleinen Werkzeug- und Nagelschmieden, mit Hochöfen, mit Hammer- und Pochwerken, schließlich mit dem Stahl- und Walzwerk fortgesetzt hatte. Es war eine Mission, die auf die Zukunft ausgerichtet war. Dort gab es keine Arbeitnehmer mehr, Angestellte in proletarischen Berufen, dort waren die Arbeiter gleichzeitig Sinn und Zweck allen Tuns. Es gab keine Individuen, und dennoch hatte jeder ein Gesicht. Das, was sie heute Nacht hier im Kleinen machten, würden sie dann auf Weltniveau machen: Materie gestalten.

Bender wurde warm ums Herz bei diesem Gedanken. Er wusste nicht, ob er ihn irgendwann gelesen hatte oder ob die Bilder der Arbeiter so stark waren, dass sie ihn von selbst aufkommen ließen. Er kam aber nicht mehr dazu, sich darüber klar zu werden, denn eine Sirene legte sich über das Rumoren: drei lang gezogene tiefe Töne. Sofort verstummten die Arbeitsgeräusche, und in einer, nach all dem Krach, seltsam anmutenden Stille verzogen sich binnen Sekunden Dampf- und Rauchschwaden. Die Arbeiter hatten schon beim ersten Ton innegehalten, wie erlöst, als hätten sie die ganze Zeit auf das Signal gewartet. Sie ließen die Werkzeuge fallen, wandten sich von den Maschinen ab, während sich von der Decke ein Edelstahl-Ungetüm herabsenkte, das die Form eines Ufos hatte. Lauter Jubel brach aus. Die ersten Arbeiter rissen sich die Schutzmasken von den Köpfen. Sie hatten kleine Schweißperlen auf den Stirnen, ihre Frisuren waren akkurat und mit Gel in Form gebracht. Einige hatten lange Haare, die in sanften Wellen die Gesichter umflossen, sehr fein gezeichnete Gesichter, die blauen Augen von einem dezenten Mascara-Strich betont.

Es begann wieder zu dampfen, auf Kniehöhe, aus allen Ecken kam der Dampf geschossen, doch Bender wusste, dass es sich um Trockeneisnebel handelte. Trotz des Gewabers, das schnell die komplette Halle ausfüllte, konnte er erkennen, wie sich die Arbeiter ihrer silbernen Anzüge entledigten. Darunter waren sie fast nackt, braun gebrannt und muskulös die Oberkörper, die Bauchmuskeln herausgearbeitet. Fast alle trugen Hot Pants aus Leder, einige hatten Ringe in den Brustwarzen oder kleine glitzernde Steine im Nabel.

Unterdessen hatte sich das Edelstahl-Ufo zu drehen begonnen, zunächst langsam, dann immer schneller. Als es in vollem Schwung war, gab es ein Klacken, und im Inneren des Ufos sprangen zig Stroboskop-Lichter an. Erneut durchflog ein Jubelschrei die Halle. Die ersten Arbeiter begannen ekstatisch zu tanzen, wohl in Vorfreude auf die Musik, die wenig später tatsächlich einsetzte. Bender kannte das Lied, einen Dancefloor-Klassiker aus den neunziger Jahren. Immer, wenn der Refrain wiederkehrte, grölten die Arbeiter laut mit: *I've Got the Power.*

Aus dem Nebel kam einer der Arbeiter näher. Seine Arme bewegten sich wie Schlangen auf und ab, während er sich mit rhythmischen Beckenstößen in Benders Richtung bewegte. Bender konnte schon das Aftershave riechen, und er sah schmale, feingliedrige Hände auf sich zukommen. Bevor sie ihn packen konnten, machte er auf dem Absatz kehrt und rannte aus der Halle, zweihundert Meter weit, mit aller Kraft, die ihm nach dieser Nacht noch zur Verfügung stand.

Draußen hatte sich das Morgenrot über die Stadt gelegt, violette Striche auf dem zartblauen Himmel, und Bender merkte, als er verschnaufte, dass er sich noch immer auf dem Werksgelände befand. Musik jedoch war keine mehr zu hören.

Oder doch? Doch, da war wieder Musik. Sie kam aus kleinen Lautsprechern, die an Dachvorsprüngen und Masten hingen und früher dem Betriebsfunk gedient hatten. Der Song allerdings war ein anderer als jener in der Werkshalle, doch auch diesen kannte Bender. Aber er kam nicht auf den Titel. Da konnte er noch so oft die eine markante Zeile wiederholen: *sleep with one eye open – sleep with one eye open – sleep with one eye open.*

Klar kannte Bender das Lied. Bloß: Wie hieß die verdammte Band?

*Sleep with one eye open,* schepperte es abermals aus den Lautsprechern, und mit einem Mal fiel Bender der Name wieder ein, er lag ihm auf der Zunge, doch noch bevor er ihn aussprechen konnte, fiel ein Schuss.

## Anderntags

**Ein Schuss?** Sagte ich gerade: Schuss?

Es war eher so: Eine Bierflasche fiel um. Aber dazu später mehr.

Am Morgen dieses ersten schönen Sommertages des Jahres, ein Sonnabend im Übrigen, erwachte ein junger Mann – er war knapp über dreißig – namens Hans Baenschi mit einem höllischen Druck im Kopf. Durch das Fenster seines Hotelzimmers fielen die Strahlen der noch tief stehenden Morgensonne und tauchten das Zimmer in einen honiggoldenen Schein. Trotz seines dröhnenden Schädels stand er unverzüglich auf, rieb sich die pochende Stirn und sah auf die Uhr: kurz vor elf. Er hatte also verschlafen. Beunruhigender jedoch war, dass er statt im Seidenpyjama, den er gewöhnlich nachts trug, im Anzug geschlafen hatte. Entsprechend mitgenommen sah das gute Stück aus. Es war zerdrückt, wies einige Flecken unbekannter Herkunft auf, roch nach kaltem Rauch, und das Sakko hatte am Ärmel ein kleines Brandloch. Einen zweiten Anzug hatte Hans Baenschi nicht dabei. Normalerweise hätte der eine für den Einsatz genügt, denn bereits heute nach dem Frühstück, das für neun angesetzt gewesen war, hätte es nach Berlin zurückgehen sollen.

Während er sich auszog, sah er aus dem Fenster, das auf

den schmalen Hof führte. Dort befand sich neben dem Kücheneingang und der Lieferzone auch der Gästeparkplatz, auf dem zu seiner Erleichterung die zwei schwarzen Wagen ihrer kleinen Fahrzeugkolonne standen. Seine Kollegen waren also nicht ohne ihn abgefahren, allerdings wunderte er sich, dass sie ihn nicht geweckt hatten. Möglicherweise sahen sie sich noch den weltberühmten Stadtkern an oder kauften ein paar Kleinigkeiten für ihre Frauen und Kinder, so wie sie es bei anderer Gelegenheit schon getan hatten. Deshalb ließ sich Hans Baenschi beim Duschen und Rasieren Zeit, parfümierte sich anschließend, arbeitete mit Hilfe amerikanischen Haarwachses die Konturen seiner Frisur heraus, zog ein frisches weißes Hemd an und stieg vorsichtig in den verschmutzten Anzug. Er nahm zwei Aspirin, packte seine Sachen zusammen und trat mit seinem kleinen Lederkoffer in der Hand noch einmal ans Fenster.

Hans Baenschis Karriere war alles andere als geradlinig verlaufen. Dabei war die wichtigste Voraussetzung von Beginn an vorhanden gewesen, ein wohlhabendes Elternhaus. Nicht, dass der junge Hans aus Langeweile zu rebellieren begann, aber im Alter von fünfzehn stellte er zum ersten Mal fest, dass etwas fehlte. Und das war der Mangel selbst, denn in seinem Elternhaus gab es alles: Liebe, Zuneigung, Geld. Es war eine Rebellion gegen das Glück, gegen das abgefuckte Einerlei der Sorglosigkeit. Hans Baenschi litt an einem Luxusproblem, für das seine Eltern schnell eine Luxus*lösung* fanden: Sie schickten ihn auf eine Internatsschule im schottischen Hochmoor, dessen strenges und formales Regime dem liberal und durchaus antiautoritär erzogenen jungen Deutschen bald über die Hutschnur ging. Das Ergebnis seines Aufstands gegen die britannische Schuldiktatur war der Rauswurf, dem die Aufnahme in ein teureres, süddeutsches Internat folgte. Hier waren die Spielregeln lockerer, es gab keine Kleiderordnung, und das Haus genoss den Ruf einer Brutstätte für künftige Führungskräfte. Hans Baenschi traf Gleichgesinnte, die im Regelbruch den einzig möglichen Kampf gegen ihre Väter und deren Brieftaschen sahen. Brieftaschen allerdings, die sie ironischerweise aus den Kalamitäten retteten, in die sie die Verletzung der Regeln brachte.

Im Alter von neunzehn erlangte Hans Baenschi sein Abitur. Die Eltern hätten ihn gern ein seriöses Fach an einer gut beleumundeten Universität studieren sehen. Sie waren aber modern genug, ihn nicht zu drängen, und sie nahmen es mit Fassung, als er ihnen den Plan eröffnete, nach Absolvierung des Zivildienstes schauspielern zu wollen, professionell. Zu diesem Zweck bewarb er sich an Schauspielschulen in München und Berlin, in Hamburg und Essen, sprach dort jeweils vor, aber gelangte kein einziges Mal auch nur in die nächste Runde. Seiner Motivation indes schadete es nicht.

Im Laufe des nächsten Jahres zog er aus dem elterlichen Haus mit See- und gleichzeitigem Alpenblick nach Berlin. Nach Berlin-Friedrichshain, genauer gesagt. Das besetzte Haus, in dem er eine Wohnung fand, war heruntergekommen, die sanitären Anlagen funktionierten sporadisch, es gab kein Telefon. Man konnte nicht unterscheiden, wer zu Besuch war und wer auf Dauer hier wohnte. Überall liefen brünstige Köter herum. In der Hofeinfahrt stank es nach Urin, vor dem Haus stank es nach dem veganen Fraß, den die autonome Volksküche im Erdgeschoss anrührte. Aber in Hans Baenschis Alter störte einen dergleichen nicht nur nicht, man konnte es sogar genießen, erst recht, wenn man aus einer Umgebung kam, in der das Wort *Lebensart* mit Kunst assoziiert wurde.

Alles in allem war dieses Leben äußerst angenehm: Es plätscherte vor sich hin. Zu seinem dreiundzwanzigsten Geburtstag aber erhielt er einen Brief seiner Eltern, der neben Glückwünschen eine handfeste Botschaft im Postskriptum enthielt: Sie würden ab sofort nicht mehr für seinen Lebensunterhalt aufkommen. Oder wie sie es nannten: für seinen *unsteten Lebenswandel*. Ein halbes Jahr hielt sich Hans Baenschi mit kleineren Jobs über Wasser, dann kapitulierte er und fuhr für ein Wochenende aufs elterliche Anwesen, wo eine Familienkonferenz über seine Zukunft beraten würde. D. h., die Konferenz war schon abgehalten worden, wie Hans Baenschi erfuhr, als er am Esstisch saß und seine Augen über die Wellen des Sees schweifen ließ. Er hatte sich lediglich einen Beschluss anzuhören, einen Entweder-oder-Beschluss, wobei das *Oder* sein Leben repräsentierte, wie er es in den letzten Monaten geführt hatte: kein Geld von den Eltern, stattdessen Zettel verteilen, nachts Bierkästen durch Diskotheken schleppen. Die Alternative, das *Entweder*, wirkte noch ungemütlicher: ein Studium der Rechtswissenschaften an einer privaten Universität, voll finanziert, einschließlich Zimmer auf dem Campus, an dessen erfolgreichen Abschluss eine satte Prämie gekoppelt war. Von dem Prämiengeld hätte Hans Baenschi getrost mehrere Jahre sein unprätentiöses Berliner Leben fortführen können. Er hatte Zeit, eine Nacht darüber zu schlafen.

Als er sich am nächsten Morgen an den gedeckten Frühstückstisch setzte, an dem seine Eltern schon auf ihn warteten, fiel just in dem Moment, da seine Mutter mit einem «Und, Hans?» anhob, seine Entscheidung zu erfragen, eine Lichtreflexion – sie kam von den gekräuselten Wellen des Sees, in denen sich die Sonnenstrahlen brachen – durch das Panoramafenster und traf seine Augen.

Hans Baenschi sagte ohne zu zögern: ja. Und indem er dies sagte, wurde ihm sehr leicht ums Herz. Aber als er wie ein Verdurstender den Champagner trank, den sein Vater aus einem Kühler unterm Tisch genommen hatte, wurde ihm das Herz unglaublich schwer.

Doch Hans Baenschi zog das Studium durch, war sogar einer der Besten seines Abschlussjahrgangs, und bereits nach sieben Jahren hatte er sein zweites Staatsexamen in der Tasche. Seine Eltern zahlten die vereinbarte Prämie und legten eine mittelgroße Eigentumswohnung obendrauf, die sie von der Steuer absetzen konnten, frisch renovierte 70 Quadratmeter in der Mitte Berlins, unweit des unscheinbaren Bürokomplexes mit Waschbetonfassade, in dem Hans Baenschi auf Empfehlung seines Dekans eine Stellung gefunden hatte und seither Dienst tat.

Ein Dienst, der wirkte wie ein Verwaltungsjob, aber zu einem Drittel aus Außeneinsätzen bestand. Manchmal kam sich Hans Baenschi vor wie ein reisender Vertreter. Allerdings wohnten er und die Kollegen nicht in Pensionen, sondern in Hotels, sie aßen in Restaurants statt an Imbissbuden, und ihr Equipment, bei den Fahrzeugen angefangen, war vom Feinsten. Und das hatte seinen guten Grund, denn sie verkauften nicht ahnungslosen Leuten billigen Plunder, ihre *Mission* war nicht weniger als die Sicherheit des Staates. Es ging darum, die politische Stabilität zu gewährleisten, indem die widerstrebenden Kräfte in der Balance gehalten wurden, es ging um den Schutz der Mitte vor den Extremen. Ihre Mission war eine konservative.

Die Methoden, die sie dazu anwendeten, waren vielfältig und grenzten teilweise ans Abenteuerliche, neben der polizeilichen Ermittlungsarbeit gab es Aktionen, die nicht nur die Konspiration streiften, sondern die Illegalität, denn im

Prinzip war alles erlaubt. Die Büroarbeit dagegen bestand vornehmlich in der Pflege von Datenbanken, im Anlegen und Verwalten von Dossiers, im Abfassen von Protokollen und der Recherche. Der Job war zweifellos wichtig, er war gut bezahlt, und eigentlich hätte Hans Baenschi zufrieden sein sollen ...

Auf den Hof bog der Kühltransporter einer Feinkostfirma ein und stoppte an der Laderampe zum Kücheneingang. Der Fahrer sprang heraus, öffnete die hintere Tür und begann, mit zerstoßenem Eis bedeckte Kisten auszuladen. Keine Minute später fuhr der LKW eines Getränkegroßhändlers vor. Der Fahrer hatte Mühe, die enge Hofeinfahrt zu durch- queren. Er manövrierte mehrere Male vor und zurück, ehe es ihm gelang. Fluchend stieg er schließlich aus und inspizierte die Stelle, an der er seinen Laster abgestellt hatte. Er stemm- te die Hände in die Hüften, schüttelte den Kopf, und auch Hans Baenschi, der das Treiben vom Fenster aus beobachtete, schüttelte seinen Kopf, den augenblicklich die bereits über- wunden geglaubten Kopfschmerzen zurückeroberten: Dieser dämliche Bierkutscher hatte ihre Limousine zugeparkt, und das war ihm offenbar egal, denn er kletterte auf die Lade- fläche und begann, mit einer Sackkarre Getränkekisten auf die hydraulische Hebebühne zu wuchten.

Dir trete ich in den fetten Arsch, dachte Hans Baenschi. Er zog die Vorhänge zu, stellte seinen Koffer noch einmal ab und richtete mit einigen routinierten Handgriffen das Bett. Dann öffnete er die Tür und trat auf den klimatisierten Gang, wo die Staubsauger der Putzfrauen röhrten. Er ging zum Fahrstuhl und drückte den Abwärts-Knopf. Die Kabi- ne jedoch war besetzt mit einem herrenlosen Wagen voller Putzutensilien, sodass Hans Baenschi widerwillig beschloss, die Treppe zu nehmen, kein Problem eigentlich, denn das Zimmer lag im ersten Stock, aber er fand, dass es souveräner aussah, wenn man das Foyer eines Hotels über den Fahrstuhl betrat: Es machte *pling*, die Tür schob sich zur Seite – man war da.

Als er sich auf halber Treppe zum Foyer befand und durch ein Gestrüpp mannshoher Hydropflanzen die versammelten Kollegen – sie waren, ihn selbst eingeschlossen, zu viert im Einsatz – in einer kleinen Gruppe beieinander stehen und sich unterhalten sah, fiel ihm wieder sein ruinierter Anzug ein. Die Kollegen würden dieselbe Frage stellen, die er bis eben erfolgreich verdrängt hatte: Was war in der vergangenen Nacht geschehen? Nicht um sich zu erinnern, eher in der Hoffnung, dass ihm geistesblitzartig eine passable Ausrede einfallen würde, blieb Hans Baenschi stehen. Das Grünzeug verhinderte, dass die Kollegen ihn vorzeitig entdeckten. Er stand reglos auf der Treppe, als die ersten Takte von Wagners Walkürenritt erklangen, Sie wissen schon, die aus *Apocalypse Now*, blechern und quäkend allerdings, denn es handelte sich um den Klingelton eines Handys, und Hans Baenschi wusste sehr gut, wem es gehörte: seinem Chef.

Während der telefonierte, kam leichte Bewegung unter die Kollegen. Es war noch nicht Nervosität, die sie erfasste, aber eine gewisse Anspannung hatte sich ihrer bemächtigt: Sie drückten die Zigaretten aus, sie rückten die Krawatten zurecht, putzten ihre Sonnenbrillen, all die kleinen Dinge, die man zur Ablenkung tut, wenn der Auftritt unmittelbar bevorsteht. Es war eine Art Lampenfieber. Hans Baenschi kannte diese kleinen Rituale, und er kannte das Lampenfieber, das auch ihn jedes Mal befiel, kurz bevor es losging.

Sein Chef beendete das Telefonat und ließ das Handy im Jackett verschwinden. Die Kollegen rückten wieder enger zusammen. Die Gesichter waren jetzt hart und konzentriert, das Bewusstsein aufnahmebereit, luzide. Hans Baenschi wusste, was folgen würde, das taktische Briefing. Und während sein Chef knappe Anweisungen gab, die die Männer mit Nicken quittierten, wurde ihm klar, dass er sich eigentlich bei ihnen befinden sollte. Dass dem nicht so war, konnte nur bedeuten …

Das Briefing war nach einer halben Minute beendet. Einer der Kollegen durchschritt die Drehtür des Eingangs. Der andere ging lässigen Schrittes in Richtung Frühstücksraum, an dessen Ende sich der Ausgang zum Gästeparkplatz befand.

Nur sein Chef stand jetzt noch dort unten hinter dem Hydrokulturenbusch. Er prüfte den Sitz seiner Krawatte. Er zog sein Handy aus dem Sakko, drückte ein paar Tasten und steckte es wieder weg. Dann ließ er die Fingerknöchel knacken. Hans Baenschi hatte sich eine Sekunde zu lange in Sicherheit gewähnt, denn der erste Blick, den sein Chef Richtung Treppe warf, traf ihn mitten in die Augen. Er versuchte zu lächeln, doch das Gesicht des anderen blieb hart. Das konnte nur noch eines bedeuten …

Hans Baenschi machte auf dem Absatz kehrt und stürmte die Treppe hoch. Der Flur war mittlerweile übersät mit Putzwagen, zwischen denen Putzfrauen herumwuselten. Er hatte keinen Plan, aber er besaß noch immer den Schlüssel zum Hotelzimmer. Dort angekommen, verschnaufte er eine Sekunde. Das, was hier vor sich ging, sah einem Zugriff verdammt ähnlich, nein: Es war einer.

Mit dieser Einsicht gewann jener Instinkt die Oberhand, der sich im Laufe seiner wenigen Berufsjahre am deutlichsten ausgeprägt hatte: der Wille zu gewinnen, der ihm ins Blut gegangen war und von dem sein Ausbilder behauptet hatte, er sei eine Vorstufe des Willens zum Überleben. Was hieß, sich nur auf den jeweils nächsten Schritt zu konzentrieren. Und weiter, jedes Grübeln über die Richtigkeit des Handelns einzustellen.

Hans Baenschi trat langsam ans Fenster. Wie erwartet, stand der Kollege auf dem Hof, wo er in einen Disput mit dem Getränkefahrer verwickelt war. Den Gesten ließ sich entnehmen, dass es um die zugeparkte Limousine ging. Der Bierkutscher schien einer dieser störrischen Einheimischen zu sein, deren Frustration so hoch war, dass sie phasenweise in Rebellion umschlagen konnte. Was im Moment offenbar geschah. Denn ohne auf die Weisungen des heftig gestikulierenden Kollegen zu reagieren, ging der Mann stoisch seiner Arbeit nach. Er ließ die Hebebühne des LKWs herunter und schob anschließend die beladene Sackkarre die Versorgungsrampe zur Küche hinauf. Selbst beim Zusehen wurde einem übel, allerdings war diese Penetranz im Augenblick für Hans Baenschi durchaus hilfreich: Sein Kollege hatte das Treiben zunächst fassungslos hingenommen, als der Bierkutscher weiterhin nicht reagierte, zu fluchen begonnen und rannte ihm nun hinterher. Er war auf hundertachtzig, man sah es, und Hans Baenschi konnte ihn gut verstehen.

Der nächste Zug des Spiels musste getan werden: Es war sein Zug.

Er nahm sein Handy aus der Innentasche des Jacketts, stellte es an und warf einen kurzen Blick auf das Display: keine Anrufe in Abwesenheit. Dann öffnete er das Fenster. Draußen brummten die Ventilatoren der Küchenlüftung. Das konnte von Vorteil sein. Zu sehen war niemand. Er kletterte aufs Fensterbrett. Bis zum Betonboden des Hofes waren es vielleicht sieben Meter. Er beugte sich heraus und ließ seinen Koffer fallen. Das Geräusch des Aufschlags war satt, aber dumpf. Während er sich mit den Händen am Fensterrahmen festhielt, schwang er seinen Körper vorsichtig nach draußen. Seine Beine baumelten jetzt in der Luft. Der Anblick musste lächerlich sein. Bis zum Boden waren es maximal noch fünfeinhalb Meter. Das konnte klappen. Das hatte er in der Ausbildung mehr als einmal geschafft. Er ließ los. Und versuchte sofort, in die Knie zu gehen, um den Aufprall abzufedern. Was gelang. Dann rannte er zum Van rüber, den der göttliche Einfaltspinsel nicht zugeparkt hatte. Er fischte den elektronischen Wagenöffner aus der Hosentasche. Zwei kurze Pieptöne, und die Verriegelung sprang auf. Hans Baenschi stieg in den Wagen, warf den Koffer auf den Beifahrersitz und ließ den Motor an. Er war jetzt so ruhig wie schon seit Tagen nicht mehr. Beim Zurücksetzen sah er im Spiegel den Kollegen aus der Küche kommen. Er hatte den Bierkutscher im Schwitzkasten. Und Hans Baenschi sah, dass er *ihn* sah.

Ob er auch den ausgestreckten Finger erkannte, ließ sich nicht sagen, denn mit einem gewaltigen Sprung schoss der Van aus der Hofeinfahrt und bog mit quietschenden Reifen um die Ecke. Hans Baenschi fuhr den Mittelfinger wieder ein und griff nun auch mit der anderen Hand nach dem Lenkrad. Er hatte den ersten Satz gewonnen: Es hatte sich einmal mehr bestätigt, was die Kollegen schon immer von ihm behauptet hatten, dass er eine verdammt coole Sau sei.

# 33 °C

**Bender schlug exakt in dem Moment** die Augen auf, da das Blut aus seiner faustgroßen Kopfwunde in hoher Fontäne herauszuschießen begann und sich ein erster Schwall zeitgleich über seine Brust ergoss. Und: Er stellte erleichtert fest, dass er den ganzen Scheiß, dessen Höhepunkt seine Erschießung war, lediglich geträumt hatte.

Aber Sie kennen das vielleicht: Die Träume vom eigenen Tod – wenn man *weiß*, dass man stirbt – sind von besonders fieser Qualität. Da ziehen einem auch keine Bilder am inneren Auge vorbei, oder wie das Ding heißt, das diesen Kram zur Aufführung bringt, mit Blümchenwiesen und tanzenden Mädchen in weißen Kleidern, da denkt man nur noch: Scheiße, das also soll's jetzt gewesen sein? Und man denkt auch nicht: Womöglich ist das alles nur ein Traum, so wie man sich aus gewissen anderen Träumen rettet, nein, in diesem Fall, dem des Todes, denkt man eben nicht: Hey, eigentlich schlafe ich doch und lass mich mal überraschen, was als Nächstes passiert. Denn für diesen Metaquatsch hat man absolut keine Zeit, wenn man stirbt. Und sei es nur im Traum. Verwunderlich ist, dass man irgendwann doch aufwacht, und die letzte Frage, die man sich, dann schon wach, stellt, ist: Wäre ich wirklich gestorben, hätte ich weitergeschlafen?

Nicht zuletzt solcher Gedanken wegen lag Bender eine Weile regungslos auf dem Rücken, Arme und Beine von sich gestreckt. An der Decke tanzten Lichtspiele, die die Sonne durch das Laub der Kastanien vor dem Fenster projizierte. Das Wetter hatte sich also endlich gebessert, dachte Bender, und das war der erste Gedanke an diesem Tag, der nichts mit dem Tod zu tun hatte. Im Aufrichten merkte er, dass seine Brust tatsächlich nass war, allerdings nicht von Blut, sondern von Bier, das aus einer Flasche stammte, die waagerecht auf dem Tischchen neben dem Kanapee lag und die er wohl mit fuchtelnden Armen im Schlaf umgerissen hatte. Außerdem hatte er es anscheinend nicht mehr geschafft, sich für die Nachtruhe auszuziehen. Sogar die Turnschuhe hatte er noch an.

Aus der Küche, wo Rock herumhantierte, kam laute Musik, und erst diese Musik, zusammen mit dem Geräusch aneinander schlagenden Porzellans, vergegenwärtigte Bender die Kopfschmerzen, die er hatte, Schmerzen, die nicht zu vergleichen waren mit dem normalen morgendlichen Kater, an den er sich fast gewöhnt hatte und den zu bekämpfen ein, zwei Aspirin genügten. Bender pulsierte der Kopf, als steckten seine Schläfen in einer Schraubzwinge und drückten sie millimeterweise auseinander. Er konnte sich nicht erinnern, derart viel getrunken zu haben. Natürlich: die üblichen Biere auf der Trauerfeier im «Jäger», den hier üblichen Schnaps dazu. Kostete ja nichts, außerdem steckte er das eigentlich locker weg.

Er hatte mit Dr. Winter und einem recht sympathischen jungen Mann beisammengesessen, von dem er nicht wusste, ob es ein entfernter Verwandter war oder ein Hotelgast, aber das hatte in diesem Moment keine Rolle gespielt. Es stellte sich heraus, dass der junge Mann gleichfalls aus Berlin kam.

Sie hatten sich in der Folge über alles Mögliche unterhalten, Bücher, Filme, Kneipen, Dr. Winter hatte charmante Bonmots beigesteuert, während Rock im Hintergrund mit einer von Benders Cousinen flirtete. Dann hatte sich Dr. Winter mit Hinweis auf sein Alter und die fortgeschrittene Stunde auf sein Zimmer verabschiedet, und etwa von diesem Zeitpunkt an fehlte Bender jede weitere Erinnerung.

«Willst du Spiegeleier?» Rock stand im Türrahmen und sah ihn verwundert an.

«Nein danke», sagte Bender, «mir ist schlecht.»

«Du siehst schlimm aus, Alter, wenn ich das sagen darf», sagte Rock, «wie ausgekotzt», und verschwand wieder in der Küche.

Bender sah auf die Uhr: Es war halb eins. Um zwei sollte beim Notar das Testament eröffnet werden. Es war schon seltsam, dass sein Großvater überhaupt ein Testament gemacht hatte. Zwar war er zu Lebzeiten sparsam bis zum Geiz gewesen, doch bezweifelte Bender trotzdem, dass er von seinem Lohn als Hüttenarbeiter und der nicht gerade üppigen Rente etwas wie ein Vermögen aufgebaut haben sollte. Wie auch? Es hatte ja nur drei Prozent Zinsen gegeben aufs Sparbuch, damals, zu Ostzeiten, und das war schon die Spitzenrendite, das maximal Mögliche. Hatte ja schließlich Sozialismus geherrscht, dessen Ziel es bekanntlich war, alle gleich arm zu machen.

Bender ging in die Küche rüber, wo Rock im Straßenatlas blätterte und Spiegeleier aß.

«Ihr habt ja ganz schön am Rad gedreht gestern», sagte Rock, ohne aufzusehen, «du und dieser Yuppie.»

«Keine Aspirin mehr da?», sagte Bender.

«Nee, die letzte hab ich vorhin …», sagte Rock.

«Mist», sagte Bender.

Nicht mal duschen konnte er, um sich frisch zu machen. Wurde langsam Zeit, dass sie weiterfuhren. Dieses Kaff hier schlug einem auf den Magen. Die verdammte Sauferei jeden Abend, die Kopfschmerzen jeden Morgen, die Verwandten mit ihrem Verwandtengetue, das ewige Kaffeetrinken und Kuchenessen.

«Ich meine: Kein Wunder, dass du dich dreckig fühlst. Ich persönlich würde so ein Zeug nie anrühren», sagte Rock und beobachtete Bender, der das verschwitzte Hemd ausgezogen hatte und sich nun über das Küchenwaschbecken beugte.

«Verstehe nicht», sagte Bender und drehte den Wasserhahn auf.

«Na, gestern Abend: die Pilze. Dr. Winter hat euch gewarnt. Zusammen mit Alkohol wäre das tödlich.»

«Scheiße», sagte Bender und klatschte sich einen Schwall kalten Wassers ins Gesicht. Zumindest daran konnte er sich wieder erinnern: Er hatte zusammen mit dem jungen Berliner im Designeranzug diese Pilze gegessen. Und richtig: Sie hatten die Warnung Dr. Winters in den Wind geschlagen. Allerdings hatte Dr. Winter sie nicht nur vor den Pilzen *gewarnt*, er hatte sie ihnen auch *gegeben*. Aus der Innentasche seines Sakkos hatte er einen kleinen, wildledernen Beutel gezogen, dessen Inneres mit einem atmungsaktiven, seidenähnlichen Stoff ausgeschlagen war. Darin befanden sich die getrockneten Pilze, die sie in einem Glas Wodka einweichten. Ein Übermut, den Dr. Winter mit einem tadelnden Kopfschütteln quittierte. Trotz des halbstündigen Einweichens blieben die Pilze zäh, ließen sich nicht zerkauen, sodass sie sie schließlich runterschluckten. Und: Es hatte scheußlich geschmeckt, ein bisschen nach … nun gut, daran konnte sich Bender beim besten Willen nicht erinnern, genau so, wie ihm jetzt, nach dieser kaum erfrischenden Katzenwäsche, nicht mehr einfiel, *weshalb* Dr. Winter ihnen die Pilze angeboten hatte, d. h., wie sie überhaupt auf das Thema gekommen waren. Ganz abgesehen von der Frage, warum ein distinguierter Herr seines Schlages derartige Halluzinogene mit sich führte.

Rock hatte die Spiegeleier aufgegessen und warf Bender ein Handtuch zu. Es stank nach Bier.

«Mann», sagte Bender, «was für eine Scheiße.» Eine neue Welle aus Schmerz begann, gegen seine Schädelwände zu branden.

«Musst du nicht los?», fragte Rock.

«Doch», sagte Bender und ging ins Wohnzimmer, um nach frischen Klamotten zu suchen.


Bender kannte Testamentseröffnungen bisher nur aus dem Fernsehen, wo sie meist zwischen Wänden aus dunklen Tropenholz-Kassetten stattfanden. Ein Ritual des 19. Jahrhunderts, dem sowohl Mobiliar als auch der Habitus des Vollstreckenden entsprachen. Der Raum aber, in dem er nun zusammen mit seinem Vater saß – sie beide waren die einzigen Geladenen –, wirkte freundlich und hell. Auf den zweiten Blick allerdings entpuppte er sich als eines der typischen Amtszimmer, die man als aufgeklärter Mensch eher mied: taubenblaue Auslegeware, Glasschreibtisch und Röhrenmonitor, davor zwei freischwingende Besucherstühle, bespannt mit Lederimitat, Neonröhren an der Decke, baumarktgenormte Lichtschalter und Türklinken: eine Plastikideologie, die sich hinter eloxiertem Aluminium versteckte. Das Fenster ging auf einen der zahllosen Parkplätze, aus denen das Industriegebiet, in dem sie sich jetzt befanden, hauptsächlich zu bestehen schien.

Mitte der neunziger Jahre war es als große Hoffnung für

die Stadt zwischen den Gleisanlagen der Bahn und dem Zu-
bringer, der auf die Bundesstraße nach K\*burg führte, errichtet worden. Es war die Zeit, in der die Reste des Hüttenwerks
verhökert wurden, Maschinen und Anlagen, aber auch die
Immobilie, die naturgemäß eher schwer zu verkaufen war.
(Das Ganze war dann später für eine symbolische D-Mark
weggegangen. Kein schlechtes Symbol, wenn Sie verstehen.)

Bis auf wenige Männer und Frauen, die die leeren Hallen
besenrein hielten, und den Werksschutz waren die Arbeiter
entlassen worden. Als dann der Bürgermeister die Errichtung
des Industriegebietes verkündet hatte, war der Jubel groß
gewesen und auch die Hoffnung, dass sich die Lage von nun
an verbessern würde. Doch trotz garantierter steuerlicher
Vorteile hatten sich bis auf einen mittelständischen Metall-
bauzulieferer und die Filiale einer Autowerkstatt-Kette keine
produzierenden Betriebe niedergelassen, was nicht nur zum
Fall der Immobilienpreise und einer zunehmenden Ver-
ödung des Areals führte, sondern schließlich auch zu seiner
Umbenennung in: Gewerbegebiet. In der Folge hatte sich
neben Lebensmittel-Discountern vor allem Gewerbe der
leichten Muse angesiedelt, unter anderem eine Diskothek,
ein Table-Dance-Club und eine Spielhalle, in der die einheimische Jugend vom Original-DFB-Kicker bis zum Toast
Hawaii alles fand, was das junge Herz begehrte. Einige der
gedrungenen Gebäude beherbergten auch Büros, und vermutlich glichen sie bis ins Detail jenem, in dem Bender
gerade saß und in der Tasche seines notdürftig gereinigten
Jacketts verlegen mit dem Kleingeld klimperte. Währenddes-
sen öffnete der Notar mit einer Umständlichkeit, die er wohl
für Würde hielt, einen versiegelten Umschlag aus braunem
Paketpapier. Es dauerte eine halbe Minute, ehe er ihn in
die Position gebracht hatte, die es ermöglichte, das Siegel

zu brechen. Er zog ein Schweizer Offiziersmesser aus der Hosentasche, und als die Klinge endlich gezückt über dem Wachs des Siegels schwebte, hielt er für einen Moment inne und sah erwartungsvoll in die Runde. Bender wühlte nervös in seiner Jacketttasche herum. Seine Finger griffen ein Stück Karton, weich, fast filzig: Es war der abgeknickte Teil eines Bierdeckels, auf dem in fremder Handschrift eine Telefonnummer notiert stand, ein mobiler Anschluss, wie an der Vorwahlnummer zu erkennen war. Der Notar grinste ihn an und begann, sich dem Siegel zu widmen. Sein Vater räusperte sich, Bender ließ das Kartonstück wieder in seine Tasche gleiten. Er war durstig. Sein Kopf dröhnte.

Dann endlich begann der Notar, den letzten Willen des Großvaters zu verkünden.

Zunächst wurde sein Vater bedacht, der eine Barschaft von knapp zwölftausend Euro erbte, die konservativ auf einem Festgeldkonto geparkt war. Nicht schlecht für ein Arbeiterleben. Bender sah seinen Vater an, für den das Geld vor allem eines bedeutete: Ärger mit der Behörde, die ihn alimentierte. Es würde mit den monatlichen Bezügen verrechnet werden. Früher als Ingenieur in der Hütte tätig, musste ihm schon die erste Umschulung Anfang der Neunziger wie ein Witz vorgekommen sein: Er sollte sich zum Einzelhandelskaufmann ausbilden lassen. Okay, nach einer Weile arrangierte man sich mit der Idee, degradiert worden zu sein, man dachte sich: Muss ja auch Leute geben, die Sachen verkaufen. Hat ja nicht jeder das Geld, um sie einzukaufen. Und genau das war der Haken gewesen. Während das Arbeitsamt hundert Leute zu Verkäufern umschulte, machte in der Einkaufsstraße der Innenstadt im Wochenrhythmus ein Laden nach dem anderen dicht. Na gut: Pech gehabt, wieder mal verkalkuliert. Zumindest hatten diese hundert Verkäufer in spe für ein Jahr nicht die Statistik verstopft. Der nächste Versuch sah schon etwas moderner aus, zeitgemäßer, versprach auch ein gewisses Prestige, hatte die Politik gerade für sich entdeckt, war brandheiß und wurde gefördert auf Teufel komm raus: das Internet. Ging um die Gestaltung von Webseiten, Webdesign. Da saßen hundert arbeitslose Verkäufer im frisch verkabelten Schulungsraum vor ihren Monitoren und fanden ohne Hilfe nicht mal den Knopf, mit dem die PCs eingeschaltet wurden. Aber was soll's, man ist ja lernfähig, gerade wenn es um die Zukunft geht, und über ein leidliches fotografisches Gedächtnis verfügten die meisten auch. Gab dann also hundert Zertifikate in Webdesign, die sich hundert Prozent der Absolventen ans Knie nageln konnten, denn es stellte sich heraus, dass die Stadt mehr Webdesigner hatte als Internetanschlüsse, von irgendwelchen Breitbandgeschichten ganz zu schweigen. Wieder danebengelegen, aber wieder waren die hundert Verkäufer für ein Jahr aus der Statistik verbannt.

Das gleiche Spiel in den nächsten zwei Jahren. Zu simulierende Berufe diesmal: Mediengestalter und Bürokaufmann. Dann wurden die Zeiten härter, und es ging öfter mal raus an die frische Luft: Papier aufsammeln im Stadtpark, Beete harken, Hecken pflanzen, die Pflasterfugen der Einkaufsstraße mit Zahnstochern vom Unkraut befreien. Bei Letzterem konnte man froh sein, dass es kaum noch Läden dort gab. Nun, das alles musste ja auch irgendwer machen, hatte schließlich Vorteile für die Stadt. Konnten ein paar Leute bei der Stadtreinigung gespart werden, denn die verursachten ja auch hauptsächlich Kosten, die Brüder. Von wegen sozialem Prestige war da aber nicht mehr viel zu holen, wenn man als Ex-Ingenieur mit der Lizenz zum Webseitenbau im Fünfzehner-Trupp durch die Stadt zog, in leuchtend orangefarbenen

Arbeitsschutzwesten, Harke und Spaten über der Schulter. Weswegen es einmal im Quartal ein Blockseminar in Motivationspsychologie gab, für das ein eigens geschulter Mitarbeiter aus K*burg ins hiesige Amt kam, was unbestritten sein Gutes hatte: Konnte man auch tagsüber mal ein paar Stunden am Stück schlafen.

All das mochte seinem Vater durch den Kopf gegangen sein, denn dessen Gesichtsausdruck war binnen kürzester Zeit von einem zweifelnden zu einem säuerlichen geworden.

Dann wandte sich der Notar an Bender.

«Mein lieber Enkelsohn», hob er zu lesen an und sah über den Rand des Dokuments hinweg seine Zuhörer an, «ich weiß um deine Ambitionen, das Journalistische betreffend, und ich habe sie – im Gegensatz zu deinem Vater – stets gutgeheißen …»

Was Bender verwunderte, war der Stil des Testaments, die Wortwahl, der Satzbau, der zuweilen ins Manieristische umschlug. Er kannte seinen Großvater als eher wortkargen Mann, dem die fehlenden drei Finger der rechten Hand stets willkommene Ausrede waren, sich nicht schriftlich auszudrücken. Doch er hatte es wirklich nicht gekonnt, wie Bender nach dem Tod seiner Oma feststellte, die bis dahin sämtliche Korrespondenz erledigt hatte, er kannte die orthographischen Regeln nicht, eine Schreibschwäche.

«Dieser Geschichte nachzugehen und sie aufzuschreiben, könnte für dich das Billett in die Redaktionsstube einer seriösen Zeitung sein und damit langfristig für dein Auskommen sorgen», las der Notar.

Was für eine Geschichte, dachte Bender, was für ein Billett? Die Karte zum dreißigsten Geburtstag, die ihm das Manko seines Großvaters bewusst gemacht hatte, bewahrte er zu Hause in dem Schuhkarton mit wichtigen Dokumenten auf. Dort befanden sich auch seine Geburtsurkunde, Steuerbescheide, ungeöffnete Schreiben der Rentenversicherungsanstalt.

«Die Schlüsselfigur ist ein gewisser Dr. Edgar Winter, den ich einmal in meinem Leben getroffen habe.»

«Wie bitte?», sagte Bender und sah seinen Vater an.

«Ein gewisser Dr. Winter», wiederholte der Notar.

Diesen zu suchen hätte er, der Großvater, fünfzig Jahre lang versucht: vergeblich. Vor der Wiedervereinigung wäre es schwer gewesen, mit den Behörden der Bundesrepublik in Kontakt zu treten, weshalb er dies nach wenigen Fehlversuchen aufgegeben habe. Doch auch später hätten seine Recherchen nichts Brauchbares ergeben. Vielleicht habe er es einfach falsch angestellt, aber Bender, sein Enkel, solle sein Alter berücksichtigen, die fehlende Beweglichkeit, und vor allem: den schwindenden Willen. Er könne ihm weder den genauen Aufenthaltsort nennen, ja, er wisse nicht einmal, ob Dr. Winter noch lebe. Er habe gehört – doch sei das eine Weile her –, dass er als wohlhabender Mann ein Anwesen im Schwarzwald besitze.

«Vielleicht kann dir Alfred Wattig, den du aus Kindheitstagen kennst, einen Hinweis geben. Du wirst ihn mit Sicherheit in der Unterstadt treffen, in einem Lokal namens ‹Eckpunkt›», las der Notar. Dann machte er eine kurze Pause, um feierlich das Ende vorzutragen: «Mein lieber Enkel, du wirst dich fragen, warum ich in Rätseln spreche, warum ich dir weniger sage, als ich weiß: Finde es heraus, und du wirst belohnt werden.» Der Notar legte das Testament auf den Glastisch: «Das war's.»

«Wie: *Belohnt?*», fragte Bender.

«Geld, soviel ich weiß», sagte der Notar und zog aus dem Umschlag ein Taschenbuch: «Das ist für Sie.»

Bender stand auf: Es war ein Reiseführer durch den Schwarzwald.

Nachdem die Sache beendet war, standen sie noch eine Weile auf dem Parkplatz beisammen. Der Notar verteilte Zigaretten, die Sonne knallte runter und ließ den Asphalt flimmern. Links die mittlerweile knochentrockene Ebene, rechts die Berge, deren Gipfel in der Hitze schwammen. Die Banner vor den Eingängen der Discounter hingen verblichen und schlaff an den Fahnenstangen. Es wehte kein Lüftchen, es war keine Wolke am Himmel zu sehen. Sie rauchten, schwitzten und schwiegen und kuckten in der trostlosen Gegend umher.

Dann sagte Benders Vater: «Dieser Spruch, den sich mein Vater gewünscht hat. ‹Es ist vollbracht!›»

«*Consummatum est*», sagte der Notar, «Sie meinen die Grabinschrift.»

«Richtig.»

Das also war es, was seinen Vater am meisten beschäftigte, dachte Bender.

«Es war sein Wille», sagte der Notar und blinzelte in die Sonne.

«Aber – ist der bindend?», fragte Benders Vater.

«Das hängt von *Ihnen* ab», sagte der Notar.

«Ich hätte da auch noch 'ne Frage», sagte Bender. «Hat er das alles selber geschrieben, ich meine: formuliert?»

«Was denken Sie?», fragte der Notar.

«Keine Ahnung.»

«Sagen wir so: Ich habe ihm geholfen», sagte der Notar und trat seine Kippe aus.

«Ich wollte mich noch bei Ihnen bedanken», sagte Benders Vater, «auch im Namen meines Sohnes.»

«Ja», sagte Bender, «danke.»

«Keine Ursache, das ist meine Aufgabe», sagte der Notar. «Ich will dann mal …» Er gab ihnen die Hand und ging zu seinem Wagen, einem koreanischen Modell mit zwei Türen.

Bender ließ sich von seinem Vater am «Jäger» absetzen. Die Fahrt über hatten sie geschwiegen. Bender wusste nicht so recht, was er von seiner Erbschaft halten sollte, seinem Vater ging es wahrscheinlich genauso. Was immer aber sich hinter der Geschichte verbarg, der nachzugehen ihn das Testament aufforderte: Zum ersten Mal hatte Bender das Gefühl, seinen Großvater zeit dessen Lebens unterschätzt zu haben. *Yeah!*, dachte er, das hatte Stil, das war *Oldschool*: Es ist vollbracht! Damit würde sein Vater in tausend Jahren nichts anfangen können.

Der «Jäger» war so verwaist wie wohl die meiste Zeit des Jahres, mit dem einzigen Unterschied, dass sich im Foyer ein Berg aus Müll türmte, leere Flaschen und undefinierbare Bahnen Papier. Daneben erhob sich ein zweiter Berg aus Wäsche, Handtücher und Bettzeug. Bender trat an den Tresen und drückte die Klingel. Nichts tat sich. Er klingelte noch einmal. Kurz darauf erschien der Portier mit einem weiteren Ballen benutzter Handtücher.

«Was ist?», fragte er, als er Bender erblickte.

«Entschuldigen Sie, dass ich störe», sagte Bender, «ich suche Dr. Winter.»

«Kenn ich nicht», sagte der Portier.

«Der Herr mit den weißen Haaren», sagte Bender, «Sie wissen schon.»

«Ach der», sagte der Portier. «… ist abgereist.»

«Wie denn das», fragte Bender, «der war doch ohne Auto unterwegs?»

«Da bin ich überfragt», sagte der Portier.

«Könnte ich mal einen Blick ins Gästebuch werfen», beharrte Bender. «In das Buch, wo die Leute ihre Adressen reinschreiben, wenn sie einchecken. Also: die Gäste.»

«Gibt's hier nicht», sagte der Portier. «Schönen Tag noch.» Er wandte sich ab und warf die Handtücher auf den Berg aus Dreckwäsche.

«Arschloch», sagte Bender, als er wieder auf der Straße stand.

Zu Hause, in der Wohnung des Großvaters, saß Rock noch immer im Unterhemd am Küchentisch, das benutzte Geschirr mit den Eigelbresten vor sich, und las im kostenlosen Anzeigenblatt der vergangenen Woche, ein besonders übles Exemplar jener Gattung verschleierter Reklame, für die sich auch Bender zuweilen an die Tastatur setzte.

«Du wirst es nicht glauben», sagte Bender und warf den Reiseführer auf den Tisch.

«Das passt doch», sagte Rock und begann in dem Reiseführer zu blättern, während Bender versuchte, ihm den letzten Willen des Großvaters zu erklären, einschließlich der unklaren Rolle Dr. Winters, der abgereist sei.

«Na, dann auf in den Schwarzwald», sagte Rock, als Bender fertig war. «Das riecht nach Schatzsuche.»

«Je schneller, desto lieber», sagte Bender, «mir geht das Kaff langsam an die Nieren.»

«Also, worauf warten wir?», sagte Rock.

«Nicht heute», sagte Bender, «ich muss noch was erledigen.»

«Apropos», sagte Rock und hielt Bender das Wurstblatt unter die Nase, in dem er gelesen hatte. «Kennst du die noch? Die spielen heute in der Kreisstadt.»

«Bist du dir sicher, dass du da hinwillst?», sagte Bender,

nachdem er einen Blick auf die Anzeige geworfen hatte. Sie warb für das Konzert einer Band, die vor ein paar Jahren den Berliner Untergrund mit ihrem feministischen Post-Song-writing erschüttert hatte, bevor sie urplötzlich in der Versenkung verschwunden war: die legendären Ramonas. Heute Abend sollten sie in einem Laden namens «Zur Eiche» auftreten.

«Ich bin drüber weg», sagte Rock, «und zur Not trink ich mir einen an.»

«Was dann mal ganz was Neues wäre», sagte Bender «wir treffen uns dann um acht hier in der Wohnung.»

# Straße des 17. Juni

**Ohne Mühe fand Bender** den alten Wattig im «Eckpunkt», jener Kneipe, die sein Großvater erwähnt hatte und die seit Schließung der Hütte die Kraft der arbeitslosen Männer für ein paar Stunden band und ihren Frauen ein paar häusliche Momente der Erholung schenkte.

Er kannte den Alten tatsächlich noch aus Kindheitstagen. Wattig hatte eine Schreibwarenhandlung besessen, die auch ein umfangreiches Büchersortiment führte. Ein dunkler, unübersichtlicher Laden, voll gestopft bis unter die Decke, in dem dennoch alles seine Ordnung hatte und den Wattig mit der Pedanterie eines Oberlehrers beaufsichtigte, was der Behaglichkeit jedoch keinen Abbruch tat. Nebenbei hatte Wattig sich als Stadtchronist betätigt, hatte all die kleinen und größeren Nebensächlichkeiten, die das sozialistische Alltagsleben bot, akribisch dokumentiert: Jubiläen, Geburten, Todesfälle usw. Doch nicht dafür war er berühmt gewesen, von manchem gar als Autorität betrachtet worden, sondern wegen seiner fanatischen Abstinenz. Noch vor der Wende in den Ruhestand gegangen, hatte er bis in die Mitte der Neunziger die Chronik weitergeführt, es von einem auf den anderen Tag dann aber aufgegeben. Seither trank er regelmäßig, was in einer Stadt wie dieser kein Stigma war.

«Ich bin wegen Dr. Winter hier», sagte Bender, während

er sich zu Wattig setzte, «Sie sind mit ihm bekannt, hab ich gehört.»

Wattig, der in das Bier vor sich gestarrt hatte, hob den Blick und sagte: «Du bist der junge Bender, nicht wahr?»

Bender nickte.

«Mein Beileid», sagte Wattig.

Es war erst halb fünf, aber Wattig hatte Mühe, geradeaus zu sprechen, und schon wollte Bender auf weitere Fragen verzichten, um es am nächsten Morgen erneut zu versuchen, als der Alte von selbst zu reden begann.

«Es war eines jener Jahre der ersten Zeit», hob Wattig an, und Bender schauderte über das Ausmaß, das die Geschichte nach solch einem Beginn anzunehmen drohte, «das Stahlwerk war damals noch wie selbstverständlich das Herz unserer Stadt. – Es war dreiundfünfzig. Du weißt ja, was im Juni passiert ist.»

Reichlich orientierungslos, gerade aus der Gefangenschaft entlassen und ohne Kenntnis der politischen Geographie, hatte sich Wattig eines kalten, klaren Wintertages des Jahres '47 im Gebirge wiedergefunden. Nicht in irgendeinem, im mittelalterlichsten der deutschen Gebirge: im Harz.

Jung noch und auf den Neubeginn hoffend, beschloss er, in der nächsten Stadt zu bleiben, die auf seinem Weg liegen würde. Schon während des Abstiegs vom nächsten Berg sah er nicht nur deren Häuser, Kirchtürme, Rauchkringel in der sanften Sonne des Morgens, sondern auch die Ebene, die hinter ihr bis an den Horizont reichte.

Nur aus Dampf, war sein erster Eindruck, schien die Stadt zu bestehen. Die Poststraße hinab floss seifiges Abwasser und erzeugte ein Waschküchenaroma, das sich in der Unterstadt mit dem Kohlegeruch der Hütte zu einer Melange verband, die nach Arbeit roch und Leben.

«Ich hatte ein gutes Gefühl. – Und», fügte Wattig hinzu, «unterschätze nie das Wetter, wenn es um Entscheidungen geht.»

«Und was hat das mit dem 17. Juni zu tun?», fragte Bender.

«Immer langsam mit den jungen Pferden», sagte Wattig.

In derselben Kneipe, in der sie jetzt säßen, im «Eckpunkt» nämlich, sei er eingekehrt, um sich vom langen Fußmarsch zu erholen. Die Ruhe dort währte jedoch nicht lange, er wurde in etwas hineingezogen, das aussah wie eine gewöhnliche Wirtshausschlägerei. Fliegende Fäuste folgten herabsetzenden Worten, es gab Rempeleien, Tumult, dilettantische Kämpfer in männlichen Posen.

Wattig hatte im hinteren Teil der Gaststube gesessen und bei Malzkaffee und Brot über seine Zukunft sinniert. Hartnäckig aber war das Geschwätz im Hintergrund lauter geworden und hatte sich schnell in ein Stakkato aus Beschimpfungen verwandelt, dem erste Handgreiflichkeiten folgten. Wattig wandte sich den Kämpfenden zu. Fünf Minuten vielleicht hatte er das Spektakel beobachtet, als sich einer der Männer vor ihm aufbaute – hageres Gesicht, Pomade im Haar, Stuhlbein in der Hand – und ihn anschrie, ob er auch einer der roten Bastarde sei. Doch Wattig kam nicht dazu, etwas zu entgegnen, denn schon im nächsten Moment streckte ihn der Schlag des anderen nieder.

Wieder zu sich kommend, sah er den Schein einer Kerze, der unruhig eine weiße Wand beflackerte und verschwommene menschliche Schatten darauf warf. Er hörte flüsternde Stimmen, und nicht Angst war das erste Gefühl, sondern eines der Geborgenheit, als er bemerkte, wie man ihn mit einem Mantel zudeckte. Sich in Obhut wissend, fiel er abermals in den Schlaf.

Als er das nächste Mal erwachte, sah er in das Gesicht Nikolajewitschs.

«Nikolajewitsch?», sagte Bender.

«Ja, Nikolajewitsch», sagte Wattig, «so ließ er sich nennen: der Sohn des Nikolai.»

Ein Gesicht, in dem sich Narben aneinander reihten wie bei anderen Leuten Jagdtrophäen an der Wand. Scharfe Falten um die Mundwinkel, dazu eine Stimme, so tief, dass sie im Magen Schwingungen hervorrief. Nikolajewitsch besaß eine Ausstrahlung, die in keinem Verhältnis zu seinem Alter stand – er war gerade Mitte vierzig –, und dennoch war er keiner dieser Musterproletarier, die sowohl am Stahlofen als auch in einem Modekatalog eine gute Figur gemacht hätten.

Er erzählte in Stichworten, was sich zugetragen hatte. Ohnmächtig, wie Wattig war, hatte ihn einer seiner Männer gerade noch packen und in den Rückzug integrieren können. Höchste Zeit, denn die Gegner gewannen aufgrund ihres Heimvorteils Oberhand und schickten sich bereits an, die Bewegungsunfähigen zu filzen.

Auf Wattigs Frage nach dem Grund der Schlägerei antwortete Nikolajewitsch, sie seien im Sinne ihrer Mission unterwegs gewesen, im Sinne des Kommunismus. Sie hätten versucht zu agitieren, zu überzeugen, doch die Unterstadt und insbesondere der «Eckpunkt» seien trotz der Nähe zum Werk eine Terra incognita für politische Aktivisten, eine Bewusstseinswüste, ein Hort der Reaktion, den es zu erobern gelte.

Wer denn die Gegner im «Eckpunkt» gewesen seien, wollte Wattig wissen. Faschisten, hatte Nikolajewitsch gesagt.

Dann erzählte Wattig, von Nikolajewitsch ermuntert,

seine eigene Geschichte von Krieg und Gefangenschaft, kam auf seine Wanderung zu sprechen und den Entschluss, in der Stadt zu bleiben. Er erwähnte, dass er weder Obdach habe noch Arbeit oder Freunde. Nikolajewitsch beruhigte ihn, er solle sich keine Sorgen machen. Wohnen könne er fürs Erste bei ihm, Arbeit sei leicht im Hüttenwerk zu finden, und der Freund stehe direkt neben ihm.

Also war Wattig geblieben, hatte sich im Lauf der folgenden Woche in Nikolajewitschs Junggesellenhaushalt eingelebt und war im Laufe einer weiteren an der Walzstraße der Hütte eingearbeitet.

Binnen eines Monats funktionierte ihre kleine Wohngemeinschaft reibungslos, und Nikolajewitsch begann, über Wattigs Kopf eine weltanschauliche Kuppel zu errichten.

«Ein Gott der Didaktik», leitete Wattig eine kurze Pause ein, in der er ein weiteres Bier bestellte. Obwohl er betrunken war, wirkte seine Erzählung erstaunlich klar.

In kurzer Zeit avancierte Wattig zu Nikolajewitschs Lieblingsschüler. Tagsüber ging er in die Hütte, abends las er die Klassiker der kommunistischen Literatur. Er lernte, korrekt zu atmen während des Sprechens, er lernte, dass Gesten und Mimik einer Rede Tiefe verleihen oder Empathie bei den Zuhörern hervorrufen konnten.

Eines Abends nach der Schicht kam Nikolajewitsch in Wattigs Zimmer, packte ihn am Ärmel und führte ihn auf den Dachboden. Dort zog er einen Vorhang beiseite und präsentierte ihm – nicht ohne Stolz – eine Garderobe, die einem Theaterfundus glich: Mützen, Jacken, Mäntel, Hosen, Koppelschlösser, Anzüge, selbst ein von Glühbirnen gerahmter Schminkspiegel war vorhanden. Auf Wattigs Verblüffung reagierte Nikolajewitsch belustigt. Es sei ihm schon klar, dass das lächerlich wirke. Wie bei einem Frauenzimmer. Doch er müsse verstehen, sie könnten nichts dem Zufall überlassen, noch das kleinste Mittel, das der Sache förderlich sein könnte, müsse eingesetzt werden. Er solle sich etwas auswählen, sagte Nikolajewitsch, denn heute sei ein großer Tag: der Tag seiner Feuertaufe als Agitator.

Wattig entschied sich für ein derbes Hemd, eine Hose aus Manchesterstoff und eine Lederjacke. Dann brachen sie auf. Ihr Ziel war ein Lokal in der Oberstadt, dessen Gäste weit weniger renitent waren als die des «Eckpunktes». Unterwegs teilte ihm Nikolajewitsch das Thema des zu haltenden Vortrags mit. Auch die Art, wie er einzusteigen habe. Er dürfe nicht vergessen: Sie seien keinesfalls in offiziellem Auftrag unterwegs. Seinen Ausführungen müsse also ein normales Gespräch vorangehen. Sie würden sich an einen Tisch setzen, an dem schon ein paar Männer tranken, und deren Unterhaltung verfolgen, würden Einwürfe machen, durchaus auch scherzhafte, und so allmählich das Gespräch an sich reißen. Wattig brauche sich nicht weiter darum zu kümmern, ein paar seiner Männer, die schon im Lokal warteten, würden das übernehmen. Nach und nach würden die anderen verstummen, und er solle beginnen. Langsam zunächst, dass er nicht am Anfang schon die Zuhörer vertreibe. Doch müsse er dann den Rhythmus beschleunigen, die Sätze straffen, ins Stakkato der Leidenschaft übergehen. Denn nur so seien die trägen Hirne einzunehmen, nur so lasse sich der Funke der Begeisterung in sie senken. Keine Angst, hatte Nikolajewitsch gesagt, es werde sich alles finden.

Sie überquerten den Bahndamm. Rechter Hand lag die Hütte und sandte ihre Geräusche in die aufkommende Dämmerung. Rauchschwaden verschmolzen über der nahen

Rosstrappe mit dem Abendrot, eine kräftige Böe zerrte überdies an ihren Körpern, doch die Nähe zu Nikolajewitsch, das Gewicht des Leders auf den Schultern und dessen schwerer Geruch ließen Wattig trotz aller Aufregung fest auftreten.

«Sie können sich sogar noch an den Wind erinnern?», bezweifelte Bender den Nutzen der impressionistischen Fülle.

«So oder so ähnlich war es jedenfalls», sagte Wattig.

Doch insgesamt war es ein Debakel. Zunächst lief alles nach Plan. Sie setzten sich an einen der Tische und drängten sich in ein Gespräch, das um den Ehebruch kreiste. Sie intervenierten so lange, bis die Redenden schließlich ihr Gespräch aufgaben. Genau das war der Zeitpunkt von Wattigs Auftritt, dessen Auftakt ein kurzer Abriss über den neuen Menschen und dessen Moral bildete. Er referierte zunächst durchaus flüssig, doch immer mehr Leute begannen, sich um den Tisch zu scharen.

Irgendwann brach der Damm, die Arbeiter wurden rebellisch. Jedes Mal, wenn Wattig nun die ersten Worte eines Satzes sprach, nutzten die Umstehenden eine der rhythmisch bedingten Sprechpausen und vervollständigten ihn mit Worten, die seine Aussage unsinnig machten. Schallendes Gelächter folgte, das gesamte Lokal johlte. So rissen sie die Rede an sich.

Zehn Minuten nachdem die Arbeiter dieses Spiel entdeckt hatten, beendete Nikolajewitsch den Auftritt, und sie verließen das Lokal.

So wenig gefasst wie am folgenden Tag hatte Wattig Nikolajewitsch noch nie erlebt. Er goss kübelweise Hass aus auf die Provokateure des Vorabends, wie er sie nannte: kleinbürgerliches Geschmeiß, das auszurotten sei, das sich noch nie so weit vorgewagt habe wie gestern. Das seien keine wahren Arbeiter. Ob Wattig bemerkt habe, was für eines Humors sie sich bedienten. Man könne es Zynismus nennen oder Ironie. Mit dem volkstümlichen Lachen, das aus dem Herzen komme, habe es jedenfalls nichts zu tun. Diese Arroganz, diese Überheblichkeit der Eingeweihten – elitärer Mist. Da müsse man dazwischenschlagen, er wisse ja: Wer zuletzt lacht ...

An diesem Tag zog Nikolajewitsch aus der gemeinsamen Wohnung. Er verließ mittags das Haus und kam nicht wieder. Monatelang blieb er verschwunden, und als er wieder auftauchte ...

«Und was ist mit Dr. Winter?», unterbrach Bender und sah zur Uhr überm Tresen hinüber.

«Moment noch.»

Er, Wattig, verzichtete fortan darauf, sich politisch zu betätigen, war aber in der Hütte längst als Roter verschrien. Er hatte sich einfach zu weit aus dem Fenster gelehnt, und so kam es ihm nicht unrecht, als ein knappes Jahr nach seiner Feuertaufe ein Genosse aus K*burg vorsprach und ihm die Übernahme der hiesigen Traditionsbuchhandlung anbot. Er sagte zu, versenkte sich in Lektüren, gab sich ganz seiner neuen Tätigkeit hin. Die Leute begannen, seine Vergangenheit als Agitator zu vergessen, seinen einmaligen Auftritt als Ausrutscher anzusehen.

«In welchem Jahr sind wir eigentlich?»

«Mhmm», sagte Wattig, «Juni dreiundfünfzig.»

Morgens dann, am siebzehnten, auf dem Weg in die Buchhandlung, war er überrascht, die Arbeiter in einer Art Feiertagsstimmung vorzufinden, es war ein Schlendern, das ihren Gang befallen hatte. Er schloss sich ihnen spontan an, ließ sich in ihrem Strom zur Hütte treiben.

Das Haupttor war mit einer Holzbohle blockiert. Die Männer, die es bewachten, wirkten entspannt. Wattig machte sich zu einem der Nebentore auf, doch auch das war versperrt. Dort kam er mit einem der Posten ins Gespräch, der ihm die Lage erläuterte: Streik. Er ging zum Haupttor zurück, vor dem sich eine beachtliche Menschenmenge versammelt hatte.

Einige Zeit geschah nichts. Wattig merkte aber, dass die Arbeiter enger beieinander standen, auf Tuchfühlung. Erste Wellen begannen, die Masse zu bewegen. Die Tagesschicht musste längst begonnen haben. Dann wurden die Stimmen lauter, eine überschlug sich: Jemand schien eine Rede zu halten. Links und rechts neben ihm wurde spekuliert, über Reaktionen von oben, über nächste Schritte. Plötzlich war es still, ein anderer antwortete auf die Rede. Wattig verstand das Gesagte nicht und versuchte, sich einen Weg nach vorn zu bahnen. Die nächste Welle holte ihn von den Beinen. Er rappelte sich wieder hoch. Einzelne Schreie, Warnrufe, dann setzte ein großes Rennen ein. Die Menge stob auseinander, als sei ihre Mitte explodiert. Nach zwei Minuten vielleicht kam sie wieder zum Stehen. Der Platz vor dem Tor war jetzt leer.

Im Fortgehen sah er noch, wie von der anderen Seite ein Haufen Männer darauf zumarschierte, hinter dem sich die Menge wieder zu schließen begann. Wenig später mussten sich Streikposten und Parteigetreue direkt gegenübergestanden haben, nur durch das Tor getrennt.

Wattig ging in die Buchhandlung, öffnete das Geschäft. Doch niemand kam, weshalb er gegen Mittag wieder zusperrte und zum Werk zurückging. Vor dem geöffneten Tor war eine mittlere Schlacht im Gange, Steine wurden geworfen, die Aktivisten der ersten Reihen gingen mit Knüppeln und Zaunlatten aufeinander los. Dieses Spiel drohte, sich endlos fortzusetzen, bis – Nikolajewitsch plötzlich zwischen den verfeindeten Formationen stand. Keiner hatte ihn kommen sehen, er war einfach da. Angetan war er mit einer weißen Pluderhose, einem kragenlosen Hemd und Sandalen. Die markanten Gesichtszüge verliefen nach unten in einem zotteligen Bart, die Haare trug er geschoren.

Die Kämpfenden beider Seiten hielten inne. Nikolajewitsch stand mit ausgebreiteten Armen zwischen den Parteien und murmelte etwas vor sich hin. Es sah nicht aus, als lege er Wert darauf, verstanden zu werden, und doch schien er die ganze Kraft seines Körpers in diese Artikulation zu legen. Er wirkte ausgemergelt.

In den Reihen wurde es wieder unruhig: Er solle sich verpissen, zur Hölle fahren, rote Sau, Provokateur, Faschist. Die Rufe wurden aggressiver. Dann wurde Nikolajewitsch von einem Stein getroffen. Ohne die Arme zu senken, ging er in die Knie, eine Pose, die die Menge mit wütenden Schreien beantwortete. Wattig ahnte Schlimmes. Auch Nikolajewitschs Stimme wurde lauter. Die Fäuste geballt, haspelte er eine Litanei herunter, aus deren rasender Monotonie sich einzelne Worte wie Fanale erhoben: das überzogene Pathos eines Laiendarstellers. Es war lächerlich, es war nichtswürdig, doch auf vertrackte Weise wirkte es echt.

Er faselte etwas von Liebe, als ein Schuss fiel. Im nächsten Augenblick begann sich das Leinen seines Hemdes in Brusthöhe rot zu färben. Ein Fleck, der schnell wuchs und während des Wachsens die Form änderte. Es mochte Einbildung sein, aber er glich immer mehr einem fünfzackigen Stern.

Bevor er umkippte, schaffte es Nikolajewitsch, noch einmal die Arme in die Höhe zu reißen. Ein kolossaler Abgang.

«Und Dr. Winter? Was ist mit Dr. Winter?»

«Sein Sohn. Aber was erzähl ich dir das alles?», sagte Wattig. Er stand auf und ging Richtung Toiletten. Es war zehn vor acht. Fünf Minuten später kam er zurück, setzte sich an den Tisch und nahm einen Schluck Bier.

«Leider muss ich los», sagte Bender und tippte mit dem Zeigefinger auf seine Armbanduhr, «Termine. Aber ich würde gern das Ende der Geschichte hören.»

Wattig nickte, ohne den Blick vom Bierglas zu heben.

«Kann ich Sie morgen früh nochmal treffen?»

«Du kannst es hier versuchen, Junge, aber nicht vor zehn.»

«Danke», sagte Bender und machte sich zum Gehen fertig.

Viertel nach acht war Bender wieder in der Wohnung des Großvaters und fand – wie befürchtet – Rock nicht vor. Wenigstens hatte sein Freund versucht, die Wohnung in Schuss zu bringen bzw., wie sich bei genauerem Hinsehen herausstellte, die diversen Haufen zu diversen Stapeln geschichtet. Bender, obwohl er wusste, dass es keinen Zweck hatte, suchte nach einer möglicherweise übersehenen Aspirin. Zwar hatten seine Kopfschmerzen im Laufe des Tages das Drängende verloren, aber ganz verflogen waren sie nicht. Sie saßen nun hartnäckig in der Stirn fest.

Nach fünf Minuten gab er die Suche auf, zog seine verschwitzten Klamotten aus, packte sie auf einen von Rocks Stapeln und wusch sich, wie schon am Morgen, in der Küche, diesmal jedoch gründlicher. Tatsächlich etwas erfrischt, stieg er in eine saubere Jeans und streifte sich sein altes Ramones-T-Shirt über, ein ausgewaschenes Stück, auf das er besonders stolz war und das hervorragend zum heutigen Konzertabend mit den Ramonas und ihrem Anti-Machismo-Gehabe passte. Als er in der Jacketttasche nach Zigaretten, Schlüsseln und Kleingeld fischte, geriet ihm wieder das filzige Stück Bierdeckel in die Finger wie schon mittags im Büro des Notars. Da Rock und er beschlossen hatten, während der Reise auf Mobiltelefone zu verzichten, hauptsächlich um den Belästigungen irgendwelcher Behörden oder ihrer Handlanger zu entgehen, musste er jetzt hoffen, dass das Telefon seines Großvaters, das auf einem Schränkchen unter der Garderobe stand, funktionierte, ein klobiger, altmodischer Apparat mit abgegriffener Wählscheibe, der bislang kein einziges Mal geklingelt hatte. Bender war davon ausgegangen, dass die Leitung tot sei. Doch er hatte sich getäuscht. Er wählte die Nummer, und das Rufzeichen ertönte.

Entgegengenommen aber wurde der Anruf nicht, obwohl sich das Handy, dem die Nummer zugeordnet war, griffbereit in der Tasche eines geschmackvoll geschnittenen, wenn auch recht mitgenommen wirkenden Jacketts befand. Doch es gab keine Hand, die es hätte greifen können, denn es steckte kein Körper in dem Anzug. Dass es aus der Ferne dennoch so wirkte, lag an den ausgebreiteten Ärmeln des Sakkos. Sie waren mit Zimmermannsnägeln an den Querbalken eines Gipfelkreuzes geheftet, das einen jener solitären Felsen krönte, die in unregelmäßiger Kette dem Bergmassiv vorgelagert waren. Einem späten Wanderer wäre das Arrangement schwerlich ins Auge gefallen. Doch vermutlich hätte er den Klingelton gehört, den Bender am anderen Ende der Leitung ausgelöst hatte und der, obwohl vom Stoff gedämpft, weit vernehmbar ins Tal fiel und sich dort im Echo vervielfältigte. Es war einer jener Klänge, die man seit neustem kaufen konnte und die aus einigen Takten populärer Songs bestanden. Und hätte Bender, der nach einer halben Minute, in der sich auf der Gegenseite nichts tat, in der nicht mal eine Mailbox ansprang, den Hörer wieder auflegte, diesen ins dämmernde Land schwappenden Ton hören können, hätte er den Song auf Anhieb erkannt: *sleep with one eye open: ... exit light: ... off to never never land.*

# Krautrock

**«Du blöde Fotze»,** schrie Lydia Kant, nachdem ihr Oberkörper vom Sicherheitsgurt hart in der abrupten Bewegung
nach vorn gebremst worden war und alsdann unsanft zurück
ins Polster des Passatsitzes fiel. Für einen Moment hatte sie
das aufgeheizte Glas der Frontscheibe an ihrer Stirn gespürt.
Plus: Todesangst.

Kurz zuvor war ihre kleine Fahrgemeinschaft endlich an
jener Kreuzung eingetroffen, an der links die Landstraße
nach K*burg von der Bundesstraße abging. Lydia hatte den
Blinker gesetzt und wollte gerade das Lenkrad einschlagen,
als mit halsbrecherischer Geschwindigkeit eine schwarze
Limousine aus ebenjener Landstraße geschossen kam und
ihr die Vorfahrt nahm. Gerade noch rechtzeitig hatte sie voll
in die Bremsen steigen können, sonst wäre sie dem Wagen
in die Seite gekracht. Erst im Rückspiegel erkannte sie das
Blaulicht auf seinem Dach.

«Bullenstaat», sagte Kordula Klix, die neben Lydia auf
dem Beifahrersitz saß, während Ramona Ramon im Fond
des Passats versuchte, die kleine Maylandia zu beruhigen,
die des heftigen Rucks wegen aus dem Dämmerzustand erwachte, in den sie irgendwann erschöpft gefallen war, und
sofort zu schreien begann.

Alle drei waren sie nicht sonderlich gut gelaunt. Die Fahrt

von Berlin nach K*burg, für die sie zweieinhalb Stunden eingeplant hatten, dauerte nun schon an die vier, was hauptsächlich Maylandias Unruhe zu verdanken war. An jeder zweiten Raststätte hatten sie halten müssen, da die Kleine bereits auf dem Berliner Ring aus dem Schlaf geschreckt war und nicht in ihn zurückgefunden hatte. Als sei dies nicht genug, hatte sich der Konzertveranstalter, ein gewisser Thorsten, auf Ramonas Handy gemeldet und ihr mitgeteilt, dass das Hotel ihre Buchung – zwei Doppelzimmer – im Chaos des saisonalen Ansturms verschlampt habe. Leider konnte er ihnen keine alternative Übernachtungsmöglichkeit anbieten, außer einem Sofa im – wie er es nannte – Backstage-Bereich. Unwahrscheinlich, dass eine Lokalität namens «Zur Eiche» einen derartigen Bereich überhaupt besaß, vermutlich handelte es sich um einen Abstellraum ohne Wasseranschluss, und hätten sie zu diesem Zeitpunkt nicht bereits mehr als die Hälfte der Strecke hinter sich gebracht, wären sie umgekehrt.

Die «Eiche» lag ein wenig außerhalb der Stadt, dort, wo sich die Straße bereits in enger werdenden Kurven einen Berg hinaufschlängelte, und war früher vermutlich als Ausflugslokal genutzt worden. Von der Straße führte eine fünfhundert Meter lange, von Gras und Gestrüpp überwucherte Zufahrt auf den unbefestigten Parkplatz. Trotz der Hitze war er von Pfützen bedeckt, über denen Insektenschwärme standen. Einem Schatten spendenden Dach gleich, schloss sich darüber das Geäst uralter Eichen, deren Laub jedoch dürr und gelblich an den Zweigen hing, eine Folge des Befalls durch Käferlarven, die Mitte der neunziger Jahre aus dem Süden eingeschleppt worden waren.

Das Gebäude war ein flacher, lang gestreckter Bau mit aufgemaltem Fachwerk. Links und rechts des Eingangs befanden sich wellblechüberdachte Holzterrassen. Die weiße Farbe blätterte in großen Schuppen vom Verputz der Wände, die Fenster besaßen weinrote Läden, von denen einige lose in den Angeln hingen. Man hätte meinen können, dass diesen Ort schon lange kein Mensch mehr betreten hatte, wäre da nicht das blitzblanke Schild einer lokalen Brauerei gewesen, das über der Eingangstür prangte und jetzt, da sich unsere drei Freundinnen so vorsichtig wie verwundert dem Ort ihres mutmaßlichen Comebacks näherten, von einem Sonnenstrahl getroffen, funkelte. Den Passat mit der nun wieder schlafenden Maylandia im Kindersitz hatten sie im Schatten der Eichen abgestellt, die Türen geöffnet.

«Seht ihr irgendein Plakat?», fragte Ramona Ramon, «irgendeinen Hinweis aufs Konzert?»

Die Frage war überflüssig: Es gab keine Hinweise.

«Scheiß-Laden», sagte Lydia und drückte die Klinke: Die Tür war abgeschlossen.

«Und nun?», sagte Kordula Klix und blinzelte in die Sonne.

Sie beschlossen, erst mal eine zu rauchen, und setzten sich an einen der verwitterten Gartentische auf der Terrasse. Gerade als sie dabei waren, zu diskutieren, wer eigentlich Schuld habe an dem Desaster, zu dem sich dieser Gig auszuwachsen drohte – ihre Plattenfirma, der Veranstalter oder gar die kleine Maylandia –, bog ein dunkler, wie aufgebockt wirkender Wagen mit getönten Scheiben auf den Parkplatz. Er hielt direkt vor dem Eingang der «Eiche», und der Kerl, der ihm entstieg, sprach allen Prinzipien Hohn, die die Ramonas nicht nur in ihrer Musik und den dazugehörenden Texten vertraten, sondern auch im Privatleben, ja sogar in der Wissenschaft. Das Erste, was auffiel, war ein Eisernes Kreuz, das er an einem Lederband um den Hals trug, und auch sonst war er trotz der Hitze hauptsächlich in schwarzes, nietenbesetztes Leder gekleidet. Noch unangenehmer aber war der Totenkopf am Revers seiner Lederjacke, der bis ins Detail jenem der gleichnamigen SS-Division glich. An den Füßen trug er schwere Motorradstiefel, und im Unterschied zu dem Bild, das unsere Freundinnen von derartigen Typen im Kopf hatten, war sein Körper nicht massig oder dick, sondern schlank und – soweit sich das unter der Schicht Leder erkennen ließ – durchaus muskulös.

«Ach du Scheiße», flüsterte Kordula, während diese Karikatur eines Nazi-Rockers auf sie zuschritt.

«Grüß euch, Mädels», sagte er, als er bei ihnen angekommen war, «ich bin Thorsten.» Seine Stimme war einige Nuancen zu hoch, was seiner martialischen Kluft einen komischen Aspekt verlieh. Sie klang geradezu feminin, und vielleicht hatte ihn diese Tatsache veranlasst, sich auf die Knöchel seiner rechten Hand, die er jetzt Ramona zur Begrüßung entgegenstreckte, das Wort «Hass» tätowieren zu lassen.

Obwohl sie es normalerweise nicht getan hätte, schlug Ramona ein, und auch Lydia und Kordula reichten ihm, leicht überrumpelt, die Hand.

«Es gibt gar keine Ankündigung fürs Konzert», sagte Ramona, ihre Verwirrung mit einem geschäftsmäßigen Ton überspielend.

«Kommt noch», sagte Thorsten, «lasst uns erst mal ausladen.» Er wandte sich um und ging auf den Passat zu. Auf dem Rücken seiner Lederjacke war mit Sicherheitsnadeln der Aufnäher eines Sonnenrads befestigt. Da sie nicht wussten, was sie tun sollten, folgten ihm die Ramonas.

«Hübsch», sagte Thorsten, als er die schlafende Maylandia im Wagen entdeckte, «meine Tochter ist vier.»

In der folgenden Stunde waren unsere drei Freundinnen

drauf und dran, das seltsame Äußere ihres Gastgebers zu vergessen. Zu beschäftigt waren sie mit dem Ausladen des Passats, und beim Aufbau des Equipments stellte sich trotz der langen Pause erneut jene konzentrierte, fast schon professionelle Routine ein, die ihnen half, ohne viele Worte und in kürzester Zeit eine Bühne für den Auftritt herzurichten. Doch als sie nach dem Sound- und Lichtcheck zusammen mit Thorsten auf dem Bühnenrand pausierten und belegte Brötchen aßen, die er mitgebracht hatte, und eiskaltes Bier dazu tranken, kam er von selbst darauf zu sprechen.

Anfang der neunziger Jahre hatte sich Thorsten jener, wie er es nannte, Avantgarde nationaler Aktivisten angeschlossen, die handelte und – das war die neue Qualität – gewalttätig handelte. Er hatte ein paar junge Männer um sich geschart, die er noch aus der Schule kannte oder von der Lehre und mit denen er loszog, um türkische Imbisse zu demolieren oder die Billigboutiquen von Vietnamesen aufzumischen, in denen sie zuvor ihre Bomberjackenimitate aus Fernost erstanden hatten. Meist beschmierten sie nur die Fassaden, manchmal mussten auch ein paar Scheiben dran glauben.

Eines Nachts aber brachen sie vom Parkplatz der Tankstelle, wo sie ihre freie Zeit verbrachten, in Richtung des örtlichen Asylbewerberheims auf. Das Gepäck bestand aus einem gefüllten Benzinkanister, mehreren Sixpacks Bier und einigen Handtüchern aus der Tankstellentoilette. Das Heim lag mitten in der Stadt, nahe einem Park, und hatte vorher als Kindergarten gedient, ein dreigeschossiger Altbau in einer bürgerlichen Gegend, ganz anders als die flachen, grauen, von Maschendraht umfassten Neubaublöcke, die man im Fernsehen sah. Kurz vor Mitternacht ließen sie sich auf einer Bank nieder, in Sichtweite des Heims, nur getrennt durch eine Straße. Sie waren vielleicht zu zehnt, und eigentlich hatten sie nicht wirklich vor, das Heim anzuzünden. Der Kanister sollte nur ihre Stärke demonstrieren, und zwar: ihnen selbst. Erst mal tranken sie Bier und grölten ein paar Parolen. Vor allem aber amüsierten sie sich über die Bewegung, die in die beleuchteten Fenster des Heims gekommen war. Das war pure Angst, Gesichter drückten sich von innen an die Fensterscheiben und waren dann wie auf Kommando weg. Kurz darauf ging das Licht aus, in der ersten Etage fielen die Rollläden.

Thorsten und seine Leute warteten eine Weile und tranken Bier, was ja nicht verboten war. Eigentlich warteten sie auf die Polizei, die sie des Platzes verweisen würde, doch die kam nicht. Auch nicht in der nächsten halben Stunde. Das Heim gegenüber stellte sich tot, und so fing irgendwer damit an, das Benzin in die leeren Bierflaschen zu füllen, aus Langeweile, weil nichts mehr passierte. Ein anderer zerriss die Baumwollhandtücher und stopfte die Streifen in die Flaschenhälse, sodass schließlich fünf nahezu perfekt gebaute Molotowcocktails vor ihnen standen. Und eines war jetzt auch klar: Diese Cocktails würden fliegen.

Zweien ging noch im Flug die Lunte aus, zwei weitere prallten von den Rollläden zurück und verursachten nur einen leichten Schwelbrand im Vorgarten, der fünfte aber schaffte es brennend in ein offenes Fenster der zweiten Etage.

Das Ende vom Lied: ein ausgebrannter Dachstuhl, fünf Heimbewohner mussten mit Rauchvergiftungen ins Krankenhaus eingeliefert werden, und sie, die Täter, waren bereits am nächsten Tag ermittelt.

«Zum Glück ist damals keiner draufgegangen», sagte Thorsten, «sonst wär ich jetzt wahrscheinlich nicht hier.»

«Hmm», sagte Ramona.

Es folgten Anklage und die Verhandlung vor dem Jugendgericht, bei der Thorsten zu einer Bewährungsstrafe verurteilt wurde. Die allerdings konnte er verschmerzen, schlimmer war, dass er seine Lehrstelle als Koch verlor. Denn natürlich war der Fall bis in die überregionalen Medien gelangt, und die Stadt befürchtete einen gewaltigen Imageschaden. Man war gerade dabei, die Auflagen der UNESCO zu erfüllen, um – dank des mittelalterlichen Stadtkerns – in das Weltkulturerbe aufgenommen zu werden.

Thorsten saß also auf der Straße. Hilfe kam von oben, in Form eines Sozialdezernenten, der durch die Berichterstattung auf ihn und seine Kumpels aufmerksam geworden war. Zusammen mit den Bewährungshelfern machte er ihnen ein Angebot: Sie sollten in Eigenverantwortung einen ehemaligen Jugendklub der Freien Deutschen Jugend übernehmen. Diese Tätigkeit würde ihnen als soziale Arbeit angerechnet, d. h., sich positiv auf die Bewährung auswirken, zudem sei ein kleines Handgeld drin, da die Sache aus einem Topf der Europäischen Union gefördert werde. Ziel sei es, die Jugendlichen von den Straßen zu holen und ihnen, wo nötig, die menschenverachtende Ideologie aus den Köpfen zu treiben. Dazu stünden neben ausgebildeten Fachkräften auch ein Poolbillard und eine Tischtennisplatte bereit.

Thorsten willigte ein, ging in die Neubausiedlungen, die es sogar in einem idyllischen Städtchen wie diesem gab, und sprach vor Kaufhallen und auf Spielplätzen Jugendliche an, deren Erscheinung sie als mögliche Gäste des Klubs auswies. Er suchte Tankstellen auf und warb auch dort, sodass sich der – inzwischen notdürftig renovierte Klub – rasch zu füllen begann. Billard und Tischtennisplatte erfreuten sich großer Beliebtheit, die zwei jungen Fachkräfte, Absolventen einer Fachhochschule, wurden weitestgehend ignoriert, es sei denn, sie konfrontierten ihre Schützlinge zu offensiv mit ihrem pädagogischen Konzept. Dann setzte es durchaus mal einen Satz heiße Ohren. Entnervt gaben die beiden nach einem Dreivierteljahr auf. In dieser Zeit – der Träger des Projekts, die Stadt, sah sich nach neuen Fachkräften um – übernahm Thorsten vorläufig deren Arbeit. Er gab die Billardkugeln aus, leerte die Aschenbecher, verkaufte nichtalkoholische Getränke. Den erzieherischen Kram ließ er außen vor, was hätte er auch erzählen sollen, selbst wenn er gekonnt hätte. Er war noch immer einer von ihnen, gleichaltrig, in den gleichen Klamotten. Auf diese Weise jedenfalls überlebte er eine Hand voll weiterer Fachkräfte.

Die Jahre vergingen, die Bewährung war längst ausgestanden. Mittlerweile war er älter als die Klubbesucher und genoss deren Respekt, sodass das Sozialdezernat, der Suche nach immer neuem Fachpersonal überdrüssig, ihn schließlich zur Weiterbildung schickte. Er absolvierte den Lehrgang mit Erfolg, wurde von der Stadt fest angestellt und leitete den Klub seither eigenständig, eine Arbeit, die er nicht nur als wichtig empfand, sondern die ihm auch Spaß machte, zumal sie gelegentliche Konzerte, wie das heutige mit den Ramonas, einschloss.

«Dann ist dein Outfit eine Art Verkleidung?», sagte Ramona und deutete auf das Eiserne Kreuz an seinem Hals.

«Mehr oder weniger», sagte Thorsten, «das gehört zum Konzept. Akzeptierende Jugendarbeit. Schon mal was davon gehört?»

«Ja klar. – Aber ich weiß ja nicht …», sagte Ramona.

«Natürlich versuche ich, auch Bands wie euch einzuladen. Aus einer anderen Szene. Alles kleine Schritte, die …»

«Und was ist jetzt mit den Plakaten?», unterbrach ihn Ramona, um einer Diskussion über Konzepte der Sozialarbeit vorzubeugen, auch wenn sie sich nicht mehr sicher war, ob es gut sei, vor vollem Saal zu spielen. Andererseits waren sie, obwohl es ein Garantiehonorar gab, an den Eintrittsgeldern beteiligt.

«Das mit den Plakaten mach ich», sagte Thorsten und erhob sich vom Bühnenrand. «Keine Sorge, wenn ich was organisiere, ist der Laden immer voll.»

«Klaro», flüsterte Kordula in Lydias Ohr, «mit Pimpfen.»

«Ihr könnt euch *backstage* ein bisschen aufs Ohr hauen. Die ersten Leute kommen vielleicht …», sagte Thorsten und guckte auf die Uhr, «… in einer Stunde. Und wegen der Übernachtung: Ich treib da schon was auf.»

Er verschwand nach draußen, kam aber kurz darauf nochmal wieder und sagte: «Und falls ihr nachher einen Babysitter sucht, für die Süße da draußen, sagt Bescheid. Ich hätte da ein paar Mädels an der Hand.»


Wie befürchtet, stellte sich der Backstagebereich tatsächlich als ein fensterloser Raum heraus. Bis auf zwei zerschlissene Sofas und ein Beistelltischchen war er unmöbliert. In einer Ecke standen Kartons mit Spirituosen, in einer anderen verschiedene Putzutensilien. Eine Übernachtung hier kam nicht in Frage. Selbst die zwei Stunden bis zum Konzertbeginn wollten die Ramonas nicht in dem muffigen Loch verbringen, und als sie endlich wieder draußen waren, atmeten sie trotz der drückenden Sommerluft durch. Sie befreiten die schlafende Maylandia aus dem Kindersitz des Passats und suchten sich ein schattiges Plätzchen, das sie in einer Wiese jenseits des Parkplatzes fanden. Bevor sie dort eindämmerten, befördert von einem weiteren Bier, das die umsichtige Kordula mitgenommen hatte, beratschlagten sie, wie mit der Situation umzugehen sei. Nach kurzer, heftiger Diskussion beschlossen sie – zwei Stimmen gegen eine, und zwar die Ramonas –, das Konzert so gut es eben ging über die Bühne zu bringen. Vertrag war Vertrag, und den hatten sie mit «Sumpf-Pop» abgeschlossen, nicht mit Thorsten. Wobei sich Ramona, als Überstimmte, wenigstens ausbat, dass sie nicht vor dem Publikum kuschten, sondern ihm frontal zeigten, wo bei ihnen der Hammer hing, politisch.

Mit den ersten Brisen, die der Abend brachte, wachte die kleine Maylandia auf und begann zu schreien, des Hungers wegen, sodass auch unsere drei Freundinnen aus dem spätnachmittäglichen Nickerchen hochfuhren. Lydia versorgte das Baby aus einer voluminösen Umhängetasche, die sie, seit sie Mutter geworden war, stets mit sich herumschleppte und in der sich neben allerlei Gläschen, Fläschchen und Nuckeln auch ein ganzes Arsenal Hygieneartikel befand. Frisch gewindelt und satt, machte sich das Kind daran, auf allen vieren krabbelnd, die Wiese zu erkunden, und bewegte sich dabei Richtung Parkplatz, von wo mit einem Mal Motorengeräusche und Stimmen herüberwehten.

Es war kurz nach halb neun, ihnen blieb noch eine halbe Stunde Zeit bis zum Auftritt. Langsam erhoben sie sich aus dem Gras, und genauso langsam trödelten sie dem Parkplatz entgegen. Wäre nicht Maylandia gewesen, die ihnen aus dem Blickfeld kroch, hätten sie wahrscheinlich noch einmal Halt gemacht und eine Zigarette geraucht. Doch kurz bevor die Kleine den Morast des Parkplatzes erreichte, packte Lydia sie mit einem beherzten Griff unter den Achseln, hob sie auf und drückte sie an ihre Brust, als müsse sie vor dem Anblick bewahrt werden, den der Parkplatz bot. Von hinten waren Ramona und Kordula herangetreten und starrten nun ebenfalls auf das, was sich dort abspielte.

Obwohl: Genau genommen spielte sich dort gar nichts ab. Lediglich ein gutes Dutzend Autos parkte, wie mit dem Lineal ausgerichtet, in zwei Reihen unter den Eichen. Auch die Wagen selbst waren nicht ungewöhnlich, das Übliche, das sich junge Menschen leisten konnten oder wollten, vom Kleinwagen bis zum tiefer gelegten Liebhaberstück. Seltsamerweise aber waren sie allesamt schwarz lackiert und auf Hochglanz poliert, was Lydias grünlichen Passat, der etwas abseits stand, umso schäbiger erscheinen ließ. Es war ein schwarzer Block aus Autos, und diese Autos gehörten den schwarz gekleideten Menschen, die sich am Eingang der «Eiche» versammelt hatten, wo Thorsten an einem Tisch saß und Eintrittskarten verkaufte. Er hatte es tatsächlich noch geschafft, ein paar Plakate ihrer letzten Tour aufzuhängen.

«Okay», sagte Lydia, «wir ziehn das jetzt durch», und trat auf den Parkplatz. Maylandia, die wohl die Nervosität ihrer Mutter spürte, streckte konzentriert den rechten Zeigefinger in Richtung der schwarzen Wagen, während Lydia auf den Passat zuging. Ramona und Kordula folgten ihr. Dort angekommen, schloss Lydia die Türen des Wagens ab, dann sahen unsere drei Freundinnen einander kurz an, und erleichtert fand jede im Blick der anderen die Entschlossenheit wieder, sich von den paar Pissern hier nicht einschüchtern zu lassen. Sie passierten die schwarze Meute am Eingang – Methode: Augen zu und durch – und ließen sich wenig später erschöpft in die Sofas des Backstagebereiches fallen, so, als hätten sie das Konzert schon hinter sich gebracht und warteten nun darauf, die Zugabe zu spielen.

Auf dem Beistelltisch hatte Thorsten ein kleines Buffet aufgebaut: Antipasti, Käse, Obst, in einer Zinkwanne mit Eiswürfeln kühlten Bier, Saft und eine Flasche Sekt. Die verbleibende halbe Stunde saßen die Ramonas zunächst apathisch herum, dann räumten sie ohne Hunger das Buffet ab, um schließlich schweigend Maylandia zuzusehen. Erst Thorsten erlöste sie aus dieser Starre.

«Es geht los, Mädels», sagte er. «Der Laden ist fast voll, wie ich euch gesagt hab.» Seine Laune schien prächtig zu sein. Aus dem Saal hörte man das typische Rumoren, Gläserklappern, Stimmengewirr. Vom Band kam laute, schnelle Musik, auf die ein heiserer Sänger englische Texte brüllte, die man wohl besser nicht verstand.

«Und was ist mit ihr», sagte Lydia und zeigte auf Maylandia, die sofort auf Thorsten zugekrochen war, sich am Schaft seines rechten Motorradstiefels hochgezogen hatte und erwartungsfroh in die Runde blickte.

«Ich kümmre mich höchstpersönlich um die Kleine», sagte Thorsten, grinste zu Maylandia herunter und tätschelte ihren Kopf, «weiß ja schließlich noch, wie's geht.» Maylandia strahlte ihn an. «Übrigens: Wenn ihr wollt, könnt ihr 'nen kurzen Blick in den Saal werfen. Wegen der Atmosphäre oder zur Einstimmung. Manche brauchen das vorher, hab ich gehört.»

«Okay», sagte Ramona und stand auf.

«Na, dann los», sagte Thorsten und setzte Maylandia auf seine Schultern.

Er führte die Ramonas hinter einen dicken Filzvorhang, der die Bühne von einer Art Kinoleinwand trennte, und schob ihn ein wenig zur Seite. Als Erste sah Ramona in den Saal. Das Publikum erinnerte stark an jenes ihrer ersten Zeit, als sie noch keinen Plattenvertrag hatten und in besetzten

Häusern und alternativen Kulturprojekten aufgetreten waren, es erinnerte an die autonomen Kneipen Berlin-Kreuzbergs, die Ramona bestens kannte.

Niemand im Saal hatte eine Bomberjacke an. Die meisten trugen dunkle Kapuzenjacken, dunkle Hosen und Turnschuhe. Ramona erkannte zwei oder drei Che-Guevara-T-Shirts, einige der Besucher hatten trotz der Hitze Tücher um den Hals geschlungen, wie sie Ramona aus ihrer Jugend kannte: Sie hatten den Protest gegen alles Mögliche symbolisiert, gegen Ronald Reagan, Atomkraft, Pershing II. Palitücher hatten sie die Dinger damals genannt.

Beim zweiten, genaueren Hinsehen aber fielen die Unterschiede doch auf: Kapuzenjacken und T-Shirts waren in Frakturschrift bedruckt, es gab Runen und verdammt viel heidnisches Götterzeug auf den Textilien. Man sah zwar nur wenige Glatzköpfe, aber niemand hatte lange Haare. Fast alle besaßen die Frisuren von Chorknaben. Außerdem waren kaum Frauen im Publikum, das, um es kurz zu sagen, aus einem Jungnazi-Pulk in links-autonomer Verkleidung bestand.

«Toi, toi, toi», sagte Thorsten und schob Ramona mit sanftem Druck auf die Bühne. Maylandia auf seinem Arm gluckste, während ihre Hände gedankenverloren mit dem Eisernen Kreuz an seinem Hals spielten. Sofort ging das Licht im Saal aus, bis auf einen blauen Spot, der auf die Bühnenmitte gerichtet war. Die Musik vom Band brach ab, und zurückhaltender Applaus kam auf, als Lydia und Kordula die Plätze an ihren Instrumenten einnahmen.

Etwa um die gleiche Zeit, es war kurz nach neun, fuhren ein – wegen der Verspätung seines Freundes – äußerst schlecht gelaunter Bender und ein – wegen eines sexuellen

Erfolgs bei Benders Cousine, die er am Vortag angeflirtet hatte – gut aufgelegter Rock im T3 Richtung K*burg los, wo sie eine gute Dreiviertelstunde später auf den Parkplatz der etwas abgelegenen «Eiche» einbogen. Sie staunten nicht schlecht angesichts des Sammelsuriums gleichartig lackierter Fahrzeuge, das dort, wie in Marschformation wartend, abgestellt war.

«Ich halte da vorne», sagte Rock, «da steht Lydias Passat.»

«Lüühh-dija», sagte Bender, «soso.» Seine schlechte Laune war während der Fahrt allmählich verflogen, weswegen Rock darauf verzichtet hatte, ihm von der Geschichte mit der Cousine zu erzählen.

Sie parkten neben dem Passat, stiegen aus und gingen zum Eingang der «Eiche» rüber. In dem Moment, da Bender nach der Klinke greifen wollte, wurde die Tür von innen aufgestoßen und flog ihm mit voller Wucht entgegen. Zeit zu fluchen allerdings blieb ihm nicht, denn wie eine Furie, eine flüchtende, kam ihm Ramona entgegengeschossen, ein wimmerndes Bündel in den Armen, zu dem die kleine Maylandia binnen der letzten Minuten geworden war. Lydia, die Babytasche über der Schulter, und Kordula, die seltsamerweise noch die Drumsticks in den Händen hielt, folgten ihr, in den Gesichtern einen ähnlichen Zug von Verwirrung.

«Steht hier nicht rum, verdammt», schrie Ramona, als sie Rock und Bender erkannte, «wir müssen abhauen.» Sie rannte einfach weiter, und auch Bender und Rock begannen jetzt zu rennen. Bis zu den Autos waren es keine fünfzig Meter.

«Was ist denn los?», fragte Bender, als er Ramona eingeholt hatte.

«Frag nicht so blöd», keuchte Ramona, «bloß weg.»

«Scheiße, Esther, was macht denn die Kleine hier?», schrie Rock, der neben Lydia herrannte.

«Nenn mich nicht Esther, du Arschloch», schrie Lydia zurück.

Während sie die Autos erreichten, brach im Eingangsbereich der «Eiche» der letzte Damm, den Thorsten mit wenigen Getreuen gegen den rasenden Mob gebildet hatte. Er hatte gekämpft wie ein Löwe, anfangs nur mit Worten, dann auch unter körperlichem Einsatz, um den Ramonas wenigstens ein paar Meter Vorsprung zu verschaffen. Nicht nur, weil es sein Job war, sondern weil er die drei schrägen Frauen aus Berlin irgendwie mochte.

Der ganze Schlamassel hatte damit begonnen, dass die Band auf Ramonas Wunsch das ursprüngliche Line-up geändert hatte, um eine der wenigen Coverversionen ihres Repertoires zu spielen. So hatten sie es jedenfalls vorgehabt, einen New-Wave-Klassiker der frühen Achtziger von Siouxsie and the Banshees, ein Weihnachtslied eigentlich, etwas kitschig, etwas wohlstandskritisch, so wie man als junger Mensch eben die Welt sieht. Doch auch, wenn sie die Provokation beabsichtigt hatten, diese Resonanz war nicht zu erwarten gewesen.

Ramona war an das Mikro getreten und hatte – in eine ausklingende Rückkopplung hinein – gesagt, dass sie als Nächstes eine Coverversion spielen würden. Sie hatte den Namen der Band genannt und dann den Titel: «Israel».

Noch bevor Lydia die ersten Takte auf ihrer Gitarre zupfen konnte, brach im Saal der Sturm los. Bierflaschen und Feuerzeuge flogen, es wurde geschrien und gespuckt. Das Publikum tobte, es verdichtete sich und drängte wenig später in breiter Front gegen die Bühne. Unterdessen hatten Lydia und Ramona ihre Instrumente abgestellt und sich zu Kordula ans Schlagzeug geflüchtet, wo kurz darauf auch Thorsten mit der verängstigten Maylandia auftauchte.

Der Mob umlagerte mittlerweile die Bühne von drei Seiten. Einige wedelten mit ihren Palitüchern, einige begannen, Parolen zu grölen, in die andre einfielen. Sie grölten: «Massenmord in Palästina! Holocaust durch die Rabbiner!» Sie reckten rhythmisch die Fäuste in die Luft und grölten: «USA – internationale Völkermordzentrale!» Sie schrien: «Hier regiert der nationale Widerstand!» und: «Hoch die internationale Solidarität!»

Als die Ersten begannen, die Bühne zu erklimmen, riss Thorsten die apathische Kordula von ihrem Schlagzeug hoch und schob sie hinter den Vorhang, er drückte Ramona die kleine Maylandia an die Brust und reichte Lydia die Babytasche.

«Verschwindet, Mädels», sagte er, «ich versuch, sie aufzuhalten.»

Und dies war ihm tatsächlich für wenige Minuten gelungen, bevor ihn der Mob dann doch überrannte. Zeit genug aber für die Ramonas, den Passat zu besteigen und dem T3 zu folgen, wie Bender ihnen beim Einsteigen zugerufen hatte.

Was Thorsten jedoch nicht verhindern konnte, war, dass ein kleiner Kampftrupp schwarz lackierter Wagen bereits auf dem Weg hinunter nach K*burg ihre Spur aufnahm und ihnen seither in einigem Abstand durch die sternenklare Nacht folgte.

# Unterwegs

**Ein Sonntagmorgen** wie aus dem Bilderbuch: Die hügelige Landschaft lag taubenetzt in der Sonne, funkelte und glitzerte. Sattgelbe, erntereife Getreidefelder, die sich bis an den Horizont wellten, darin wie mit zufälligem Pinsel verteilt Dörfer, Waldstücke, Koppeln: Es war gegen sieben Uhr.

Der T3 unserer Freunde stand verlassen und mit offenen Türen auf einer Anhöhe am Rande dieser Idylle, die einem für Sekunden vorzugaukeln vermochte, das Rauschen der Autobahn, um diese Tageszeit nur mäßig störend, könne auch das eines tosenden Gewässers sein. Einige Schritte vom Fahrzeug entfernt, an einem roh gezimmerten Tisch unter einem Schindeldach, saßen unsere beiden Freunde, Bender und Rock, nebeneinander und verzehrten Sandwiches, die sie mitten in der Nacht und – mal wieder – in der Mitte des Nichts gekauft hatten. Beide wirkten erschöpft und hatten gerötete, dunkel umrandete Augen. Sie tranken Cola gegen die Müdigkeit und um das pappige Brot runterzukriegen, und sie ließen ihre Blicke durch die Gegend schweifen, über die Felder in der Ferne, über die Kirchturmspitzen, über einen ersten Weinberg, dann zurück auf den Parkplatz, wo die Blicke einmal mehr ein Würfel aus poliertem Granit bannte, in dem sich die Toiletten befanden, weiter über den Plattenweg, der von dort zu ihrem rustikalen Rastplatz führte.

Schließlich auf die andere Seite des Tisches, wo mit dunkel umrandeten Augen Lydia, Kordula und Ramona saßen, auf Sandwiches herumkauten, Cola tranken und die Blicke schweifen ließen. Mit lautem Knall durchbrach ein Jagdflugzeug die Schallmauer.

Maylandia, die als Einzige ein paar Stunden Schlaf gefunden hatte und sich jetzt an einem Drahtgitterpapierkorb festhielt, kuckte in den Himmel, streckte fragend den Zeigefinger aus und sagte: «Rönne röij?»

«Kondensstreifen», sagte Rock und zeigte ebenfalls in den Himmel: «Da!»

Die Erschöpfung unserer Freunde war so umfassend, dass selbst das tröstliche Bild der Landschaft sie nicht mindern konnte. Sie wussten nicht einmal, wo genau sie sich befanden. Sicher war nur: Braunschweig, Salzgitter, Göttingen, Kassel lagen hinter ihnen, Namen auf Schildern, die im Scheinwerferlicht erschienen und wieder verschwunden waren.

Nachdem das desaströse Konzert in der «Eiche» zu K*burg doch noch ein einigermaßen glimpfliches Ende gefunden hatte, waren sie auf der dunklen, fast verkehrslosen Landstraße gemächlich ihrem Nachtquartier entgegengefahren, vorweg der T3, an jedem Anstieg ächzend, was Rock mit wahren Schaltorgien auszugleichen versuchte, Lydias Passat dahinter. Unbeschadet erreichten sie das Haus. Betten, Matratzen und Sofas waren rasch aufgeteilt, und alsbald legte sich eine Ruhe über die Wohnung, die nur zuweilen ein Seufzer oder ein Schnarchton störte.

Schwer zu sagen, wie lange diese Stille währte, Maylandia aber war es, die sie mit einem schrillen Schrei jäh vernichtete. Zu diesem Zeitpunkt hatten sich die Flammen schon vorangearbeitet, waren zügig über den Krempel gekrochen, der im Hausflur herumlag, Bündel alter Zeitungen, Werbeprospekte, Kisten des Ramschladens aus dem Erdgeschoss, und züngelten bereits an den ersten Stufen der knochentrockenen Treppe, die hinauf zu den Wohnungen führte. Noch war es kein Inferno, noch gab es eine Gasse, durch die man entkommen konnte, wenngleich sie von Minute zu Minute schmaler wurde.

Als Bender, Rock und die Ramonas endlich bemerkten, dass es brannte, stürzten sie, jeder schnell das noch greifend, was in seiner Nähe lag, in Panik aus der Wohnung. Doch das Feuer im Treppenhaus ließ sie zögern – alle, bis auf Lydia, die als Mutter einem Instinkt mehr zu folgen hatte und mit resolutem Trotz, die kleine Maylandia so eng wie möglich an die Brust gepresst, den Flammengang durchquerte. Obendrein gelang es ihr, die Haustür nicht nur zu öffnen, sondern so heftig gegen die Wand zu schmeißen, dass sie in irgendeine Verankerung einrastete und offen stehen blieb. Dank Lydias Beispiel erreichten auch die anderen die rettende Straße. Erst hier begannen sie allesamt zu husten, zu spucken, nach Atem zu ringen, hier allerdings erwartete sie das nächste Unglück: Auch der Passat, der gegenüber dem Haus parkte, brannte. Doch weder Lydia noch Ramona oder Kordula setzten zu einem Schritt in Richtung des lodernden Fahrzeugs an, um etwas von ihren Habseligkeiten zu retten, denn es war schlichtweg zu spät, und so blieb es Rock vorbehalten, das einzig Sinnvolle zu tun und den T3, der nur knapp daneben stand und bislang von den Flammen verschont geblieben war, wegzufahren, ehe sich etwa der Wind drehte.

Im gegenüberliegenden Haus und auch in den angrenzenden Gebäuden waren mittlerweile die Lichter angegangen, Anwohner sahen aus den Fenstern, einige traten vorsichtig auf die Straße, um den Brand zu beobachten, und noch während Lydia, Maylandia an ihrer Brust, auf dem Beifahrersitz des T3 Platz nahm und Ramona, Kordula und Bender auf die Ladefläche kletterten, hörte man aus der Unterstadt die Martinshörner der Feuerwehr. Dann trat Rock das Gaspedal gegen den Fahrzeugboden, und sie schossen die Poststraße hinab. Der Krampf in seinem Fuß löste sich erst, als er bei Magdeburg auf die A2 einbog, nicht Richtung Berlin, sondern westwärts.

War es Unaufmerksamkeit, Müdigkeit oder Zustimmung? Niemand jedenfalls erhob in diesem Moment Einspruch gegen Rocks eigenmächtige Entscheidung, und so kam das Thema erst am nächsten Morgen zur Sprache, auf ebenjenem rustikal-idyllischen Parkplatz.

Während der Stunde, die sie dort verbrachten, war der Verkehr stärker geworden, andere Reisende hatten sich eingefunden, lärmten in grellfarbenen Shorts und Leggins herum, maßregelten ihre Kinder, pellten hart gekochte Eier und bewunderten lautstark das WC. Unsere Freunde waren zum Handeln gezwungen. Sie mussten hier weg.

«Und jetzt?» Bender brach als Erster das Schweigen.

«Nach Hause, wenn ihr mich fragt», sagte Kordula. «Ich hab heut Spätschicht in der Bar.»

«Und ihr?», fragte Rock und sah dabei vor allem Lydia an, die mit Maylandias Locken spielte. Das Kind saß mittlerweile auf dem Schoß seiner Mutter, kaum weniger gedankenverloren wirkend als diese. Lydia griff eine feine wellige Haarsträhne, wickelte sie sanft auf einen Finger und gab sie wieder frei.

Es war eine dieser spontanen Entscheidungen, die bislang das meiste im Leben unserer Freunde vorangebracht hatten, ein Stolpern nach vorne, um nicht auf der Stelle zu verharren. Entscheidungen, die *etwas* in ihnen fällte, bei denen es kein Abwägen von Vor- und Nachteilen gab, keine Rücksichten oder die Einbettung in eine Gesamtstrategie. Die Entscheidungen unserer Freunde entsprangen meist einer vagen Unzufriedenheit mit der aktuellen Situation, sie waren reflexartig und ihrem Wesen nach vor allem zweierlei: fahrlässig und dumm. Manchmal jedoch gelang es dem Zufall, sie im Nachhinein konzise und schlau wirken zu lassen. Das waren dann die großen Momente.

Um es kurz zu machen: Sie entschieden, weiter südwärts zu fahren, so wie es Benders und Rocks Plan ohnehin vorsah.

Bender hatte ein Kribbeln befallen, das mit dem Testament seines Großvaters zusammenhing, Rock drängte es zu seinen Eltern samt gefülltem Kühlschrank und gekacheltem Badezimmer, und Ramona, nachdem sie einen Blick auf die Karte geworfen hatte, fiel auf, dass jenes ominöse Dorf, deren Bewohnerinnen sie zum Gegenstand ihrer Magisterarbeit erkoren hatte, in derselben Gegend lag. Etwas länger dauerte es, Lydia zu überzeugen. Wider Erwarten gab Rock den Anstoß, indem er ausmalte, wie Maylandia ein paar Tage mit ihren Großeltern verbringen könne, während sie, die Mutter, frei habe, und wider Erwarten sagte Lydia schließlich: Na gut.

Im Prinzip war es egal: Sie hatten alle nichts zu verlieren, nichts Wichtiges jedenfalls. Lediglich Kordula bangte um ihren Job in der Bar und die paar Kröten, die er monatlich abwarf, weshalb die anderen sie gegen zwölf Uhr Mittag an einer kleinen, in der Hitze flimmernden Bahnstation absetzten, von wo aus sie mit der Regionalbahn Fulda erreichen konnte, das wiederum an das Inter-City-Express-Netz angebunden war.

Kordula blieb noch ein, zwei Minuten ratlos auf dem

staubigen Bahnhofsvorplatz stehen, mit hängenden Schultern, in der rechten Hand die Werbetüte einer Raststätte, die den unversehrten Rest ihres Gepäcks enthielt. Erst dann betrat sie die Bahnhofshalle, Rock ließ den Wagen an, Ramona hob die Hand zum Abschiedsgruß, was Kordula jedoch nicht sehen konnte.

Am frühen Nachmittag befanden sie sich wieder auf der Autobahn, der Verkehr war dicht, rollte aber flüssig gen Süden, der T3 war voll betankt, hatte frisch geputzte Scheiben, und obwohl mit Ausnahme Maylandias niemand geschlafen hatte, machte unsere kleine Reisegesellschaft einen wacheren Eindruck als am Morgen. Zuweilen war sogar etwas wie Ausgelassenheit zu spüren: Reisefieber. Es gab kleine Wortduelle zwischen Lydia und Rock, ohne Bösartigkeit ausgefochten, was selten genug zwischen den beiden vorkam, genauso wie ernsthaft wirkende Dialoge zwischen Ramona und Bender auf der Ladefläche, die sich vor allem um Ramonas Magisterarbeit drehten und die Chancen einer Geisteswissenschaftlerin auf dem heutigen Arbeitsmarkt. All das war unterlegt mit Maylandias ungestümem Babygeplapper, das sich mal an diesen, mal an jenen richtete. Durch die geöffneten Fenster zog der Fahrtwind ins Innere des Wagens und sorgte für Erfrischung, draußen wurde die Landschaft etwas schroffer, und bei aller Harmonie, die sie weithin ausstrahlte, gewann sie für das Berliner Auge etwas Abenteuerliches hinzu: dichte, undurchdringbar scheinende Waldstücke, Klippen, die tiefe, steil abfallende Täler begrenzten, dazwischen die gewellten Ebenen, die urplötzlich die Sicht auf den Horizont wieder freigaben, es waren die Formen der Natur selbst, mehr aber noch das Abrupte ihres Wechsels, die faszinierten.

Als der T3 am späten Abend in die Reihenhaussiedlung einfuhr, in der Rock zwanzig lange Jahre aufgewachsen war, schienen die Ereignisse des vorangegangenen Tages bereits weit weg. Sehr weit weg, komischerweise.

Die Nacht war lau, und obwohl unsere Freunde unangemeldet hereinplatzten, wurden sie von den Buntrocks, die bei einer Flasche Wein auf der Terrasse beisammensaßen, auf das Herzlichste begrüßt.

Während Frau Buntrock einem nach dem anderen aus Rocks Gefolge die Hand gab und Maylandia begann, auf eigene Faust den Garten zu erkunden, holte Herr Buntrock gekühlten Weißwein aus dem Haus, einen badischen Grauburgunder, beim Erzeuger gekauft. So saßen sie dann um den großen Terrassentisch, tranken Wein, rauchten Zigaretten.

Aus dem dunklen Garten kam irgendwann Maylandia zurück, presste das Gesichtchen an Lydias Bein und kämpfte sichtlich gegen die Müdigkeit an, was Frau Buntrock sofort auffiel und sie die Initiative ergreifen ließ. Bei aller Gastfreundschaft reichte der Platz im Hause nicht aus, doch Rock bot Lydia und dem wegdämmernden Kind sein Jugendzimmer an, um mit Bender die Nacht auf der Ladefläche des T3 zu verbringen. Ramona sollte auf der Wohnzimmercouch kampieren.

Während Lydia und Frau Buntrock die Kleine zu Bett brachten, holte Herr Buntrock eine weitere Flasche Wein aus dem Haus und erkundigte sich nach den Plänen unserer Freunde. Als er hörte, dass sie durchaus länger in der Gegend bleiben wollten, fiel ihm jenes Angebot wieder ein, das just an diesem Morgen in Form eines gefalteten Werbeblättchens im Hausbriefkasten gelandet war. Herr Buntrock ging los, um es aus der Altpapiertonne herauszukramen, in die er es nach kurzem Studium sofort entsorgt hatte. Am Tisch zurück, reichte er es seinem Sohn. Es handelte sich um ein fotokopiertes Faltblatt, schwarz-weiß und in dilettantischem Layout, das die Neueröffnung einer familienfreundlichen Urlaubsanlage auf einem ehemaligen Gehöft verkündete. Die Ferienwohnungen dort verfügten über Küche, Badezimmer und Satelliten-TV. Es bestand die Möglichkeit zu reiten, für Kinder gab es einen Streichelzoo. Die Kosten pro Tag hielten sich in Grenzen, überstiegen aber dennoch ihr Budget.

«Der Hof ist nur zwanzig Kilometer von hier entfernt», sagte Herr Buntrock, nachdem sein Sohn mäßig begeistert den Zettel an Bender weitergereicht hatte. «Wir könnten also Maylandia betreuen, was mit der Kleinen unternehmen zum Beispiel, und ihr hättet den Rücken frei.»

«Wir könnten sie etwas besser kennen lernen», sagte Rocks Mutter, die aus dem Haus zurückgekommen war, leicht vorwurfsvoll.

«Mama!», sagte Rock und schaute sich nach Lydia um, die noch im Haus war. Dann machte er mit der rechten Hand diese Geste, bei der man den Daumen an Mittel- und Zeigefinger reibt, als wolle man Salz nach oben streuen, und die besagt, dass etwas Geld kostet und man keines hat.

«Wir würden das gerne für euch übernehmen, oder?», sagte Frau Buntrock.

«Würden wir», sagte Herr Buntrock.

«Und für deine Freunde auch», sagte Frau Buntrock, der als ehemaliger Lehrerin und aufmerksamer Mutter der Blick nicht entging, den ihr Sohn und sein Freund Bender ausgetauscht hatten, blitzlichtschnell.

«Mama, mach mal langsam …», sagte Rock und sah Bender wieder in die Augen.

«Ich find's okay», sagte Bender und schaute zu Ramona, die mittlerweile in dem Faltblatt las und ohne aufzusehen «Ich auch» sagte.

«Ich zahl natürlich meinen Anteil», sagte Bender, und seine Stimme verriet nicht, ob er es damit ernst meinte.

«Ich natürlich auch», sagte Ramona und sah Bender an.

«Auf keinen Fall. Ich bin doch froh, dass …», sagte Herr Buntrock.

«Kommt, Kinder, darauf lasst uns anstoßen», unterbrach ihn Frau Buntrock und schenkte Wein nach.

Sie stieß als Erstes mit ihrem Sohn an, und Rock fragte sich, ob er, wenn er einmal in seines Vaters Alter wäre, Maylandias Freunde würde zum Essen einladen können, oder ob die Rechnung dann immer noch sein Vater übernehmen müsste.

Sie hatten eine weitere Flasche Grauburgunder angebrochen, als sich Lydia wieder zu ihnen gesellte. Sie war aus Erschöpfung neben Maylandia eingeschlafen, und möglicherweise war es Erschöpfung, die sie abermals ein schlappes «na gut» sagen ließ, als ihr Rocks Mutter die Ferienpläne eröffnete. Immerhin hatten die anderen hinter ihrem Rücken entschieden, und normalerweise ließ Lydia sich dergleichen nicht gefallen. Vielleicht lag es auch am pädagogischen Geschick Frau Buntrocks, die ihr den Bauernhofaufenthalt mit sanfter Stimme, in alemannisch weichem Sound gleichzeitig erläutert und schmackhaft gemacht hatte. Eine Meisterleistung der Überredungskunst.

Den Rest des Abends verbrachte die Tischgesellschaft bei lockeren Gesprächen, Plaudereien eher, die sorgfältig jede Ernsthaftigkeit umschifften, Klippen etwa wie Beruf, Einkommen, Zukunftspläne. Ausgenommen vielleicht den Brand der vergangenen Nacht, den Rock eher beiläufig zur Sprache brachte. Sofort zeichneten sich Falten der Bestürzung in Frau Buntrocks sanften Zügen ab. Unseren Freunden wurde erstmals klar, dass sie knapp mit dem Leben davongekommen waren, und auch, dass es durchaus Verluste gegeben hatte, materielle. Abgesehen von Lydias verbranntem Passat waren diverse Klamotten, Papiere, Geld in der Wohnung zurückgeblieben. Und sie fragten sich jetzt, ob ihr Aufbruch nicht doch zu überstürzt gewesen war, ob sie nicht die Polizei hätten informieren oder auf das Eintreffen der Feuerwehr warten sollen, das, was man eben machte, in solch einer Situation, statt einfach abzuhauen. Herr Buntrock meinte, sie sollten sich bei den Versicherungen melden und die Behörden der Stadt kontaktieren, und da keiner auf diesen Einwurf reagierte, bot er nach einer halben Minute des Schweigens an, das persönlich zu übernehmen.

Am nächsten Morgen, als die Reisenden aus Berlin allesamt noch in tiefem Schlaf lagen, selbst Maylandia, hatte er das Nötigste bereits in die Wege geleitet. Er hatte natürlich nichts klären können, dazu bedurfte es der persönlichen Aussagen der Betroffenen, aber er hatte den Fall angezeigt und eine Frist ausgehandelt, innerhalb deren sich unsere Freunde zu melden hätten. Die Polizei des Harzstädtchens teilte ihm mit, dass als Ursache des Feuers Brandstiftung vermutet wurde, sowohl was das Mietshaus betraf als auch den PKW des Typs VW Passat.

Frau Buntrock war unterdessen nicht untätig gewesen und hatte ein opulentes Frühstück auf der Terrasse angerichtet: Schwarzwälder Schinken, kaltes Schäufele, schwarze Würste, dazu Laugenbrezeln, Espresso, heiße Milch und Orangensaft, der in einem Glaskrug verführerisch leuchtete. Das Wetter war wieder traumhaft, Sonne, wolkenloser Himmel: dreißig Kilometer Sicht. Über den Gartenzaun hinweg, hinter dem sich ein Rapsfeld dehnte, konnte man in der Ferne die scharf konturierten Berge sehen.

Eine entspannte, großfamilienartige Atmosphäre herrschte den gesamten Vormittag über. Durch den Garten tönte die helle Kinderstimme Maylandias. Die Kleine kroch über den Rasen, versteckte sich in den Büschen. Sie beschäftigte sich hingebungsvoll mit Rocks alten Plüschtieren, die Frau Buntrock aus dem Keller geholt hatte. Ihre Großeltern saßen am Terrassentisch und lasen, Herr Buntrock eine Tageszeitung, seine Gattin ein gehobenes Frauenmagazin, doch die meiste Zeit beobachteten sie über die Ränder der Lesebrillen hinweg Maylandia, und man sah ihnen an, dass sie es genossen. Nur dann und wann griffen sie lenkend ein oder spendeten Trost, wenn die Kleine sich stieß oder bei einem der Versuche, aufzustehen, umfiel. Das geschah so zurückhaltend und dennoch herzlich, dass selbst Lydia keinen Anstoß daran nahm, obwohl sie sonst übervorsichtig war, wenn es darum ging, ihr Kind anderen zu überlassen, Kordula und Ramona einmal ausgenommen.

Lydia hatte sich gegen zehn – ausgeschlafen und frisch geduscht – an den Frühstückstisch gesetzt. Eine halbe Stunde später kam auch Ramona. Rock und Bender gesellten sich gegen Mittag dazu, als die Sonne schon hoch am Himmel stand und es schwül zu werden drohte.

Gegen eins, nachdem Bender, von Herrn Buntrock angeregt, ein kurzes Telefonat mit seinem Vater geführt hatte, brachen allesamt auf: Bender und Rock im T3, Lydia, Ramona und Maylandia in einem Fiat Panda, der auf Frau Buntrock zugelassen war und den sie zum Einkaufen benutzte oder um Freundinnen zu besuchen. Nicht nur, dass sie den Panda zur Verfügung stellte, sie hatte in der Nachbarschaft sogar einen Kindersitz aufgetrieben. Im dunklen Familienaudi schließlich nahmen Rocks Eltern Platz.

Der Ferienhof lag, wie ein Blick auf die Karte zeigte, tausendzweihundert Meter über null, war nur über Serpentinen und Haarnadelkurven erreichbar, was die Entfernung von zwanzig Kilometern Luftlinie mehr als verdoppelte. Fast eine Stunde benötigte die Dreierkolonne für diese Strecke. Immer wieder verlor Lydia, die hinten fuhr, den Anschluss. Die Fahrt führte zunächst auf eine Bundesstraße, dann über die A5, Richtung Süden, wo rechter Hand bald die Weinhänge des Kaiserstuhls erkennbar waren, während sich links die Berge des Schwarzwaldes auftürmten. Wenig später verließen sie die Autobahn, fuhren abermals ein Stück auf der Bundesstraße, an Möbelmärkten und Autohäusern vorbei, durch Dörfer, die in der Hitze dörrten. Die nächste Abzweigung erst brachte Abkühlung. Sie durchquerten ein Tal, in dem ein Bach floss, und allein schon der Anblick des glitzernden Wassers erfrischte. Die Bäume standen jetzt näher am Asphalt, spendeten Schatten. Nur vereinzelt tauchten Gehöfte auf dem schmalen Streifen zwischen Bachufer und Straße auf. Sie schienen verlassen.

Als die Kolonne das nächste Mal abbog, wurde es dunkel. Die Straße stieg merklich an, der T3 begann zu ächzen und verlor den Anschluss an den Audi. Links und rechts der Fahrbahn wuchsen schwarze Nadelwälder an den Hängen. Die Bäume standen so eng beieinander, dass ihre Kronen einen Baldachin bildeten. Nur an wenigen Stellen brach die Sonne durch. Ein Teppich aus Nadeln und Moosen bedeckte den Waldboden: Es war, als durchquere man einen Tunnel. Im Innern der Wagen wurde es kühl, die Passagiere begannen zu frösteln: Das waren sie, die schwarzen Wälder, hier spielte das *Kalte Herz*. Niemand, weder im T3 noch im Panda, sprach ein Wort, während sie die Serpentinen erklommen. Selbst Maylandia saß still im Kindersitz. Und keiner unserer Freunde hätte sagen könne, wie lange es dauerte, ehe der Wald plötzlich endete und sie in gleißendes Licht eintauchten. Sowohl Rock als auch Lydia nahmen den Fuß vom Gas und fuhren im Schritttempo weiter. Nach einer halben Minute hatten sich die Augen an die Helligkeit gewöhnt, und das Erste, was Rock erkannte, waren seine Eltern, die neben dem Audi standen und fröhlich winkten, dort, wo die Straße an einer geschlossenen Hofeinfahrt endete, an dessen Tor in bunten Lettern «Neue Erde» stand. Ein reichlich fetter Name für einen Bauernhof mit Ferienwohnungen und Streichelzoo.

Aber sei's drum: «Neue Erde» also.

# Neue Erde

**Tick-tack-tick-tack-tick-tack-tick-tack.** Die Wanduhr raubte Ramona den letzten Nerv. Sie starrte auf das kleine Türchen, hinter dem der Kuckuck lauerte. In zehn Minuten würde er wieder rauskommen. Ramona legte ihre Hände auf den Tisch, neben das Diktiergerät. Ein großer Tisch aus dunkel gebeiztem Holz, an dem bequem acht Leute Platz fanden. Jetzt saßen lediglich zwei Personen daran, Ramona, an der Längsseite, auf einer mit Schnitzereien verzierten Bank, und an der Stirnseite auf einem Schemel Frau Leuble, die ihr Alter mit achtundvierzig angegeben hatte. Das war vor ca. einer Stunde gewesen, und seither hatte Ramona nicht allzu viel Neues von ihr erfahren, lediglich, dass sie Bäuerin und verheiratet sei, zwei Söhne habe, die in der Stadt lebten und studierten und den Hof nicht übernehmen würden, und: ja, dass sie einmal im Jahr mit den anderen Landfrauen nach F*burg zum Gynäkologen fahre, in einem eigens dazu gemieteten Bus.

Seit einer Viertelstunde hatte Frau Leuble überhaupt nichts mehr gesagt. Sie saß nur da, die Hände im Schoß gefaltet, und sah in Ramonas Richtung, allerdings leicht an ihrem Kopf vorbei. Sie war nicht einmal unruhig, sie saß nur da.

Vielleicht, dachte Ramona, stört sie das leise Summen des Diktiergerätes oder die rot leuchtende Diode, und schaltete es ab. Es klackte, Frau Leuble schreckte wie aus einem Nickerchen hoch und richtete sich das Kopftuch. Nach wenigen Sekunden aber fiel sie wieder in die alte Starre, aus der sie als Nächstes der dreimalige Schrei des Kuckucks riss. Frau Leuble drehte den Kopf zum Herd herüber, auf dem schon bei Ramonas Eintritt eine Suppe vor sich hin geköchelt hatte und nach Kräutern duftete. Ramona verstaute das Diktiergerät, eine weitere Leihgabe des Hauses Buntrock, in ihrer Handtasche. Sie hätte einfach aufstehen und gehen sollen, aber das Phlegma Frau Leubles, die sich genauso wenig dazu entschließen mochte, das Interview abzubrechen, war anscheinend auf sie übergesprungen. Außerdem war es schön kühl in der Küche. Draußen herrschten fast dreißig Grad im Schatten.

Dem weiblichen Zaudern bereitete schließlich der Hausherr ein Ende. Ungestüm stürmte er herein, doch als er die beiden schweigenden Frauen sah, dämpfte er seine Schritte, murmelte lediglich etwas, das Ramona nicht verstehen konnte, und ging wieder raus.

Frau Leuble erhob sich und sagte, sie müsse ihrem Mann jetzt im Stall helfen, ein neugeborenes Kalb. Sie wünsche Ramona alles Gute für ihre Doktorarbeit. Sie wisse, wie das sei mit der Wissenschaft, wegen ihrer Söhne.

Ramona war unterdessen aufgestanden und bekam, verblüfft über diese ersten zusammenhängenden Sätze, nur ein unaufrichtiges «Vielen Dank für Ihre Hilfe» über die Lippen, ehe Frau Leuble sie in den so genannten Schild verabschiedete, einen Gang, der zwischen Außenwand des Hauses und Wohnbereich verlief und noch heute als Wetterschleuse funktionierte, wie Ramona merkte, sobald sie draußen in die Hitze des glühenden Nachmittags trat.

Die Ergebnisse nach einer guten Woche Recherche waren

mehr als mickrig. Vielleicht war es einfach falsch gewesen, sich aus dem Telefonbuch zwanzig Adressen zu suchen, um dann unangemeldet an den Haustüren zu klingeln und das Anliegen in einer Sprache vorzutragen, die nur Leute verstehen konnten, die auch wussten, was Gender-Mainstreaming ist. Vielleicht hätte Ramona statt Jeans und Turnschuhen besser einen Blazer anziehen sollen. War es ein Fehler gewesen, die Gespräche frei zu führen – eine Selbstverständlichkeit für eine libertäre Studentin wie sie –, statt die Interviewten einem Geflecht starrer Fragen auszusetzen, in dem sie nur straucheln konnten?

Dem gewonnenen Material ließ sich trotz des bescheidenen Umfangs eines entnehmen: dass es den Frauen egal war, warum eine ihrer Vorfahrinnen die jährlichen Fahrten zum Frauenarzt organisiert hatte, dass ihnen generell jede Frauenbewegung suspekt war, dass es ihnen vielmehr darum ging, einmal im Jahr Spaß zu haben, wie es die Älteren nannten, bzw. Party zu machen, wie sich die Jüngeren ausdrückten, und dass sie den Rest des Jahres durchaus zufrieden waren mit ihrer Situation, die bei den meisten darin bestand, Hof- und Haushaltsgehilfin zu sein, ohne eigenes Einkommen, ohne Absicherung, auf Gedeih und Verderb dem Ehemann ausgeliefert.

Überhaupt war die Verstocktheit der Frauen nur dann aufgebrochen, wenn sie auf die Gelage zu sprechen kamen, die dem Arztbesuch folgten, die Unmengen von Alkohol, die sie an diesem einen Tag im Jahr konsumierten und nicht vertrugen. Die Aussetzer in der Stadt, auf dem Heimweg im Bus und zu Hause, wo die Männer sich darauf eingestellt hatten und den kichernden, kotzenden Ausnahmezustand tolerierten. Dieser eine Tag sei, als fielen Silvester und Weihnachten auf Ostern, wie eine der Interviewten im mittleren Alter geschwärmt hatte, und für das nächste Jahr habe man sogar eine regionale Stripper-Truppe engagieren können, günstig, da die Hälfte der Gage vom Arbeitsamt bezahlt würde, als dessen Angestellte, sozusagen, sie durch Straußenwirtschaften und Gasthäuser tingelten.

Die Männer seien Opfer des Strukturwandels, hatte die Frau angefügt, und es war diese blöde, auswendig gelernte Phrase, die Ramona jetzt in den Kopf schoss, da Herr Leuble auf einem lauten Traktor um die Ecke bog. Als er an Ramona vorbeikam, winkte er mit der Hand zum Gruß, und genau in diesem Moment begannen Ramona die Tränen in die Augen zu schießen. Sie kamen von sehr tief und mit einer Macht, die kein Wille hätte bezwingen können. Sie sprudelten geradezu, und die Quelle, aus der sie stammten, wollte nicht versiegen. Dann setzte das unvermeidliche Schluchzen ein, das Ramonas gesamten Körper zittern ließ. Es schüttelte ihn, in kürzer werdenden Intervallen, was Ramona zu unterdrücken versuchte. Aber das Schluchzen ließ sich nicht willentlich abstellen, sowenig wie ein Schluckauf. Verärgert, dass sie die Kontrolle über ihren Körper verloren hatte, spuckte Ramona in den Staub. Zu allem Überfluss fing die Nase an zu laufen, und als sie merkte, dass ihr der Schweiß in Bächen herunterrann, gab sie auf. Sie ließ einfach laufen, was laufen wollte, ließ sich durchschütteln, wunderte sich nicht über den Würgereflex, der ihre Kehle kitzelte. Es war ihr egal, es war ihr sogar egal, ob sie jemand beobachtete, im Gegenteil: Sie stellte sich vor, welchen Anblick sie gerade bot, und musste prusten, dass Rotze und Wasser nur so flogen.

Als der Tränenfluss endlich stoppte, fischte Ramona ein Taschentuch heraus und putzte sich die Nase: In diesem Moment änderte sich die Welt, Ramonas Welt, und die revolutionäre Erkenntnis, die sie zum Einsturz brachte, umfasste ganze vier Wörter: Es hatte keinen Zweck.

Es war sinnlos, die stumpfen Frauen zu befragen, ihr Gestammel zu transkribieren, nach Gemeinsamkeiten zu suchen, Tabellen anzulegen, Prozentsätze auszurechnen. Und es war sinnlos, die Dorfchroniken zu durchforsten, wie sie es vorgehabt hatte, in der Hoffnung, ihre Ausgangsthese, von der Gegenwart so gut wie widerlegt, ließe sich wenigstens historisch illustrieren. Überhaupt hatte es keinen Sinn, weiter zu studieren, sie ging bald auf die vierzig zu. Denn was käme danach, angenommen, sie brächte ihre Abschlussarbeit schließlich doch zustande? Müsste sie sich ihr Leben lang mit diesem Frauen-Quatsch beschäftigen? Vermutlich schon, und sie konnte froh sein, wenn sie überhaupt gegen Bezahlung arbeiten dürfte. Dann schon lieber die Band, die Ramonas. Das war genauso aussichtslos, aber wenigstens machte es Spaß.

Sie lief zum Fiat, der unter einem Baum bei den Mülltonnen stand, und stieg ein. Am Morgen noch hatte sie sich mit Bender, der auf eine Spur des Großvaters gestoßen sein wollte, um das Auto gestritten. Ramona aber hatte sich nicht erweichen lassen und gesagt, dass ihr Interview mindestens so wichtig sei wie seine Schnitzeljagd.

Komischerweise hatte sie jetzt, da sie die Bundesstraße entlangfuhr, ein schlechtes Gewissen. Doch sie sollte nicht mehr weit kommen an diesem Nachmittag und somit keine Möglichkeit haben, sich bei Bender zu entschuldigen, denn sie erblickte eine Polizistin, die mitten auf der Fahrbahn stand und eine blinkende Kelle schwang. Am Straßenrand parkte ein Streifenwagen, an dem ein zweiter Polizist lehnte und Kaugummi kaute.

«Scheiß-Bullen», sagte Ramona laut und trat auf die Bremse.

Rock saß auf der Terrasse des Ferienhauses und trank Kaffee. Das Haus war im typischen Kinzigtäler Stil errichtet worden, Mitte des 17. Jahrhunderts. Es besaß ein tief heruntergezogenes Dach, von der Außentreppe führte ein gedeckter Gang zu den zwei Schlafzimmern im Obergeschoss. Der vordere Teil des Sockelgeschosses war in einen Wohnraum, ein Bad und eine Küche neu aufgeteilt worden. Auf der Rückseite des Hauses befand sich die Scheuer, wo Stroh und Heu lagerten. Seile und Ketten hingen von der Decke, landwirtschaftliches Gerät stand herum: Egge, Pflug, Mähmaschine, Sensen, aus Reisig gebundene Besen.

Einige Schritte vom Haupthaus entfernt stand der Speicher, der ebenfalls ein Untergeschoss aus Stein und einen hölzernen Aufbau besaß. In früherer Zeit hatten hier nicht nur Waren gelagert, sondern auch die Knechte geschlafen, heute dagegen beherbergte er das Büro der Verwaltung, und gerade als Rock aufging, dass der Speicher lediglich eine kleinere Variante des Haupthauses war, trat aus der Tür eben-jenen Büros Manuela.

O ja, Manuela! Ein junges Ding auf Landverschickung, eine moderne Knechtin, oder hieß es immer noch: Magd? Sie war Anfang zwanzig, hatte durch Brauen, Zunge, Nase und Ohren an die zwanzig silberne Ringe gezogen, sie war braun gebrannt, trug das glatte, schwarz gefärbte Haar schulterlang, und ihre Kleidung – heute ein bauchfreies Oberteil mit Spaghettiträgern und eine Jeans, die nur knapp auf den Hüftknochen saß und somit nicht nur ihren von einer ornamentalen Tätowierung umrankten Steiß freiließ, sondern auch den Ansatz ihrer Pofalte präsentierte –, ihre Kleidung saß stets so straff am Körper, als sei er in sie hineingegossen worden. Ein draller Körper, dessen Rundungen sich noch nicht verbranntem Babyspeck zu verdanken schienen. Manuela trug mit Vorliebe die hellen, grellen Farben der Provinzeinkaufsstraßen, was aber nicht weiter störte, denn sie standen ihr einfach.

Sie war aufgewachsen in einer brandenburgischen Kleinstadt, hatte einen leidlichen Realschulabschluss hingelegt und auch nach zig Bewerbungen keine Lehrstelle als Kosmetikerin bekommen. Was anderes wollte sie nicht machen. Sofort sprang die übliche Maschine an: Die Verwalter des Beschäftigungsmangels legten eine Akte an, unter deren Diktat Manuelas Leben fortan stand, eine Mischung aus Propaganda, Strafvollzug und Therapie. Sie wurde in Holzwerkstätten geschickt, in Metallwerkstätten und in Porzellanmanufakturen. Sie arbeitete in Kräutergärten, in Museumsdörfern, absolvierte Computerkurse und Kurse, in denen man lernen sollte, wie die eigene Arbeitskraft am besten zu verhökern sei. Klar, sie bekam für all das Geld, nicht viel zwar, aber *darum* ging es ihr nicht. Sie wollte *Kosmetikerin* werden, sonst nichts. Niemand verstand das, nicht die Ämter, nicht die Eltern. Ihr wurde vorgeworfen, nicht *flexibel* zu sein. Doch wieso hätte sie flexibel sein sollen, wenn dadurch ihr Ziel in noch weitere Ferne rückte?

Nach «Neue Erde» schließlich war sie auch nur gedrängt worden, weil andere ihr ein Bedürfnis nach schierer Arbeit unterstellten, das sie so nicht hatte, das aber gegen jeden ökonomischen Sinn eine Art ungeschriebenes Staatsziel war. Saisonkräfte in der Tourismusbranche würden gesucht, im Schwarzwald, in Bayern und Österreich, hatte der junge Sachbearbeiter ihr eröffnet, strahlend, als habe er ihr einen Lottogewinn zu verkünden.

«Und?», hatte Manuela gefragt.

«Was und?», hatte der Sachbearbeiter beleidigt geblafft.

Man ließ sie einfach nicht in Ruhe, man gab sich alle

Mühe, ihr sonniges Gemüt, das sie sich bei all dem Ärger bewahrt hatte, zu verschatten, sie unzufrieden zu machen, wie es der Rest ihrer Familie bereits war, ihre Stadt, der Landkreis, das ganze verdammte Land. Dennoch war sie pünktlich zum vereinbarten Termin angereist und hatte sich vom Besitzer des Hofes in ihre Aufgaben einweisen lassen, die lächerlich gering waren. Und obwohl sie weder auf den Hof passte, noch auf ihn gewollt hatte, verströmte sie gute Laune, Fröhlichkeit und, wie Rock fand, eine ganze Menge Sexappeal. Vermutlich konnte sie nicht anders, noch nicht.

Rock verfolgte aufmerksam jeden Schritt von Manuelas wippendem Gang, die vom Speicher herübergeschlendert kam. Als sie die Terrasse erreichte, blieb sie stehen und warf ihm eine Kusshand entgegen. In ihrem Bauchnabel blitzte ein Steinchen auf, ihre schwarzen Haare glänzten in der Sonne. Dann ging sie weiter und war wenig später um die Ecke des Hauses verschwunden. Wahrscheinlich hatte sie die Tiere des Streichelzoos zu versorgen, Meerschweinchen, Hühner, Kaninchen, Schafe und Ziegen, die auch Rock immer wieder besuchte, nicht, weil er besonders tierlieb gewesen wäre, sondern weil ihn größte Langeweile plagte.

Schon der erste Tag hier war eine Katastrophe gewesen. Als er gegen Mittag aufwachte, war niemand mehr da. Auch die beiden Fahrzeuge waren weg. Den T3 hatte er großzügig Bender überlassen, und mit dem Panda war wohl Ramona in das Feministenkaff gegurkt. Über den Verbleib Maylandias informierte ihn ein Zettel auf dem Küchentisch: «Sind mit deinen Eltern unterwegs», stand darauf in Lydias schlampiger Handschrift. Keine Anrede, kein Gruß.

Konnte sich Rock am ersten Tag noch mit ausgedehntem Fernsehen ablenken, gelang ihm dies in den folgenden Tagen immer weniger. Allerdings gelang es ihm ebenso wenig, früher aufzustehen.

Lydias Zettel auf dem Küchentisch besagten jeden Tag dasselbe: Sie seien unterwegs. Abends brachten seine Eltern Maylandia und Lydia zurück, beide erschöpft, und während Maylandia lautmalerisch die Ereignisse des Tages auswertete, erfuhr er von seinen Eltern, die sich meist noch auf ein kühles Getränk an den Terrassentisch setzten, was sie unternommen hatten: Ausflüge ins Markgräfler Land, ins Elsass, in die Schweiz, oder sie hatten den Tag einfach im Freibad verbracht. Lydia saß schweigend daneben, schien ihn aber zu beobachten, und Rock wurde den Eindruck nicht los, dass seine Eltern im Laufe der Woche einen stärker werdenden, wenn auch leise bleibenden Groll gegen ihn entwickelten, der sich vor allem als ein Mangel an Herzlichkeit äußerte. Vielleicht hatte Lydia gegen ihn intrigiert, vielleicht nahmen es ihm seine Eltern übel, dass er auf keinen der Ausflüge mitkam. Eines jedoch taten weder sie noch Lydia: ihn zu *bitten*, mitzukommen.

Also blieb er auf dem Hof und ließ sich von Langeweile und Hitze zermürben. Gegen vier machte er das erste Bier auf, mit dem er zu den Tieren rüberging, sie streichelte oder fütterte. Aber eigentlich wartete er darauf, dass ihm Manuela bei den Ställen über den Weg laufen würde, was bis jetzt noch nicht geschehen war.

Im Laufe des Abends trudelten Bender und Ramona ein, erschöpft und kaum in der Lage, die Augen bis Mitternacht aufzuhalten, weswegen Rock jede Nacht spätestens um zwölf alleine vor einer Flasche Bordeaux saß – Grand Cru immerhin, seine Eltern hatten ihnen zwei Kisten spendiert – und in ein zitterndes Windlicht starrte. Wenigstens zirpten die Heuschrecken, und auch anderes Getier gab Laut.

Einmal hatte Rock versucht, den Grill anzuwerfen, als

Geste, um die Gemeinschaft zu stärken. Aber Ramona, die Vegetarierin war, hatte ihm einen Vortrag über Speziesismus gehalten, der genauso schlimm sei wie jeder andere Rassismus. Dabei trug sie selber Lederturnschuhe. Lydia sagte, sie habe keinen Hunger, da sie schon unterwegs eingekehrt seien, und Bender, von dem Rock hoffte, dass er ihm beispringen würde, war offenbar zu müde, aber zumindest verschlang er dankbar die Steaks.

«Wenn man Tiere nicht essen soll, warum sind sie dann aus Fleisch?», hatte Rock grinsend gefragt und damit – nach einem kurzen Lacher Benders – für minutenlanges Schweigen am Terrassentisch gesorgt, das ausgerechnet Manuela beendete. Sie war auf dem Weg ins Büro, strahlte, als sie an der Terrasse vorbeilief, und grüßte freundlich. Rock und Bender erwiderten den Gruß, und nach Momenten des Zögerns auch Ramona und Lydia. Der Blick jedoch, den sie austauschten, als Manuela an der Terrasse vorbeigelaufen war, währte lange, und in ihm lag nur eines: Verachtung.

Wenn Ramona und Lydia seither über Manuela redeten, bezeichneten sie sie stets als *proletarischen Wonneproppen*, was Rock erstaunte, war doch zumindest Ramona bekennende Feministin. D. h.: Post-Feministin, natürlich, aber vielleicht war ja dieses «Post-» der Schlüssel zu ihrer Gehässigkeit.

Rock sah auf die Uhr: Es war halb vier. Er ging in die Küche und machte sich ein Bier auf. Es konnte noch dauern, bis die anderen eintrafen. Im Halbschlaf hatte er mitbekommen, dass Lydia am Morgen mit dem T3 losgefahren war, statt sich von seinen Eltern abholen zu lassen, was zu einem lautstarken Streit zwischen Bender und Ramona um den Panda geführt hatte. Auf dem Küchentischzettel stand die bislang knappste aller Ansagen: «Sind weg.»

Während sich Rock nicht zum ersten Mal an diesem Tag fragte, ob die knappe Botschaft eine zweite, längere enthalte, nuckelte er an dem Bier und stapfte durch den heißen Sand, an verdorrten Büschen vorbei und über gelbe Wiesen zum Streichelzoo hinüber, von wo es lustig kikerikiiite und mähähähäääte.

## Mühle am rauschenden Bach

**Bender stieg aus dem Bus** und kniff die Augen zusammen: Platt gedrückt wie von einem Kontaktgrill lag das Einkaufszentrum in der Senke, ringsum von dunklen Bergen umstellt. Am Himmel, im Zenit, hing die Sonne und glühte. Es gab hier nur wenige Bäume, die Vegetation war vergilbt, und der Boden bekam vor Trockenheit Risse, wie Bender bemerkte, als er die paar Meter zwischen Bushaltestelle und asphaltierter Einfahrt am Straßenrand zurücklegte.

Er hatte fast drei Stunden gebraucht, um hierher zu gelangen, obwohl das Einkaufszentrum kaum fünf Kilometer von der «Neuen Erde» entfernt lag, Luftlinie allerdings. Erneut war Benders sicheres Gefühl für Zeit und Raum getäuscht worden. In den letzten Tagen hatte er sich immer wieder verschätzt, wenn es um Entfernungen und Termine gegangen war, als besäßen die Berge einen anderen Rhythmus, in den er als Städter nicht hineinfinden konnte. Das hatte bislang aber kein Problem dargestellt, denn er war immer mit dem T3 unterwegs gewesen, und den hatte er allmählich so zu beherrschen gelernt, dass er nicht mehr an jeder Steigung stehen blieb oder an Ampelkreuzungen einfach absoff. Heute jedoch hatte sich Lydia den T3 gekrallt und Ramona sich den Panda unter den Nagel gerissen.

Bender hatte kurz überlegt, auf der «Neuen Erde» zu

bleiben, sich eine Pause zu gönnen, nach all dem Hin und Her, dem planlosen Stochern nach der Nadel im Heuhaufen. Was er seit einer Woche tat, war so unbeholfen, dass er den anderen bislang nichts darüber erzählt hatte. Er arbeitete anhand der Planquadrate in seinem Reiseführer die Orte des Schwarzwalds ab: Morgens suchte er sich einen aus, fuhr hin und sah an Toren und Türen der größeren Häuser und Höfe nach den Namensschildern. Er befragte zufällige Passanten, ob sie einen wohlhabenden Mann namens Dr. Winter kennen würden, der ein großes Anwesen besitze. Die Passanten hatten die Frage bisher jedes Mal verneint. Bender strich den Ort mit Filzstift aus und fuhr in den nächsten.

Dass er sich an diesem Tag dennoch auf den Weg gemacht hatte, war Rock und dessen schlechter Laune zu verdanken. Die Atmosphäre auf der «Neuen Erde» war unerträglich, was vor allem an dem angespannten Verhältnis zwischen Lydia und Rock lag, die sich nie wieder so nahe gekommen waren wie in jener Nacht, als sie, beide volltrunken, Maylandia gezeugt hatten.

Sie hatten sich im Morgengrauen in einer Kneipe kennen gelernt, und Lydia – es war in der Tat Lydias Initiative gewesen – hatte nach einem langen Gespräch, an das sich beide nicht erinnern konnten, den phlegmatischen Rock geradezu genötigt, mit in ihre Wohnung zu kommen, die gleich um die Ecke lag. Dort hatten sie den Geschlechtsverkehr vollzogen, an den sie sich ebenfalls nicht erinnern konnten. Seither war es mit ihrem Verhältnis steil bergab gegangen. Im Prinzip warf Lydia Rock vor, ihr ein Kind gemacht zu haben, d. h., sie warf ihm vor, dass *er* der Vater war und nicht ein anderer Mann, von dem sie, da es ihn nicht gab, leicht vermuten konnte, besser mit ihm auszukommen. Oder wenigstens ein Mann mit mehr Geld.

Rock war an dem schlechten Verhältnis keineswegs unschuldig. Sein Beharren auf einer Abtreibung, monatelang, selbst dann noch, als es dafür längst zu spät war, hatte ihn in Lydias Augen schon vorher als Vater disqualifiziert. Da halfen alle ernsthaften, ja herzlichen Gefühle für seine Tochter nichts, die ihn nach der Geburt lawinenartig überrollten. Lydia blieb unversöhnlich, was dazu führte, dass Rock froh sein konnte, wenn er Maylandia alle zwei Wochen für einen Nachmittag sah. Und diesen Kleinkrieg setzten sie auf der «Neuen Erde» wie selbstverständlich fort, mal subtil, mal offen aggressiv geführt.

Vom Hof bis ins Tal musste Bender zu Fuß gehen, und während er stur die Serpentinen hinunterwanderte – abzukürzen war lebensgefährlich –, dachte er an den ungleich schwereren Rückweg. Auf der Talstraße, die er gegen Mittag erreichte, war ein weiteres Stück zu laufen, ehe er endlich an eine Bushaltestelle gelangte, die laut Plan einmal in der Stunde angefahren wurde und sich mitten in der Natur befand, gegenüber einem dunklen, verfallenen Gehöft. Da bis zur Ankunft des Busses noch Zeit bleib, ging Bender hinüber. Das Haus stand unmittelbar am Bach, und Bender entdeckte auf der Rückseite die Reste einer Wassermühle. Das Mühlrad lag im Wasser, die Pleuelstange, die es einst angetrieben hatte, ragte aus dem Gebäude hervor. Durch die scheibenlosen Fenster konnte man den Sägerahmen erkennen und das vertikale Sägeblatt. Es steckte noch immer in einem Stamm, den es schon zur Hälfte geteilt hatte. Die groben Bodendielen waren bedeckt mit grau gewordenen Holzspänen. Sichtbar stand Staub in der Luft, es roch eigentümlich: etwas modrig, etwas nach Humus, ein wenig nach Meer und kräftig nach Sommerwiese. Die Sonne brannte aus den Dingen die Aromen heraus: Das hatte was.

Bender erkundete das verlassene Anwesen, bis der Bus kam.

Als er schließlich in der Senke stand, fiel warmer Wind von den Bergen herab, staute sich, verdichtete sich zu Strudeln, die über den erodierenden Boden zogen und losen Sand aufwirbelten. An den Fahnenmasten klirrten die Drahtseile, das werbende Polyester der Banner verkündete flatternd seine Botschaften: *Billig! Billig! Billig! Viel!*

Die wenigen Minuten von der Bushaltestelle zum Eingang des Einkaufszentrums genügten, um Bender den Schweiß aus den Poren treten zu lassen. Das Hemd klebte ihm am Rücken, die Hose an den Beinen. Er sprang in einen der Drehtürsektoren und ließ sich ins Innere des Einkaufsparadieses gleiten, das aus einem breiten gekachelten Gang bestand, von dem die einzelnen Läden abgingen. Eine Rolltreppe führte ins Untergeschoss. Aus unsichtbaren Lautsprechern quoll Fahrstuhlmusik, dann und wann leiser werdend, um einer synthetischen Frauenstimme den Hintergrund für die Ansagen zu liefern: *drei Kilo gemischtes Hackfleisch für nur zweineunundneunzig.*

Wohl bekomm's, dachte Bender und guckte nach oben, geradewegs in eine der Kameras hinein, die sich, gut sichtbar in der Halle verteilt, in runden Plexiglasgehäusen befanden, sich um nahezu 360 Grad schwenken ließen, ein zehnfaches Zoomobjektiv besaßen samt Fotofunktion und jetzt, noch bevor Bender sich mit einem Ausdruck des Ekels abwenden konnte, Bilder seines Gesichts *geschossen* hatten, die binnen Sekunden per Standleitung in die Landeshauptstadt geschickt wurden, wo sie binnen Sekunden und automatisch mit Bildern einer täglich anschwellenden Datenbank verglichen wurden, um mögliche physiognomische Übereinstimmungen mit bereits vorhandenen Porträts zu finden.

Mehr auf Abkühlung bedacht, denn um etwas zu kaufen, betrat Bender einen Supermarkt. Über Obst- und Gemüseauslagen blies ein Gebläse fein zerstäubtes Wasser, um es knackig zu halten. Bender schlenderte zwischen den Regalen umher, nahm hier und dort etwas in die Hand, suchte nach dem Verfallsdatum und legte es wieder zurück. Kurz überlegte er, etwas zum Abendessen einzukaufen, doch einerseits hatte er keine Lust, auf dem Rückweg Einkaufstüten zu schleppen, zum anderen verfügten sie über einen üppigen Vorrat an Lebensmitteln, der täglich von den Buntrocks aufgefüllt wurde: Fleisch, Gemüse, alkoholische Getränke.

Bender ging zur Zeitschriftenauslage und warf einen Blick auf die Schlagzeilen der Tageszeitungen: Waldbrände in Südeuropa, an der Algarve, in Frankreich, auf Rhodos und Kreta ... Erste Bilanz nach Verschärfung der Gesetze zur inneren Sicherheit ... Arbeitslosenquote trotz saisonaler Bereinigung im Vergleich zum Vorjahr ... Chartermaschine über dem Bosporus ... Wartungsmängel ... 57 Tote.

Dann vertiefte er sich in die Besprechung eines neuen Taktik-Shooters, die er in einem Computermagazin fand. Es ging um die Rettung der Welt, allerdings mittels brandneuer Grafikengine, alles war effektvoller, plastischer, besaß mehr Tiefe. Auf bewegtem Wasser sah man jetzt ruckelfrei die Spiegelungen der Umwelt: Das Böse war also noch böser geworden und seine Vernichtung umso dringlicher.

Bender legte die Zeitschrift weg und ging zur Kasse, an der niemand wartete. Er nahm eine Packung Kaugummis und legte sie aufs Band, des Weiteren eine Schachtel Zigaretten. Die Kassiererin scannte die Waren ein, Bender kramte in seiner Hosentasche nach Münzgeld. Zweimal zwei Euro platzierte er sicher in die Hand der Kassiererin, das dritte

Stück entglitt seinen Fingern, fiel zu Boden und rollte unter einen der Packtische, wo es klingelnd austrudelte.

Bender sagte: *Fuck*, tat ein paar Schritte zum Packtisch, ging in die Hocke und langte nach der Münze. Die Kassiererin gab einen Laut von sich, den Bender für ein Zeichen des Unmuts hielt. Er wollte aufspringen, aber da war etwas im Wege: Sein Schädel knallte mit voller Wucht an die Kante des Packtisches. Bender schrie, während er sich – jetzt vorsichtig – aufrichtete, *verdammte Scheiße!*, so laut, dass er selbst meinte, das Echo durch den fast leeren Supermarkt hallen zu hören.

Der Fluch hatte der Kassiererin gegolten und ein bisschen der eigenen Ungeschicktheit, doch auch einer der wenigen Kunden, gerade im Begriff, den Laden zu verlassen, schien sich angesprochen zu fühlen. Eine einzelne Flasche Mineralwasser in der Hand, blieb er stehen und drehte sich um. Zwar der Kassiererin zugewandt, erkannte Bender aus dem Augenwinkel dennoch diese gegen ihn gerichtete Bewegung des Mannes, und, ganz klar, aus dem Augenwinkel wirkte jede gegen einen selbst gerichtete Bewegung wie ein Angriff. Bender sah blitzschnell zu dem Mann herüber, um die verbale Attacke, die er erwartete, durch einen aggressiven Blick zu unterbinden.

Allerdings machte der Mann keinerlei Anstalten, Bender zu maßregeln, er wandte sich vielmehr ab und strebte im nächsten Moment dem Ausgang entgegen. Seine Eile hatte etwas Stockendes.

Nach knapp einer Minute, in der Bender Zigaretten und Kaugummi bezahlte, das Wechselgeld in die Tasche steckte, die übellaunige Kassiererin zum Abschied sarkastisch grüßte und gedankenverloren die Plastikfolie von der Zigarettenschachtel abzufriemeln begann, wurde ihm klar, warum der Mann so reagiert hatte. Benders Hirn hatte in dieser Zeit die Erscheinung des Mannes mit den Datensätzen in seinem Gedächtnis abgeglichen. Die Kombination dreier Merkmale, der Gesichtsfalten, der Haarfarbe sowie des leicht nachgezogenen rechten Beines, das dem Entkommen etwas Zögerliches verliehen hatte, lieferten Bender schließlich den Namen.

«Scheiße», sagte Bender, diesmal leise, und rannte zum Ausgang, denn hinter der Sonnenbrille hatte sich niemand anderes verborgen als jener Mann, dessentwegen er seit fast einer Woche wie besessen durch den Schwarzwald hetzte.

Bender stürmte durch die gut ausgeleuchteten, diskret beschallten Hallen nach draußen. Die Kameras in ihren Gehäusen rotierten, die Datenleitungen glühten.

Als er aus der Eingangstür ins Freie trat, sah er noch, wie Dr. Winter in eines der wenigen Fahrzeuge stieg, die auf dem Parkplatz standen, ein Monstrum von Auto, ein schwarzer Monolith, der in der gnadenlosen Sonne funkelte, eine Kreuzung aus Kombi und Truck. Dann zog Dr. Winter die Beifahrertür zu, und mit durchdrehenden Reifen schnellte der Van voran, nahm in den nächsten Sekunden zügig Fahrt auf und bog – abermals mit quietschenden Reifen – auf die Bundesstraße ein, in jene Richtung, aus der Bender mit dem Bus gekommen war.

Erst als der Wagen aus seinem Blickfeld verschwunden war, wurde Bender die Trostlosigkeit des Moments bewusst. Zerknirscht trottete er über den heißen Parkplatz, wütend nicht nur auf Rock, Lydia und Ramona, sondern vor allem auf seinen Großvater, dessen Testament er den ganzen Quatsch zu verdanken hatte. Dass bei der Sache Geld herausspringen würde, glaubte er ohnehin nicht mehr.

An der Haltestelle wartete niemand, denn der nächste Bus fuhr laut Plan in fünfzig Minuten. Es war früher Nachmittag, das Wetter unverändert.

Bender machte sich zu Fuß auf den Rückweg. Schon die ersten Schritte waren beschwerlich. Ein paarmal hielt er den Daumen raus, in der Hoffnung, einer der selten vorbeikommenden Wagen würde ihn ein Stück mitnehmen, doch die Fahrer würdigten ihn keines Blickes. Später zeigte er einfach den Mittelfinger, wenn er hinter sich ein Auto hörte, im Laufen, ohne sich umzusehen.

Der Bus überholte ihn auf einer endlosen Strecke zwischen zwei Haltestellen, ohne dass Bender auch nur versuchte, ihn anzuhalten.

Unterdessen hatte sich der Himmel zugezogen, Wolkenformationen aus dem Nichts, die sich rasend schnell vor das fahle Blau gedrängt hatten. Bender fiel der Wetterumschwung erst auf, als er von einem auf den anderen Augenblick zu schwitzen aufhörte und zu frösteln begann. Er verschärfte das Tempo. Dann endlich tauchte am Horizont die verfallene Wassermühle auf. Sie lag am Ende einer lang gezogenen, sich an den Bachlauf schmiegenden S-Kurve, und Bender, dieses Ziel vor Augen, verfiel in einen strammen Wanderschritt, obwohl es bergauf ging. Er mochte ein Drittel der Kurve durchquert haben, als er den ersten Regentropfen im Gesicht spürte. Bender schaute nach oben: Der Himmel sah aus wie … ja, wie die Matratze auf ihrem Balkon ausgesehen hatte, damals, als er und Rock in der WG gewohnt hatten.

In Wirklichkeit sah er aus wie die Kulisse einer großen Oper: dramatisch verwirbelt, aufgewühlt, in kitschigen Farben, die stark miteinander kontrastierten: Gold und Anthrazit, ein bisschen Rot.

Irgendetwas in diesem Himmel öffnete sich, denn ohne

Ankündigung schüttete es auf Bender herunter, als stehe er unter einem geplatzten Rohr. Binnen Sekunden war er bis auf die Haut durchnässt. Bemüht, das Ziel – die Mühle – nicht aus den Augen zu verlieren, lief er weiter. Jetzt grollte auch Donner, Blitze zuckten über den Wolkenverbund und illuminierten nervös die Dunkelheit, die wie ein Findling auf das Land gefallen war: keine Farben mehr, alles schwarz, ein einziger roter Riss im Himmel, wie eine Schnittwunde. Dann endlich kam der Sturm, gleichfalls aus dem Nichts, ohne dass ihm stärkere Brisen vorangegangen wären.

Es peitschte, es pfiff, es krachte um Bender herum. Gegen den Wind gebeugt, den Ellbogen vor Augen, zum Schutz vor den scharfen Garben des Regens, kämpfte er sich Meter um Meter in Richtung Mühle, deren Umriss dann und wann ein Blitz aufscheinen ließ. Auf die Straße knallten die ersten Hagelkörner, Salven aus Eis, die Bender am Kopf trafen und am Rücken, das Wasser floss als Sturzbach die Straße hinab, in die Senke, wo das verdammte Einkaufszentrum lag.

Äste brachen von den Bäumen. Laub schoss durch die Luft.

Bender öffnete die Tür zum Sägeraum, er trat ein, froh, ein Dach über dem Kopf zu haben, selbst wenn es undicht war. Er hörte das Wasser an den Wänden herunterlaufen, er hörte es von der Decke tropfen. Bender zog sein Hemd aus und wischte sich das Gesicht ab. Die zerbrochenen Scheiben sirrten unter dem Druck von Wind und Regen. Draußen wütete die Natur und ließ die Mühle unter ihrem Hammer ächzen.

Bender griff in seine Hosentasche nach den Zigaretten. Sie waren nass. Er machte einen Schritt nach vorne, vorsichtig, in die Dunkelheit hinein. Über ihm knarrte ein Balken der Deckenkonstruktion. Bender sah nach oben, erkannte aber nichts. Er machte einen weiteren Schritt nach vorne, während er die Zigarettenschachtel wegwarf. Dann griff er erneut in die Hosentasche und zog sein Feuerzeug hervor. Er wischte es an seiner nassen Hose ab und hielt es mit ausgestrecktem Arm auf Augenhöhe von sich. Sein Daumen bewegte das Zündrädchen und löste gleichzeitig die Gaszufuhr aus.

Es war der Moment, in dem der Boden wegbrach, derselbe Moment, in dem die Decke herunterkam und Bender unter sich begrub.

Es war der Moment, in dem kurz Licht gewesen war.

Teil 2

# Geheimes Deutschland

# Hidden & Dangerous

**Blechern dröhnten die Glockenschläge** aus dem Volksempfänger. Der Mann, der den Morgen tatenlos in der Einliegerwohnung der Villa – Berlin-Nikolassee – verbracht
hatte, trat an das Radio und wartete auf die sonore Thea-
terstimme, die jenen Schwur sprechen würde, dem er sich
verpflichtet fühlte, und die gleich darauf begann, auf den
letzten, aushallenden Schlag das Credo des freien Berlins
zu verkünden: «Ich glaube an die Unantastbarkeit und an
die Würde jedes einzelnen Menschen. Ich glaube, dass allen
Menschen von Gott das gleiche Recht auf Freiheit gegeben
wurde. Ich verspreche, jedem Angriff auf die Freiheit und
der Tyrannei Widerstand zu leisten, wo auch immer sie auftreten mögen.»

Der Mann, dessen bürgerlicher Name Dr. Theodor Mannteufel lautete, schaltete das Radio ab. Er hatte keine Lust,
sich die konzentrierte Stimmung durch eine der leichten
Swingnummern verderben zu lassen, die mit Sicherheit
folgen würden, ein Zugeständnis an die Amerikaner, denen
der Sender gehörte. Und auch an den sich wandelnden Ge-
schmack der Berliner Bevölkerung, die mehr denn je nach
Amüsement lechzte. Er warf einen Blick auf das ausladen-
de Buffet, das im Wohnzimmer stand, und überlegte kurz.
Dann ging er ins Bad, packte Zahnbürste und Rasierzeug in

ein Necessaire und verstaute es in dem handlichen Reisekoffer, der aufgeklappt auf dem Esstisch lag.

Seit mehr als drei Jahren arbeitete Dr. Mannteufel für die Organisation. Begonnen hatte er als freier Mitarbeiter, der gelegentlich Artikel verfasste, kleine propagandistische Abhandlungen gegen die Ostzone und den russischen Sektor von Berlin, die, von Hildebrandt & Söhne im Berliner Südwesten auf Flugblätter gedruckt, Kuriere in die Zone schmuggelten, wo sie Vertrauens-Leute an Bahnhöfen, in Bildungseinrichtungen, Kaufhäusern, in Verwaltungen, vor allem aber in Fabriken und Großbetrieben an die Menschen verteilten.

Er sah in dieser Tätigkeit zunächst nicht mehr als eine bequeme Art, etwas Geld zu verdienen. Sein Augenmerk lag auf einem Buch über die Zukunft Deutschlands, das er schreiben wollte und von dem er hoffte, es würde ihm den Einstieg in den politischen Journalismus ermöglichen, eine Anstellung im Rundfunk oder bei der Presse. Sein Arbeitspensum aber wuchs stetig, und als ihn der Leiter der Organisation, Dr. Hiller, fragte, ob er hauptamtlich für sie tätig werden wolle, beschloss er, das Buchvorhaben vorerst auf Eis zu legen, und sagte zu. Das Gehalt belief sich auf 800 Mark. Hinzu kam die Einliegerwohnung in der Villa, die er weiterhin nutzen konnte, ohne Miete zu zahlen.

Der Flugblattpropaganda folgten längere Artikel, die vor allem der Öffentlichkeit die Arbeit der Organisation näher bringen sollten. Ihr Tonfall war sachlich, berichtend, nie aggressiv, nie einer der Rechtfertigung. Sie wurden im vierteljährlich erscheinenden Hausperiodikum namens «Echo» publiziert, dessen Umschlag die aus Stacheldraht geformten Initialen der Organisation schmückten: ein «B» und ein «M». Auch verschiedene Tageszeitungen druckten diese Artikel für ein kleines Honorar nach, «Der Tagesspiegel», «Der Abend», routiniert, ohne je den Gehalt zu prüfen, denn die Organisation galt seit ihrer Gründung im Jahr '49 als Institution, als moralische Instanz. Sie symbolisierte den Willen des «Volks von Berlin», wie es Prof. Reuter genannt hatte, dem Kommunismus zu trotzen, weswegen man ihr eine Zeit lang sogar gewisse Methoden nachsah, nachdem diese ruchbar geworden waren.

Erst als Gerüchte – lanciert von der *freien* Presse der Stadt übrigens – über finanzielle Unregelmäßigkeiten aufkamen, wurde die Öffentlichkeit unruhig: Insbesondere Zeitungen aus Westdeutschland begannen, unangenehme Fragen zu stellen, von denen die harmloseste noch die nach dem allgemeinen Sinn einer Vereinigung wie der ihren war.

Genau zu diesem Zeitpunkt wurde Dr. Mannteufel befördert. Von nun an hatte er sämtliche Aktivitäten vor den Mikrophonen der Presse zu verantworten: Er war das Aushängeschild der Organisation geworden oder, wie seine Stellung offiziell hieß: Leiter der Presseabteilung. Das war im Spätsommer '51, kurz vor dem zweiten Jahrestag der Gründung und gleichzeitig in jenen Tagen, da ein scheinbar interner, in Wirklichkeit jedoch von außen initiierter Putsch gegen seinen Freund und Förderer Dr. Hiller lief.

Zwischen ihnen war innerhalb kurzer Zeit eine robuste Freundschaft gewachsen, die exakt an jenem Tag begonnen hatte, da sie einander zum ersten Mal begegnet waren, an einem Septembertag des Jahres '49.

Die Organisation, deren offizieller Name *Bataillon der Menschlichkeit* lautete, hatte zu einer Kundgebung in die Waldbühne geladen. Eine Woche später sollte der Deutsche Bundestag zu seiner konstituierenden Sitzung zusammentreten und Dr. Adenauer zum ersten Kanzler der Republik wählen. Ziel der Kundgebung war es, auf das Schicksal der Heimatvertriebenen aufmerksam zu machen, der Soldaten in sowjetischer Gefangenschaft, der inhaftierten Systemgegner in Mitteldeutschland, weshalb neben Dr. Hiller als Redner auch ehemalige Lagerinsassen auf den Brettern der Waldbühne standen.

Dr. Hillers mit großem Pathos vorgetragene Rede mündete in einen ergreifenden Appell, der sich an die künftige Regierung richtete und vier Punkte umfasste: 1.) allen Gefangenen die Rückkehr nach Deutschland zu ermöglichen, 2.) allen Opfern der Unmenschlichkeit, im Besonderen aber den Vertriebenen hilfsbereite Gleichbehandlung angedeihen zu lassen, 3.) den Bewohnern der sowjetischen Besatzungszone in ihrem Kampf gegen das Terrorsystem jede erdenkliche Unterstützung zu gewähren und 4.) die Aufklärung der Verbrechen in der sowjetischen Besatzungszone und auch jenseits der Oder-Neiße-Linie zur nationalen Aufgabe zu erheben.

Dr. Mannteufel nahm aus persönlichem Grund an der Veranstaltung teil, und obwohl er Kundgebungen, Demonstrationen und Massenaufläufe im Allgemeinen hasste, ließ er sich vom Schwung mitreißen, fiel nach jedem der Appellpunkte in den tosenden Beifall der Teilnehmer ein. Er bemerkte, dass das Zusammensein mit Gleichgesinnten etwas wie Hoffnung erzeugen konnte, Hoffnung, die aus dem Miteinander erwuchs, denn Dr. Mannteufel war selber auf der Suche – nach dem einzigen Familienmitglied, von dem sich nicht mit Sicherheit sagen ließ, dass es tot war: auf der Suche nach seinem Vater.

Er hatte die Caritas eingeschaltet und das Rote Kreuz, er hatte sogar Kontakt zu ehemaligen Wehrmachtskameraden des Vaters aufgenommen, doch von seinem Vater fand sich nirgends eine Spur. Offiziell galt er seit der Kapitulation der 6. Armee unter Generalfeldmarschall Paulus als Kriegsgefangener der Roten Armee. Zum Zeitpunkt der Gefangennahme hatte er als Offizier – im Rang eines Hauptmanns – dem Stab des Generalfeldmarschalls angehört.

Es war eine Mitarbeiterin des Roten Kreuzes, die Dr. Mannteufel von der Organisation erzählt hatte, und in der Waldbühne, nach der donnernden Ansprache, hielt er es zum ersten Mal für möglich, dass sein Vater *tatsächlich* noch am Leben war. Überwältigt von dieser Empfindung, eine Träne der Rührung wegwischend, arbeitete er sich nach Ende der Kundgebung zur Bühne voran. Die Menge zerstreute sich, drängte den Ausgängen zu.

Dr. Hiller stand inmitten einer kleinen Entourage von Mitarbeitern und Reportern, als Dr. Mannteufel ihn entdeckte und näher trat. Als habe er auf ihn gewartet, hob Dr. Hiller den Kopf von einem Notizbuch, in das er etwas hineingeschrieben hatte, lächelte und nickte ihm zu. Er beendete seine Notiz, beantwortete die Fragen der Reporter, während Dr. Mannteufel wie selbstverständlich daneben stehen blieb, wartete und ihn beobachtete: Er war von gedrungener Gestalt, ohne korpulent zu sein, vermutlich nur wenig älter als Dr. Mannteufel, Ende zwanzig, Anfang dreißig.

«Sind Sie hungrig?», fragte Dr. Hiller, nachdem er Reporter und Mitarbeiter verabschiedet hatte.

Dr. Mannteufel, leicht irritiert über die unvermutete Frage, bejahte, und der andere nahm ihn, als sei er siech oder matt des Hungers wegen, sanft am Ellbogen und führte ihn zu seinem Wagen, einem stattlichen Ford-Modell, das in der Nähe eines der Ausgänge geparkt war, in der Glockenturmstraße.

Sie fuhren, die Fenster heruntergekurbelt, durch den lauen Spätsommerabend in den Berliner Süden. Der Himmel war wolkenlos, das Licht spielte bereits ins Rötliche und ließ die Ruinen, die hin und wieder am Straßenrand auftauchten, zuweilen noch in langen Reihen, pittoresk erscheinen, als seien die Häuser aus dekorativen Gründen zusammengefallen.

«Herrlich, oder?», sagte Dr. Hiller und warf Dr. Mannteufel einen kurzen Blick zu.

Dr. Mannteufel nickte.

In der «Alexanderquelle», Berlin-Steglitz, sie hatten Buletten und Brot bestellt, dazu saure Gurken, und saßen jeder vor einem Glas Bier, fragte Dr. Hiller ihn endlich nach seinem Namen, d. h., er fragte nicht, er knuffte ihn aufmunternd in die Seite und sagte: «Erzählen Sie mal!»

Während Dr. Mannteufel aus seinem Leben erzählte, fixierte er das Karo-Muster der Tischdecke. Es war keine außergewöhnliche Biographie für einen Mann seines Jahrgangs: großbürgerliches Elternhaus, Gymnasium, Studium der Volkswirtschaftslehre und des Staatsrechts an der Berliner Universität, Promotion, im selben Jahr Einberufung zur Wehrmacht, Gefangennahme am Niederrhein, ein jüngerer Bruder, gefallen an der Ostfront, die Mutter im Frühjahr '45 umgekommen: Fliegerbomben der Royal Air Force, ein Volltreffer, der das Haus am Kurfürstendamm in Schutt und Asche legte, der Vater, ehemals im Großhandel tätig, vermisst.

«Ich habe es in Ihren Augen gesehen», sagte Dr. Mannteufel einige Stunden später, als es schon auf Mitternacht zuging. Sie hatten eine weitere Portion Buletten verspeist, dazu reichlich Bier getrunken und Kümmel wegen der Verdauung.

«Ihre *Augen* haben Sie verraten.»

Dr. Mannteufel, der nicht wusste, was gemeint war, schwieg und griff zum Glas.

«Dass Sie zu uns gehören», sagte Dr. Hiller, «Ihre Augen haben Ihr Herz verraten. Es hat Ihnen im Gesicht gestanden, wenn Sie verstehen. Vorhin.» Er tippte sich mit dem Finger zweimal auf die Brust.

«Wissen Sie …», hob Dr. Mannteufel an.

«Ja, ich weiß», sagte Dr. Hiller: «Ihr Vater. Den finden wir auch noch. Sie sind ein feiner Junge. – Lassen Sie mich Ihnen ein Angebot machen …»

Ihre Verabschiedung vor dem Lokal war innig.

«Sie sind jetzt einer von uns», sagte Dr. Hiller und zog ihn an seine Brust. Dann verschwand er in der Dunkelheit, in der er sich noch ein wenig die Beine vertreten wollte.

Kurz darauf saß Dr. Mannteufel wieder im Fond des schweren Wagens und ließ sich von einem Mitarbeiter der Organisation, den Dr. Hiller vom Tresen aus telefonisch verständigt hatte, nach Hause fahren, d. h. in jenes karge Zimmer, das er im Berliner Westend bei einer Witwe zur Untermiete bewohnte und das er bald verlassen sollte, in Richtung Nikolassee.

Die Gründung der Organisation ging auf das Jahr '48 zurück, als Dr. Hiller von einem Bekannten aufgesucht worden war, einem ehemaligen Beamten, vormals NSDAP-Mitglied, der ihn nach dem Verbleib eines gemeinsamen Freundes aus Vorkriegstagen gefragt hatte. Dr. Hiller konnte ihm nichts dazu sagen, erkundigte sich aber bei Angehörigen anderer Inhaftierter, ob diese etwas gehört hätten. So entstand ein intensiver Briefwechsel, der sich durch Rückfragen und Ergänzungen stetig erweiterte und der schließlich die Basis des

Suchdienstes bildete, den Dr. Hiller bis zum Umzug in die Villa aus seiner Privatwohnung in Berlin-Grunewald heraus führte. Aus den Kreisen der Entlassenen – ehemalige Nazis, antikommunistische Regimegegner, durchaus der eine oder andere Kriminelle – rekrutierten sich dann auch die ersten Mitarbeiter der Organisation, denn bereits nach wenigen Monaten waren Korrespondenz und die Kartei, in der sie archiviert wurde, dermaßen angewachsen, dass Dr. Hiller nicht mehr in der Lage war, die Arbeit alleine zu bewältigen.

Unterdessen war das Counter Intelligence Corps der amerikanischen Armee auf den Suchdienst aufmerksam geworden und hatte begonnen, Dr. Hiller finanziell zu unterstützen. Gleichzeitig rieten ihm die Amerikaner, über dieses Engagement Stillschweigen zu bewahren und sich nach weiteren Geldgebern umzuschauen, um kein unnötiges Misstrauen in der Öffentlichkeit zu erzeugen. Dr. Hiller sprach beim Evangelischen Hilfswerk, der Caritas und dem Roten Kreuz vor, schilderte in seiner charismatischen Art Aufgabe und Umfang seiner Arbeit und erhielt schließlich von allen drei Organisationen die Zusage auf Unterstützung in Form von Geldspenden und Lebensmittelpaketen. Auch Care hatte unverzüglich seine Spendenbereitschaft erklärt und stellte obendrein einen Verwaltungsraum der Zehlendorfer Paket-Verteilungsstelle zur Verfügung, in dem sich Dr. Hiller im Folgenden mit dem Verbindungsmann des CIC, einem Major Ross, traf, wann immer dieser es für ratsam hielt.

Major Ross war es auch, der Dr. Hiller riet, seinem Suchdienst einen seriösen, unverdächtigen, zivilen Rahmen zu geben. Mit Herrn Beerfeld, einem Rundfunkjournalisten, und Dr. Waldner, einem Pressereferenten des Berliner Senats, stellte er ihm zwei Männer an die Seite, die halfen, jene

25 Mitglieder namhaft zu machen, die zur Bildung eines Vereins notwendig waren, hauptsächlich Leute, die über den Suchdienst aus der Ostzone nach Westberlin geholt worden waren. Als Vereinsnamen schlug Major Ross *Bataillon der Menschlichkeit* vor und erläuterte die Vorzüge eines so offenen, assoziationsreichen Namens, deren wichtigster darin bestand, das Betätigungsfeld nicht einzuengen. Man könne nie wissen, hatte er in Dr. Hillers Richtung gesprochen, was für Aufgaben die nähere Zukunft bereithalte, und derart jeder Diskussion vorgebeugt.

Nachdem Prof. Reuter, Leiter des Berliner Senats, auf Anfrage der Lizenzbehörde den humanitären Charakter des Suchdienstes bestätigt hatte, wurde dieser Ende November '48 als «Bataillon der Menschlichkeit e.V.» in das Vereinsregister von Berlin-Charlottenburg eingetragen. Im April des folgenden Jahres wurde der Verein von den Militärkommandanturen der drei westlichen Alliierten als politische Organisation anerkannt, und wenige Wochen später zog er samt seiner anschwellenden Kartei in die Nikolasseer Villa ein – die Miete hatte Major Ross für ein halbes Jahr im Voraus bezahlt –, die fortan als «Stammhaus» bezeichnet wurde.

Die Villa war ein ausladender dreigeschossiger Fachwerkbau von geradezu altfränkischer Schwere. Sie stand inmitten eines Gartens, der sich über drei Grundstücke zog, von Kiefern, Sträuchern und Büschen dicht bewachsen war und in dem sich neben einem kleinen Gartenhaus und einem Pavillon auch diverse Schuppen befanden. Schmale Pfade aus Feldsteinen führten durch Gestrüpp und Unterholz, ein Jägerzaun, auf den später ein elektrischer Starkstromdraht gesetzt werden sollte, grenzte das Anwesen zur Straße hin ab.

Wie angespornt von dem enormen Raum, der plötzlich

zur Verfügung stand, wuchs die Organisation nach ihrem Umzug in rasantem Tempo. Sie expandierte nicht, sie explodierte geradezu. Bald schon sprach niemand mehr vom *Suchdienst*, wiewohl dieser, vor allem die Kartei, noch immer die Grundlage der Arbeit war und gleichzeitig jene Basis, von der aus sich das Tätigkeitsfeld Schritt für Schritt erweiterte.

Es wurden zunächst neue Abteilungen gegründet, intern *Referate* genannt, deren erstes die «Volkspolizei-Beratungsstelle» war. Ihre Aufgabe bestand im Sammeln von Informationen über Polizei und Staatssicherheitsdienst in der Ostzone. Die Zuträger waren so genannte Vertrauens-Leute, die mit Hilfe der Kartei rekrutiert worden waren, oftmals freigekommene Häftlinge der Internierungslager, die sich der Organisation verpflichtet sahen und von dieser für vertrauenswürdig erachtet wurden. Das zweite Referat, das unter dem belanglosen Namen «Außenstelle» tatsächlich außerhalb des Stammhauses residierte – in einer Privatwohnung in Zehlendorf –, befasste sich mit den sowjetischen Besatzungstruppen in Ostberlin und Mitteldeutschland, was ein gewisses Maß an Konspiration notwendig machte. Nur wenige Mitarbeiter wussten deshalb zum Zeitpunkt seiner Gründung von der Existenz des Referats, Dr. Mannteufel, der damals gerade seine Einliegerwohnung in der Villa bezogen hatte, gehörte nicht dazu.

Auch die Außenstelle sammelte vor allem Informationen. Selten trafen solche über Truppenbewegungen ein, oft dagegen gab es Stimmungsbilder der Bevölkerung und anderes belanglos Scheinendes, das dennoch in akribischer Kleinarbeit gesammelt, in Dossiers geordnet und der Kartei, die mittlerweile «Zentralkartei» hieß, einverleibt wurde. Das System der Vertrauens-Leute funktionierte nach demselben Prinzip wie bei der Volkspolizei-Beratungsstelle, lediglich das

*Maß* an Vertrauen, das der Referatsleiter in seine Informanten haben musste, war höher.

Anfang 1950 zahlte sich das gute Verhältnis zum Berliner Senat aus: Die Organisation wurde als offizielle Gutachterin im Verfahren zur Aufnahme von Flüchtlingen aus der SBZ bestellt, was für eine nach außen zwar politische, formal jedoch immer noch private Vereinigung ein außerordentliches Privileg darstellte. Darüber hinaus gab es für jedes Gutachten, das entschied, ob jemand den Status eines politischen Flüchtlings erhielt, eine Aufwandsentschädigung. Das Verfahren, das anfangs nur aus einem protokollierten Gespräch unter vier Augen stattfand – die Protokolle wanderten anschließend in die Zentralkartei –, wurde sukzessive verbessert, vor allem das Psychologische betreffend, was sich nicht zuletzt in einer weiteren Verfeinerung der Organisationsstruktur niederschlug, die gleichzeitig der Arbeit der anderen Referate zugute kam. So wurde die «Gutachterstelle», die ihre Arbeit in den Räumlichkeiten der Villa versah, erweitert, und zwar um die «Meldestelle», in der die Flüchtlinge erfasst und registriert wurden, und die «Beratungsstelle», in der ebenso intensive wie thematisch vielfältige Gespräche geführt wurden. Ziel war es, ein Maximum an – für die Zentralkartei relevanten – Informationen zu ergattern, von denen, neben amerikanischen Stellen, auch das Ministerium für gesamtdeutsche Fragen profitierte.

Als Qualitätssprung jedoch ließ sich erst die Einrichtung jenes Referates bezeichnen, das unter dem absichtsvoll sinnlosen Namen «Abteilung II b» firmierte, die *Widerstandsabteilung*, wie sie intern genannt wurde. Auch ihre Gründung war von Major Ross angeregt worden. Sie gliederte sich in fünf Sachgebiete, die den ostdeutschen Ländern entsprachen: Berlin/Brandenburg, Sachsen, Mecklenburg, Sachsen-Anhalt.

Leiter des Referats war ein gewisser Dr. Rippel, vormals beim Rundfunk im amerikanischen Sektor beschäftigt, die Sachgebietsleiter stammten allesamt aus dem jeweiligen Land, für das sie zuständig waren, und hatten zumeist über den Suchdienst, den Vertrauens-Leute-Apparat oder die Gutachterstelle Anschluss an die Organisation gefunden, sich in diversen Aktionen bewährt und als zuverlässige Kader erwiesen. Die Sachgebiete waren in verschiedenen Charlottenburger Privatwohnungen untergebracht, die sich hinter Schildern wie *Sauerbier & Co., Transportfirma* oder *Leibacher & Co., Textilien* tarnten. Zum Bereich Berlin/Brandenburg etwa gelangte man nur, indem man eine eigens dafür hergerichtete Bibliothek durchschritt, samt Lesesaal, in deren hintere Wand eine kaum wahrnehmbare holzvertäfelte Tür eingelassen war, die in das eigentliche Büro führte. Draußen auf dem Klingelschild stand: *Braunmüller & Co., Kommanditgesellschaft.*

Genau genommen gehörte auch Dr. Mannteufel der Abteilung IIb an, doch dank seiner freundschaftlichen Verbundenheit zum Leiter der Organisation war er nicht Dr. Rippel rechenschaftspflichtig, sondern empfing seine Weisungen direkt von Dr. Hiller. Bei Besprechungen der *Widerstandsabteilung* agierte er zunehmend als Dr. Hillers Vertreter, was nicht zu offensichtlichen Spannungen mit Dr. Rippel führte, wohl aber eine gewisse Kühle in ihrem Umgang miteinander nach sich zog.

Mit wachsender Komplexität der Aufgaben wurde das chemisch-technische Labor gegründet und der Abteilung IIb angegliedert. Es bezog die Kellergewölbe der Villa und entwickelte als Erstes Raketen und Ballons, deren Abschussbasen sich in Berlin-Nikolassee, in Hof, bei Coburg und Dannenberg befanden, sodass bei günstigen Bedingungen –

die regionalen Wetterdienststellen übermittelten Windrichtung und -geschwindigkeit – nahezu die gesamte Ostzone sowie Teile der Tschechoslowakischen Republik und die polnische Grenzregion mit Flugblättern eingedeckt werden konnten. Das erforderliche Material – Chemikalien, elektrische Zünder, Zündschnüre etc. – besorgte Major Ross, und nach erfolgreicher Testphase auf dem Flughafengelände in Tempelhof startete die serienmäßige Produktion in der pyrotechnischen Fabrik Gebr. Mussehl, Berlin-Grunewald.

Als Nächstes machte sich das Labor an die Verfertigung von Stinkbomben, wobei es zu einem Missgeschick kam, in dessen Folge das chemisch-technische Labor aus der Villa fortziehen musste. Dem Leiter des Labors, einem ehemaligen Chemiestudenten, entglitt während des Verladens eine Korbflasche mit Buttersäure, wodurch die Gegend von stinkenden Schwaden überzogen wurde. Die Anwohner beschwerten sich, doch die guten Beziehungen, die sowohl Dr. Hiller als auch Major Ross damals noch zum Polizeipräsidenten Dr. Stumm hatten, verhinderten eine genauere Untersuchung des Vorfalls.

Im Sinne der Risikovermeidung wurde das Labor in einen abgelegenen, leer stehenden Garagenkomplex nach Berlin-Halensee verlegt. Dort experimentierte man mit Phosphorampullen. Schnell aber stellte sich heraus, dass sie als Brandmittel nicht die erhoffte Wirksamkeit entfalteten, weshalb an einer Thermitmischung weitergearbeitet wurde, die auch Metall Feuer fangen ließ und selbst dicke Panzerungen durch Schmelzen zerstörte. Die Mischung hatte den Vorteil, dass sie leicht dosierbar war und sich derart Brandsätze verschiedenster Größen herstellen ließen. Im Oktober 1950 – der Leiter des Labors hatte zuvor einen Monat lang in der pyrotechnischen Fabrik Gebr. Mussehl Erfahrungen gesammelt – begann man mit der Herstellung von Explosivkörpern, deren Gebrauchsfähigkeit parallel auf dem Manövergelände der amerikanischen Armee in Berlin-Grunewald getestet wurde.

Das Problem, die explosiven, ätzenden und brandbeschleunigenden Substanzen an den Ort ihres Einsatzes, in die Ostzone, zu bringen, löste man, indem Säuren in handelsübliche Likörflaschen abgefüllt wurden, Brandsätze und leichtere Sprengladungen in Konservendosen. Die Etiketten, perfekte Kopien der DDR-Originale, entwarf die graphische Abteilung des Labors, gedruckt wurden sie bei Hildebrandt & Söhne.

«Glauben Sie nichts von dem, was Sie demnächst über mich hören werden», sagte Dr. Hiller eines Tages zu Dr. Mannteufel. Er war in der Einliegerwohnung erschienen, zum ersten Mal, seit sie einander kannten. Das Jahr '51 hatte gerade begonnen. «Ich bitte Sie dringend. – Als Freund.»

«Ich vertraue Ihnen», sagte Dr. Mannteufel.

Dieses kurze Treffen leitete das Ende einer Ära ein. Überraschend lud Major Ross am folgenden Tag zu einer Sitzung in die Villa, an der neben Dr. Hiller und Dr. Mannteufel auch sämtliche Referats- und Abteilungsleiter teilnahmen, aber auch drei unbekannte Männer, von denen zwei künftig eine tragende Rolle innerhalb der Organisation spielen sollten. Der dritte, ein Mittfünfziger in elegantem Zwirn, war offensichtlich von einer amerikanischen Stelle und hielt sich als stiller Beobachter im Hintergrund, ja wurde nicht einmal vorgestellt.

Das Ganze erwies sich recht bald als Tribunal gegen Dr. Hiller. Der Ton, in dem Major Ross ihn befragte, war sachlich, die Fragen selbst waren so präzise und knapp formuliert, als würden sie vom Blatt abgelesen. Zunächst ging es um verschwundene Lebensmittelpakete, immerhin 10 000 Stück, aus einem Sonderkontingent, das der Organisation durch Vermittlung des CIC von Care zur Verfügung gestellt worden war. Die Pakete waren für Ost-Berlin bestimmt gewesen, wo sie zu propagandistischen Zwecken verteilt wurden. 10 000 aber hatten es nie über die Sektorengrenze geschafft, waren einfach weg, und Dr. Hiller hatte keine annähernd befriedigende Erklärung für den Vorgang. Gesenkten Kopfes saß er da, wenn Major Ross zu einer längeren Ausführung anhob, die Hände nebeneinander auf den Sitzungstisch gelegt, einer langen, mit weißem Kunststoff beschichteten Tafel, auf der lediglich einige Aschenbecher standen.

Dann kam Major Ross in einem kleinen Exkurs, der nichts anderes war als ein polemischer Seitenhieb, auf die Dienstwagen zu sprechen. Sarkastisch stellte er Dr. Hillers Marotte, sich halbjährlich das neueste Ford-Modell zuzulegen, den moralischen Intentionen gegenüber, mit denen der Suchdienst einst angetreten war. Um *finanzielle* Unregelmäßigkeiten allerdings ging es erst im nächsten Punkt, wobei sich Major Ross' Gesicht merklich verschattete. Der Vorwurf war hart und deutlich vorgetragen: Es fehlten 30 000 Mark, Geld, das aus verschiedensten Quellen stammte und in den Bilanzen nicht auftauchte. Gleichzeitig, und hier setzte Major Ross erneut sein rhetorisches Geschick ein, indem er seine Stimme sanfter klingen ließ, wisse man von einem Schweizer Konto, das Dr. Hiller eröffnet habe und einen Saldo deutlich jenseits dieser 30 000 Mark aufweise.

Man sah, wie Dr. Hiller in sich zusammenfiel, während das Gesicht des Majors einen spitzbübischen Ausdruck annahm. Und dennoch wirkte Dr. Hillers Verteidigungsrede allemal glaubwürdiger als das Gestammel, mit dem er zu den verschwundenen Care-Paketen Stellung genommen hatte. Er sprach von einer Intrige in der Buchhaltung, die er in diesem Moment als Teil einer großen Intrige gegen seine Person erkenne, deren Finale offensichtlich diese Sitzung sei. Deshalb begrüße er bereits an dieser Stelle recht herzlich – und hier wurde Dr. Hillers Ton sarkastisch, während er sich übertrieben höflich gegen die zwei Unbekannten verbeugte – seine Nachfolger. Im Übrigen seien auf das Konto in der Schweiz nicht nur Teile seines Gehaltes, sondern auch Einkünfte geflossen, die er als Vortragsreisender und Honorarjournalist erzielt habe, was den vermeintlich hohen Betrag erkläre.

«Ich habe nichts weiter zu sagen, meine Herren.» Mit diesen Worten beendete Dr. Hiller seine Ausführungen und drückte die Zigarette im Aschenbecher aus.

Ein breites, aber nur kurz aufflackerndes Grinsen huschte über Major Ross' Gesicht, als Dr. Hiller den Raum verließ und die schallisolierte Tür hinter sich zuzog.

Major Ross bestellte Kaffee, knöpfte sein Jackett auf und kündigte an, dass es eine neuerliche Strukturerweiterung der Organisation geben werde, die der weltpolitischen Lage im Allgemeinen und der Berliner Situation im Speziellen geschuldet sei. Dann erhob er sich, und nach einer rhetorischen Kunstpause und einem Räuspern wies er auf einen der beiden Fremden und stellte ihn als neuen Leiter der Organisation vor: Dr. Griebenow.

Dr. Mannteufel, der davon ausgegangen war, eine Wahl würde zur Besetzung des vakanten Postens führen, sah sich im Kreis der Kollegen um, doch niemanden schien die von außen kommende, über ihre Köpfe hinweg gefällte Entscheidung zu stören.

Dr. Griebenow stand auf. Sein pomadisiertes Haar war zurückgekämmt, er hatte ein feistes Gesicht, dem scharf gezeichnete Falten dennoch Kontur gaben, einen tyrannischen Zug.

«Meine Herren», begann er und verneigte sich kurz gegen die Runde, bevor er stichwortartig seine Biographie skizzierte: geboren in Westpreußen, Übersiedlung nach Berlin, dort Besuch des Gymnasiums, Studium der Theologie in Berlin, Bonn und Tübingen. Nach dem Examen Vikar, 1936 Verhaftung durch die Gestapo wegen nachrichtendienstlicher Zusammenarbeit mit den ausländischen Presseagenturen Reuters und United Press, Verurteilung zu drei Jahren Haft, nach der Entlassung bei einem Elektrokonzern angestellt, 1942 Einberufung zur Wehrmacht, bis zur Gefangennahme in Holland und Belgien im Einsatz. 1945 Eintritt in die Sozialdemokratische Partei, stellvertretender Landrat im Oberbayrischen, 1948 Übersiedlung nach Berlin, und seit Gründung der Freien Universität dortselbst Dozent für Sozialwissenschaften.

Dr. Griebenow hielt kurz inne, sah sich lange und mit steinerner Miene in der Runde um, als wolle er sich vergewissern, dass jeder einzelne der Sitzungsteilnehmer seinen Lebenslauf billige, um dann fortzufahren: «In meiner neuen Aufgabe als Leiter der Organisation obliegt es mir nun, den eigentlichen Hauptakteur des heutigen Nachmittags vorzustellen, Herrn Karl Brandtner, Kriminaloberinspektor a. D.»

Brandtner, der zweite Unbekannte, erhob sich kurz in den Knien, nickte, ohne sich umzusehen, und ließ sich auf den Stuhl zurückfallen. Er verfügte über kein wirklich hervorstechendes, physiognomisches Merkmal, besaß aber eine grobschlächtige, proletarische Aura, über die weder sein eleganter Anzug noch die perlenbesetzte Krawattennadel hinwegtäuschen konnte.

Alle aus der Führungsriege, einschließlich Major Ross'

und des stillen Amerikaners, hatten diesen feinsinnigen Zug, der sich vor allem in Gesten niederschlug, in der Form des Umgangs etwa. Selbst hinter Dr. Griebenows Härte flackerte etwas davon auf: eine gewisse Intellektualität, die sich die meisten trotz der Arbeit für die Organisation bewahrt hatten. Brandtner dagegen sah aus wie die Vertrauens-Leute, die aus den Lagern gekommen waren, oder wie die angeworbenen Sachgebietsleiter der Abteilung II b, wie Mader zum Beispiel, Chef von *Sachsen-Anhalt*, der Dr. Mannteufel am Tisch direkt gegenübersaß und an seinen gelben Fingernägeln polkte: platte Gesichter, trübe Augen, riesige Pranken. Stammelnde Erfüllungsgehilfen ihrer jeweiligen Vorgesetzten.

Dr. Griebenow übernahm die Vorstellung des neuen Leiters der «Operativen Abteilung», wie die Abteilung II b in Zukunft heißen würde. Brandtner habe, so Dr. Griebenow, an einer Ingenieursschule studiert, sei ’41 zu einer Fallschirmjägereinheit einberufen worden und nach der Entlassung aus der Kriegsgefangenschaft in den Polizeidienst der Stadt Berlin eingetreten, wo er schnell zum Leiter des German Criminal Investigation Service, der Kriminalpolizei im amerikanischen Sektor, aufstieg. Durch Vermittlung Major Ross’ sei er von nun an bei der Organisation tätig, in einer leitenden Funktion, wie es sich für einen Mann seiner Qualifikation von selbst verstehe. Mit Herrn Brandtner seien fünf weitere Angehörige der Berliner Kripo zur Organisation gewechselt, die der neu zu gründenden Administrativen Störstelle zugeteilt würden. Alle Details würden als interne, selbstverständlich der Schweigepflicht unterliegende Dienstanweisung in den nächsten Tagen bekannt gegeben.

Damit war die Sitzung beendet. Der stille Amerikaner verschwand geräuschlos aus dem Raum, und Major Ross bestellte Cognac, den Frau Anneliese Katsch, Chefsekretärin der

Verwaltung und – bis zu diesem Tag zumindest – enge Vertraute Dr. Hillers, servierte. Die Männer standen in kleinen Gruppen beieinander, plauderten, tranken und rauchten.

Dr. Mannteufel, der sich so recht keiner der Gruppen anschließen mochte, zumal er als Dr. Hillers Intimus bekannt war, hielt sich, einen Schwenker in der Hand, etwas abseits, als sich ausgerechnet Mader, *Sachsen-Anhalt*, zu ihm gesellte und unvermittelt von seinem Vater zu erzählen begann. Ordinäres Proletengeschwätz, wie nicht anders zu erwarten, das die eigentlich rührende Geschichte einer Wiederkehr aus russischer Gefangenschaft abstoßend machte. Dr. Mannteufel, um nicht unhöflich zu erscheinen, nickte, während er hoffte, Mader möge schnell zum Ende kommen. Doch der fing an, Fragen nach Dr. Mannteufels Vater zu stellen, was dieser vor dem Krieg getan habe, wo er in Gefangenschaft geraten sei.

Jedem anderen hätte Dr. Mannteufel Auskunft erteilt, doch bei Leuten vom Schlage Maders wurde er misstrauisch. Zu oft verbarg sich hinter der vermeintlichen Plumpheit eine gefährliche Bauernschläue, und zumindest eines hatte Dr. Mannteufel seit seinem Eintritt in die Organisation gelernt: Selbst für die banalste Information gab es eine Kartei, in der sie archiviert werden konnte.

Also versuchte Dr. Mannteufel, Mader mit Gemeinplätzen zum Vorkrieg und zum Russlandfeldzug abzuspeisen, insbesondere zum Kessel von Stalingrad, in dem sein Vater – so viel teilte er immerhin mit – gefangen genommen worden sei, und Mader ließ sich tatsächlich schneller abwimmeln als gedacht. Mit einem genuschelten Gruß auf den Lippen verschwand er und gesellte sich zu einer Gruppe, die sich um Referatsleiter Brandtner gebildet hatte.

Zu seiner Überraschung wurde Dr. Mannteufel wenige Tage nach der Entlassung seines Freundes Dr. Hiller zum Chef der neu gegründeten Pressestelle ernannt, deren Büro sich in der Villa befand. Formal war sie nicht der Operativen Abteilung angegliedert, sondern ein autonomes Ressort innerhalb des Vereinsvorstandes.

Von Dr. Hiller selbst hörte er nichts mehr. Lediglich in der Tagespresse fand er eine Notiz, dass dieser auf Einladung amerikanischer Stellen zu einer Vortragsreise durch den Osten der Vereinigten Staaten aufgebrochen sei, um die Tätigkeit der Organisation zu erläutern sowie die allgemeine politische Lage Deutschlands und Berlins, unter besonderer Berücksichtigung der russischen Zone und möglicher Infiltrierungsstrategien zum Zweck einer späteren Übernahme durch die demokratischen Westmächte. Es mochten zwei Monate seit Erscheinen dieses Artikels vergangen sein, als ihm Frau Katsch, sehr unwillig und erst auf mehrfaches Drängen hin, erzählte, dass sich Dr. Hiller zu einer halbjährigen Kur in einem Sanatorium befinde, wobei Dr. Mannteufel nach weiteren Recherchen herausfand, dass es sich bei dem Sanatorium in Wirklichkeit um eine Nervenheilanstalt handelte, wenn auch um eine luxuriöse.

Wie sich bald zeigte, war die Gründung der Pressestelle in weiser Voraussicht geschehen, als habe Major Ross etwas von den Problemen geahnt, die in der Folgezeit auf die Organisation zukommen sollten.

Dr. Mannteufel verfasste jetzt nicht nur Artikel für das «Echo» und Stellungnahmen für die Westberliner Tageszeitungen – um die Propaganda der Flugblätter kümmerten sich längst andere –, er hielt nun auch häufig Vorträge in westdeutschen Städten und trat, wann immer es nötig war, vor die Mikrophone der Journalisten. Das Stattliche, ja Attraktive seines Äußeren im Zusammenspiel mit seiner kultivierten Art und der Nonchalance seines Sprechens konnte trotzdem nicht verhindern, dass das Ansehen der Organisation allmählich schwand.

Ein neuer Skandal, der von der Presse erfunden wurde – so hatte es jedenfalls Dr. Mannteufel dargestellt –, war der Umgang mit den neuen Mitgliedern in der Ostzone. Die Vorwürfe lauteten, man würde völlig unerfahrene junge Menschen anwerben, emotionale Heißsporne oft, sie mit geradezu nachrichtendienstlichen Aufgaben betrauen und derart ins offene Messer der kommunistischen Justiz rennen lassen. Nicht nur ein Prozess habe gezeigt, dass der Lohn solchen Engagements nicht selten das Fallbeil sei.

Dr. Mannteufel hatte in der öffentlichen Entgegnung das Tragische der Situation eingestanden, war noch einmal auf die freiheitlichen Grundsätze ihres Handelns zu sprechen gekommen, um schließlich von *Soldaten* und *Opfern* zu reden. Restlos jedoch konnte auch er die Kritik nicht von der Hand weisen.

Vermutlich war es die *härtere Gangart*, wie Dr. Griebenow in der internen Dienstanweisung den neuen Stil seiner Führung und den ihrer künftigen Arbeit bezeichnet hatte, die der Organisation mehr und mehr Probleme einbrachte. Die Sabotagemittel, die unter Dr. Hiller nur produziert und in die Ostzone geschafft worden waren, kamen nun vermehrt zum Einsatz. Getreidesilos gingen in Flammen auf, Brikettlager, Transformatorenhäuschen, Telefonverteilerkästen, Lebensmitteldepots. Leere Tankwagen der Reichsbahn wurden mittels Säure unbrauchbar gemacht, Sprengsätze an Brücken und Hochspannungsmasten angebracht. Der Schaden hielt sich jedoch in Grenzen, denn das Problem waren in der Tat die angeworbenen jugendlichen Draufgänger, die diese Anschläge ausführen sollten. Sie hatten weder Ahnung von Technik noch von Statik oder gar Konspiration. Die Folge war eine Vielzahl von Verhaftungen durch Volkspolizei und Staatsicherheitsdienst – innerhalb eines Jahres mehr als 200 –, denen propagandistische Schauprozesse folgten. Die Reaktionen der Öffentlichkeit in Westdeutschland und Westberlin reichten von Empörung über die *Gangstermethoden* bis hin zu bissigem Spott über den *bohemienhaften Dilettantismus*, mit dem die Aktionen ausgeführt wurden. Hätte die Öffentlichkeit gewusst, welche Visionen Dr. Griebenow in der Abgeschlossenheit ihrer Sitzungen entwarf, wäre den Spöttern das Lachen im Hals stecken geblieben. Hier ging es um die Sprengung von Talsperren, die Vergiftung von Trinkwasser, um brennende Fabriken. Er sprach von Waffenlagern, die flächendeckend anzulegen seien, um am Tag X der bis dahin zu bildenden Untergrundarmee, geführt von Kadern der Organisation, die Übernahme der Macht zu ermöglichen, bis die amerikanischen Truppen nachrücken würden.

Unter *härtere Gangart* fiel auch eine der ersten Aktionen auf Westberliner Gebiet, ein gefundenes Fressen für die Presse, die sofort von *Feme* sprach, gar von *Menschenraub*. Zwei ihrer Vertrauens-Leute, beide Anfang zwanzig, hatten sich einen Journalisten vorgenommen. Sie hatten ihn zu Hause aufgesucht und ihm einen Denkzettel verpasst für sein prokommunistisches, bestenfalls neutralistisches Geschreibsel, das die Organisation stets in schlechtem Licht darstellte. Kurz nachdem sie die Wohnung verlassen hatten, wurden sie festgenommen, doch dank Brandtners Kontakten zu den Ex-Kollegen schnell wieder auf freien Fuß gesetzt. Nicht zuletzt diese Aktion war es, die den Polizeipräsidenten Dr. Stumm zu der Anweisung veranlasste, keine Informationen mehr an die sechs ehemaligen Kollegen der Kripo herauszugeben, die – so wörtlich – «nun gegen bessere Bezahlung» bei der Organisation arbeiten würden.

Einen weiteren Tiefpunkt erreichte die Organisation, als ihr der Regierende Bürgermeister das sicher geglaubte Wohlwollen entzog. Das ostentative Desinteresse des Schöneberger Rathauses schlug wenig später in offene Ablehnung um, und auch das Ministerium für gesamtdeutsche Fragen unter Jakob Kaiser ging auf Distanz. Rotes Kreuz und die Caritas stellten ihre finanziellen Zuwendungen ein. Lediglich die drei westlichen Militärkommandanturen standen noch zu der Organisation und ihrem politischen Auftrag.

Doch die Lage sollte sich weiter verschärfen. Dr. Griebenow, dessen herrisches Gesicht so gar nicht darauf hindeutete, war in seinem Privatleben alles andere als ein Asket: Er war ein Katholik, der aus dem Vollen schöpfte. Dr. Mannteufel wusste nicht, wer sie gestreut hatte, doch die Gerüchte, die in der Villa kursierten, beschrieben einen Mann, der lüstern war und despotisch zugleich, angeberisch und feige in einem und der auch einem kleinen Betrug nicht abgeneigt war, wenn er ihm zum persönlichen Vorteil gereichte.

Dass diese Gerüchte nicht jeglicher Wahrheit entbehrten, bewies Dr. Griebenow höchstselbst auf einem als Männerabend deklarierten Gelage in der «Alexanderquelle», in der die Organisation mittlerweile so etwas wie das Hausrecht besaß. Neben Dr. Griebenow, der geladen hatte, waren die Leiter der Länder-Sachgebiete, einschließlich des schmierigen Mader, anwesend, des Weiteren Brandtner, Leiter der Operativen Abteilung, und seine fünf Freunde von der Kripo, die in der Störstelle arbeiteten und ihn stets umschwirrten wie die Fliegen.

Es war im Übrigen die Störstelle samt der ihr angegliederten graphischen Abteilung, die am weitaus effektivsten arbeitete. Das mochte zum Teil an der Professionalität der Ex-Kripo-Leute liegen, war aber auch dem subtileren Konzept geschuldet, das auf die *härtere Gangart* der Länder-Sachgebiete und ihres V-Mann-Apparates weitestgehend verzichtete. Ziel der Störstelle war es, den Verwaltungsapparat der Ostzone in höchstem Maße zu beanspruchen, seine Kapazitäten zu erschöpfen, ihn in einen Aktionismus zu versetzen, der schlussendlich ins Leere laufen, Unsicherheit und Misstrauen zwischen den Hierarchien der Behörden erzeugen sollte. Probates Mittel dazu waren die Fälschungen, die von der graphischen Abteilung entworfen wurden: Dienstanweisungen etwa, die in innerbetriebliche Geschäftsgänge geschleust wurden, Briefkopfbögen, Stempel und Unterschriften leitender Angestellte, Regierungsanweisungen, die in den Betrieben ausgeführt wurden, Einladungen an Funktionäre zu Versammlungen und Konferenzen, die an entlegenen Orten stattfinden sollten, Aufforderungen, die staatlichen Lebensmittelreserven an die Bevölkerung auszugeben, Briefmarken, Personaldokumente, Lebensmittelkarten.

Die Störstelle, wie sich bald herausgestellt hatte, war der Favorit Brandtners, wohingegen Dr. Griebenow die brachialen Methoden der Länder-Sachgebiete bevorzugte. Das zeigte sich auch an diesem Abend in der «Alexanderquelle», da sich beide Fraktionen zunächst schweigend, fast feindselig gegenübersaßen. Dr. Mannteufel, der sich sowohl in Brandtners als auch in Dr. Griebenows Gesellschaft unwohl fühlte, fragte sich, ob er als eine Art Vermittler eingeladen worden sei. Kurz ging ihm durch den Kopf, dass alle Anwesenden berechtigt waren, Schusswaffen zu führen, legal, die Waffenscheine von der Polizei ausgestellt. Doch glücklicherweise musste nicht Dr. Mannteufel die Spannungen zwischen den Fraktionen lösen, es war der Alkohol, der sie einander näher brachte und sie Konkurrenz, gar Feindschaft, zumindest kurzzeitig vergessen ließ. Alkohol, den alle schnell und in großer Menge konsumiert hatten. Erste Gespräche kamen auf, nichts Dienstliches, Geplauder, über das Wetter, über Zeitungsberichte, über Autos und Politik. Die Stimmung wurde ausgelassener, die Lachsalven härter, und irgendwann begann Dr. Griebenow, dessen Gesicht rot angelaufen war vor Behagen, dem winzige Schweißperlen auf der Stirn standen und Speichelfäden in den Mundwinkeln, eine Geschichte zu erzählen, die die Flurgerüchte stützte, mehr aber noch über seinen Charakter verriet. Keine Geschichte eigentlich, auch keine Zote, es war eine Indiskretion, und Dr. Mannteufel wusste sofort, dass sie für die weitere Arbeit der Organisation Konsequenzen haben würde. Er fragte sich, ob Dr. Griebenow sie gezielt zum Besten gab und, falls ja, was er damit bezweckte.

Er, Dr. Griebenow, habe eine intime Beziehung zu seiner Sekretärin, Anneliese Katsch, die eine gute Matratze sei, eine dralle Dirne, immer in Spitze und doch leicht versaut.

Etwas flegelhafter noch war es aus Dr. Griebenows Mund gekommen. Sofort erstarb das allgemeine Geplapper am Tisch. Brandtner und die Kripo-Leute sahen einander betreten an, nicht weniger verlegen waren die Sachgebietsleiter. Dr. Mannteufel starrte auf die Karos der Tischdecke, sogar der Wirt lugte, ob der plötzlichen Stille, vom Tresen zu ihrem Tisch herüber. Dr. Griebenow räusperte sich, und Dr. Mannteufel betete insgeheim, dass er schweigen möge, doch der andere fuhr unbeirrt fort: «Und wissen Sie was?»

Nein, wenigstens Dr. Mannteufel hatte nicht wissen wollen, dass Frau Katsch jahrelang die Geliebte seines Freundes

Dr. Hiller gewesen war, praktisch seit ihrem Eintritt in die Organisation, zu Zeiten des Suchdienstes noch.

Mit diesem frivolen Bekenntnis Dr. Griebenows war der Herrenabend zu Ende. Die Kripo-Leute schützten Arbeit vor, die Chefs der Länder-Sachgebiete Müdigkeit. Der Abschied vor der «Alexanderquelle» war kühl, wenn nicht gedrückt.

In den nächsten Tagen verdichteten sich die Gerüchte auf den Fluren der Villa. Und sie wurden konkreter, wobei sie sich nicht etwa um die Beziehung zwischen Frau Katsch und Dr. Griebenow drehten: Es ging – mal wieder – um finanzielle Unregelmäßigkeiten, abermals um einen Betrag jenseits der 30 000 Mark.

Dann erkrankte plötzlich Dr. Rippel, ehemaliger Leiter der Abteilung II b. Er war nach Dr. Griebenows Inthronisierung nicht in die Operative Abteilung übernommen, sondern in die Kassenstelle der Verwaltung versetzt worden, kaltgestellt, wie man tuschelte. Jetzt, hieß es, sei er von einem Tag auf den anderen in ein tiefes Koma gefallen. Sein Gehirn habe bereits derartig Schaden genommen, dass er, falls er das Bewusstsein je wieder erlangen werde, zeit seines Lebens ein Pflegefall bleibe.

Auch das war nur ein Gerücht, denn niemand, den Dr. Mannteufel kannte, hatte Dr. Rippel seit seiner vermeintlichen Erkrankung gesehen. Fakt allerdings war, dass er nicht mehr zur Arbeit in die Villa kam.

Die Synthese beider Gerüchte, ihre Zusammenführung in ein eigenes, ungeheuerliches, ließ nur wenige Tage auf sich warten: Dr. Griebenow habe, um seinen aufwendigen Lebensstil zu finanzieren, 31 500 Mark an der Buchführung vorbei in seine eigene Tasche fließen lassen. Dr. Rippel habe ihn ertappt und daraufhin versucht, ihn zu erpressen. Dr. Griebenow, nicht erpressbar, habe deshalb bei einem als

Aussprache gedachten Treffen in Dr. Rippels Privatwohnung diesen mittels einer Substanz vergiftet, die er vom chemisch-technischen Labor erhalten und in den Tee des nunmehr im Koma Liegenden gemischt habe.

Allerdings erschien Dr. Griebenow auch nach Aufkommen dieses Gerüchtes, dieses geradezu bösartigen Verdachts, täglich in der Villa. Fakt wiederum war, dass er wenige Wochen später aus der Sozialdemokratischen Partei ausgeschlossen wurde. Der «Telegraf» allerdings behauptete, er sei von der Mitgliederliste gestrichen worden, da er aus beruflichen Gründen seinen parteiinternen Pflichten nicht mehr nachkommen könne.

Die gesamte Affäre, wenngleich in Bereichen des Hörensagens angesiedelt, zog eine Verschiebung der Machtverhältnisse nach sich. Es war Dr. Griebenow, der nun zu ausgedehnten Vortragsreisen aufbrach. Er schrieb Artikel für die Presse, in denen er die Arbeit der Organisation nicht mehr erklärte, sondern rechtfertigte, was nach all den An- und Vorwürfen mehr als nötig schien. Außerdem publizierte er seitenlange Traktate im «Echo» und deckte damit insgesamt einen Großteil des Aufgabenbereiches ab, für den Dr. Mannteufel und seine Pressestelle verantwortlich waren.

De facto übernahm Brandtner in dieser Zeit die Leitung der Organisation, gestützt von Major Ross, und dies war nicht nur am Wechsel Frau Katschs in sein Vorzimmer ablesbar, sondern auch an der amourösen Beziehung, die beide miteinander begannen. Frau Katsch war ein sicherer Indikator: Sie blieb die Trophäe des Chefs.

Es war eine Juninacht des Jahres 1953, die Dr. Mannteufels Abschied von der Organisation einleitete. Ein Zufall, der ihn in einer wenig gefestigten Konstitution überraschte und von dem er sich, willensschwach, nicht zuletzt wegen seiner schwindenden Bedeutung in der Organisation überwältigen ließ. Er konnte nicht schlafen in dieser Nacht, hörte dem Ticken des Weckers zu, statt es zu vergessen, schreckte sofort hoch, wenn er in den Halbschlaf gefallen war. Eine Reise stand bevor am nächsten Tag, nach Braunschweig, wo die Organisation wie in den meisten größeren Städten Westdeutschlands eine Außenstelle besaß. Seine Aufgabe war es, die Mitarbeiter zu unterweisen, ihnen Argumente zu liefern, mit denen sie Kritiker in Schach halten konnten. Routinearbeit.

Um kurz vor drei beschloss Dr. Mannteufel, bei einem kleinen Spaziergang auf dem Grundstück der Villa etwas Luft zu schnappen. Er schlüpfte in seinen Morgenmantel, streifte Pantoffeln über die Füße und verließ die Einliegerwohnung, die sich in der zweiten Etage des Haupthauses befand. Der Teppich dämpfte seine Schritte, als er die Treppe herunterstieg, hin und wieder knarrte eine Diele. Dr. Mannteufel schloss die Eingangstür auf, und zum ersten Mal kam ihm in den Sinn, dass er der letzte Mitarbeiter war, der noch in der Villa wohnte. Anfangs war es Usus gewesen, neuen Mitgliedern eines der vielen Zimmer anzubieten. Doch mit Dr. Hillers Ausscheiden war dies unterlassen worden, ohne dass es eine ausdrückliche Weisung dazu gegeben hätte, und die verbliebenen Bewohner waren einer nach dem anderen ausgezogen.

Dr. Winter beschloss, als er aus dem muffigen Entree in die kühle, würzig duftende Mainacht trat, sich nach der Reise um eine eigene, möglichst in der Nähe gelegene Unterkunft zu bemühen. Er wollte dieses Privileg nicht, als das es ihm nun erschien, er wollte nicht, dass daraus Rückschlüsse auf seine Arbeit gezogen würden, auch wenn dies bislang nicht geschehen war.

In solche Gedanken versunken, betrat er den Garten. Es roch nach Blumen, süßlich, schwer, es war so still, dass sich Dr. Mannteufel bald auf den Klang der eigenen Schritte konzentrierte. Er lief am Pavillon vorbei, der das Ende des übersichtlichen Gartenteils markierte. Dahinter begann das Dickicht: wildes Gestrüpp, das über den Feldsteinweg hinwegwucherte und Dr. Mannteufel einige Male schmerzhaft ins Gesicht peitschte. Seine nackten Füße in den Pantoffeln wurden von winzigen Dornen zerkratzt. Es war merkwürdig, dass die Organisation keinen Gärtner einstellte und das riesige Grundstück sich selbst überließ.

Nach fast hundert Metern bog der Weg nach links ab, im rechten Winkel fast. Das Gestrüpp war hier lichter, die Bäume jedoch – verschiedene einheimische Koniferen, die nie zurückgeschnitten worden waren – standen dicht wie in einem Wald. Dr. Mannteufel beschloss, noch bis zum Schuppen, den er am Ende des Weges wusste, zu gehen und dann umzukehren. Ihn fröstelte.

Während er weiterlief, nahm er sich eine Lucky Strike aus der Packung, die er in seiner Morgenmanteltasche verstaut hatte. Aus der anderen Tasche holte er das Zippo. Er steckte sich die Zigarette zwischen die Lippen und öffnete den Deckel des Feuerzeugs. Starker Benzingeruch fuhr ihm in die Nase. Dann drehte er das Zündrädchen, und die Funken setzten den benzintriefenden Docht in Brand. Über die Flamme hinweg erkannte er bereits den Schuppen. Er ließ den Zippodeckel zuklacken und nahm einen tiefen Lungenzug: Im Schuppen brannte Licht.

Dr. Mannteufel blieb stehen. Der Schuppen, eher ein Holzverschlag, hatte eine Grundfläche von vielleicht vier Metern im Quadrat und bestand aus roh gezimmerten, verwitterten Brettern.

Jetzt wurde das Licht dunkler, ging beinahe aus, gewann wieder an Intensität. Es fiel durch ein kleines Fenster, das in die Seite des Schuppens eingelassen war und das Dr. Mannteufel, der wie versteinert auf dem Weg stand, nicht einsehen konnte. Er bemerkte nur den Schein des Lichts, der auf die nahen Bäume fiel und sich abermals verdunkelte. Gleichzeitig hörte er ein Klirren, als sei eine Tasse zu Boden gegangen und zersprungen.

Dr. Mannteufel nahm einen weiteren Zug, warf die Zigarette auf den Boden, trat sie aus und schlich, in gebückter Haltung, an der geschlossenen Schuppentür vorbei zum Fenster, unter das er sich anschließend kauerte. Atemlos trotz der kurzen Strecke überlegte er, ob sein Anschleichen zu geräuschvoll gewesen sei.

Dann vernahm er eine Stimme, eine Männerstimme. Er konnte nicht verstehen, was sie sagte, zwei, drei Sätze vielleicht, auf die, nach kurzer Pause, eine Frauenstimme antwortete. Dann wieder die Männerstimme, kürzer diesmal, dann die Frauenstimme, die nach einer längeren Erwiderung mitten im Wort verstummte. Abrupt. Keine Entgegnung des Mannes.

Dr. Mannteufel erhob sich vorsichtig und linste noch vorsichtiger über den Fensterrand ins Innere des Schuppens. Er sah einen Rücken, einen Frauenrücken in einer eng taillierten, weißen Bluse. Er sah einen blonden Dutt. Und: Er wusste, obwohl er *das* nicht sehen konnte, dass sich über der hohen Stirn der Frau ein strenger Mittelscheitel teilte. Und er sah den Mann, nein, keinen Mann, nur dessen Hände, wie sie über den Rücken der weißen Bluse wanderten, die Taille kneteten, den Nacken massierten. Riesige Hände, Pranken. Er sah den Haaransatz des Mannes über dem Kopf der Frau aufscheinen, geölt, die Spuren des Kammes wie eingemeißelt, er sah die gelben Nägel der Finger, die an einer Nadel im Dutt zogen.

Dr. Mannteufel ließ sich zurück in die Hocke sinken: Die da so innig einander umschlungen hielten, ihre Münder aufeinander gepresst, waren Mader und Frau Katsch. Dr. Mannteufel überlegte, was zu tun sei, und kam schnell zu der Einsicht, dass ihn die Sache im Prinzip nichts anging. Er konnte zwar Mader nicht leiden, doch Brandtner, dem hier offensichtlich Hörner aufgesetzt wurden, mochte er noch weniger. So gut es ging, krauchte er vom Fenster weg, dann erhob er sich, ein wenig ungestüm vielleicht, denn augenblicklich wurde ihm schwarz vor Augen, er tastete nach der Wand des Schuppens.

Eine Tür quietschte in den Angeln, er hörte einen schweren Schritt, dann noch einen, dann spürte er etwas Kaltes im Nacken, etwas Hartes, Metallisches, was den Schwindelanfall unverzüglich verfliegen ließ. Er wusste, dass es eine Walther PPK war, die Dienstpistole, die alle leitenden Mitarbeiter der Organisation besaßen, er selbst eingeschlossen. Seine allerdings lag wie immer in der obersten Schublade des Buffets.

«Wie geht's eigentlich Ihrem Vater?» Die Stimme Maders klang sarkastisch, überlegen allemal, dennoch verringerte er den Druck des Laufes und nahm dann die Waffe ganz von Dr. Mannteufels Nacken, um sie in der Leistengegend erneut aufzusetzen. Dr. Mannteufel drehte sich vorsichtig um. Das Erste, was er sah, war Anneliese Katsch, die in der Schuppentür stand. Die Haare fielen ihr in langen, goldenen Wellen um die Schultern. Sie wirkte nackter, als sie es ohne Kleidung gewesen wäre. Ihre Blicke trafen sich, sie trat zurück in den Schuppen.

Dr. Mannteufel wandte sich Mader zu und schaute ihm

in die Augen. Es kostete ihn Überwindung: «Seien Sie versichert ...», sagte er, «Sie können auf meine Diskretion ...»

«Maul halten!», unterbrach ihn Mader und wies mit der Pistole auf den Schuppen.

Frau Katsch hatte ihre Haare wieder zum Dutt hochgesteckt. Das war das Erste, das Dr. Mannteufel auffiel, als er den Schuppen betrat. Das Zweite war ein Stapel Hängeordner, die auf einer Werkbank lagen, nebst einigen ausgebreiteten Dokumenten. Sie stammten aus der Zentralkartei. Das dritte war eine weiße, lackglänzende Damenhandtasche mit goldenen Verschlussclips, in die Frau Katsch, da sie Mader und ihn hereinkommen sah, etwas hineingleiten ließ, das dem ungeübten Augen als Zigarettenschachtel erschienen wäre, von dem Dr. Mannteufel aber wusste, dass es eine der Spezialkameras war, die das chemisch-technische Labor für die Vertrauens-Leute in der Zone angefertigt hatte.

Frau Katsch warf Mader einen strengen Blick zu.

«Hinsetzen», sagte Mader und stieß Dr. Mannteufel auf einen Holzschemel. Er verstaute die Walther PPK in einem Holster, das er umgeschnallt unter dem Jackett trug.

«Ich möchte Ihnen noch einmal versichern ...», hob Dr. Mannteufel an.

«Schnauze», sagte Mader, doch diesmal ließ sich Dr. Mannteufel nicht so einfach das Wort abschneiden, und im Bewusstsein, dass Pantoffeln und Morgenmantel nicht gerade seine Autorität unterstrichen, fuhr er, die Augen starr auf die Handtasche gerichtet, fort: «... versichern, dass ich Ihre Privatangelegenheiten respektiere und die Begegnung heute Nacht, mit Ihnen beiden, diskret behandeln werde.»

«Wollen sie mich für dumm verkaufen», sagte Mader.

«Manfred!», sagte Frau Katsch.

«Übrigens», sagte Mader, und seine Stimme klang mit einem Mal weniger gereizt, gutmütig geradezu, «Sie haben meine Frage vorhin nicht beantwortet: Wie *geht* es ihrem Vater?»

«Ich verstehe nicht», sagte Dr. Mannteufel.

«Ihr Vater», sagte Frau Katsch, auch ihre Stimme war jetzt weich, «haben Sie Nachrichten von ihm?»

«Nein», sagte Dr. Mannteufel, «ich habe keine Nachrichten von meinem Vater. – Woher auch?»

«Na, dann sperren Sie mal die Lauscher auf», sagte Mader und fing an zu erzählen.

Nach einer halben Stunde stand Dr. Mannteufel wieder im Dickicht des Gartens. Mader hatte ihm ein Angebot gemacht, das mit einer Drohung garniert war, eine Erpressung, die eine Belohnung beinhaltete: Er würde ihm Auskunft über seinen Vater erteilen. Im Gegenzug erwartete er nicht nur, dass Dr. Mannteufel über den Vorfall der heutigen Nacht Stillschweigen bewahre, sondern auch, dass er die Organisation verlasse. Es sei ohnehin nur eine Frage der Zeit, bis sie sich von *ihm* trennen würde: Weder Dr. Griebenow noch Brandtner seien von seiner Loyalität und seinem Einsatz überzeugt. Beide sähen in ihm noch immer einen Günstling Dr. Hillers. Er solle sich die Sache also überlegen, seine Reise nach Braunschweig biete ausreichend Zeit, um eine Entscheidung zu fällen. Alles Notwendige würden unterdessen Frau Katsch und er in die Wege leiten.

Ein *Nein* allerdings, hatte Mader gesagt und dabei auf sein Jackett geklopft, auf die Stelle, unter der Dr. Mannteufel die Walther PPK wusste, ein *Nein* könne er keinesfalls akzeptieren.

An Schlaf war in dieser Nacht nicht mehr zu denken, und so kam Dr. Mannteufel am nächsten Tag zerschlagen und müde in Braunschweig an. Mehr denn je gingen ihm die Proleten auf den Geist, die er zu instruieren hatte, Verbrechervisagen allesamt, schlimmer noch als die in Berlin, Abschaum, der sein persönliches Versagen mit den ideologischen Formeln tarnte, die Dr. Mannteufel ihm beibrachte. Vier Tage hatte er in dieser kaputten Stadt zu überstehen. Das Zimmer, in dem er übernachtete, war ekelhaft, klamm alles, muffig, von gestern, nie gelüftet worden. Dennoch fürchtete er sich vor dem Moment, da er in die Villa zurückkehren würde.

Als er nach der halben Woche wieder in Berlin eintraf – niemand hatte ihn vom Bahnhof abgeholt, wie sonst üblich –, den Fahrer bezahlt und die Tür des Taxis zugeschlagen hatte, sah er diese Vorahnung bestätigt: Es wurde ungemütlich in der Villa. Ein Dutzend Wagen parkte vor dem Grundstück, normalerweise waren es zwei oder drei. Das gesamte Haus schien von Nervosität befallen, die Tür zum Entree stand offen, Mitarbeiter hasteten über die Flure, Telefone schrillten ununterbrochen, Stimmen allenthalben, aufgescheucht wirkend oder gereizt.

Ein Gärtner lichtete das Dickicht, das den Weg zum Schuppen verborgen hatte.

Dr. Mannteufel zog sich auf sein Zimmer zurück, packte den Koffer aus, setzte sich und wartete. Er trank Kaffee und rauchte. Lange Zeit kam niemand, niemand fragte nach ihm, sein Telefon schien das einzige im Haus zu sein, das still blieb. Als es dämmerte, hörte er ein Klopfen an der Tür. Es war Brandtner.

«Sie wissen, was passiert ist?» Er klemmte einen Fuß in die Tür, die Dr. Mannteufel nur spaltbreit geöffnet hatte.

«Nein», sagte Dr. Mannteufel wahrheitsgemäß und gab

die Tür frei. Brandtner trat ein, blitzschnell tastete sein Blick das Zimmer ab. Er trug, was Dr. Mannteufel einigermaßen befremdete, schwarze Lederhandschuhe. Es war das erste Mal, dass sie einander unter vier Augen sprachen.

«Frau Katsch ist getürmt, vergangene Nacht. Nach Ost-Berlin, wie wir vermuten. Sie hat Unterlagen mitgehen lassen. In welchem Umfang, müssen wir noch feststellen. Wahrscheinlich haben die Russen sie eingeschleust. Zu Hillers Zeiten noch.» Brandtner hielt kurz inne. Eine Lederhand knetete die andere. Dann explodierte er: «Gottverdammte Scheiße!» Die Lautstärke war enorm, der Adressat des Fluchs unklar, dahinter aber stand die geballte Kraft seines cholerischen Temperaments.

Dr. Mannteufel, dessen Puls auf Hochtouren lief, blieb äußerlich ruhig, gelassen. Er setzte, wie er es in zahllosen Pressekonferenzen, Vorträgen, Interviews zuvor getan hatte, jene Miene auf, die er das *zweite Gesicht* nannte, ein Gesicht, das Maske und Schild in einem war. Es war kaum zu erwarten, dass Brandtner in seiner Raserei dieses Gesicht durchschauen würde.

«Das ist unangenehm», sagte Dr. Mannteufel.

«*Unangenehm?*», schrie Brandtner, «mehr fällt Ihnen nicht ein?»

Dr. Mannteufel, statt etwas zu entgegnen, wandte sich ab, dem Tisch zu, auf dem die Zigaretten lagen. Er zündete sich eine an und reichte die Schachtel Brandtner, der gleichfalls eine Lucky Strike nahm und sich von Dr. Mannteufel Feuer geben ließ.

«Sie muss Helfer gehabt haben», sagte Brandtner, jetzt wieder ruhig, und blies geräuschvoll Rauch aus, «hier im Haus.»

«Was gedenken Sie zu tun?», fragte Dr. Mannteufel.

Brandtner winkte ab, er nahm einen weiteren Zug, dann

sagte er: «Lassen Sie sich was einfallen. Für die Presse. Und: Halten Sie sich zur Verfügung.» Dann ging er.

Einige Stunden später, draußen war es dunkel geworden und die Geschäftigkeit verebbt, klopfte Mader.

«Nehmen Sie», sagte er, nachdem er eingetreten war, und drückte Dr. Mannteufel einen Umschlag in die Hand.

«Was soll das?», sagte Dr. Mannteufel. Was eben bei Brandtner noch funktioniert hatte, versagte nun bei Mader. Dr. Mannteufel konnte seine Unsicherheit nicht verbergen, die Furcht, die ihm der Mann einflößte, und die Angst vor der Botschaft, die er ihm eröffnen würde.

«Papiere, ein Zugbillett. Außerdem eine Adresse, an die Sie sich wenden, wenn Sie drüben angekommen sind. Man wird Ihnen dort alles Weitere erklären. Auch, wo Sie Ihren Vater finden.»

«Vielleicht sehen Sie das anders», sagte Dr. Mannteufel, «aber ich habe mich keineswegs entschieden.»

«Papperlapapp», sagte Mader unwirsch, «Sie haben keine Wahl. Seit der Nacht letztens hängen Sie mit drin. Selbst, wenn Sie das anders sehen. Also hören Sie auf meinen Rat und machen Sie keine Sperenzchen.»

Dr. Mader nahm den Umschlag. Er merkte, dass ihm die Hand zitterte, weshalb er sie samt Umschlag hinter seinem Rücken verbarg. Und wie schon in der Nacht am Schuppen fuhr ein stechender Schmerz in seinen Hinterkopf.

«Warten Sie bis morgen Mittag», sagte Mader, «das hat seine Gründe. Gehen Sie Punkt eins aus dem Haus. Die Zugverbindung finden Sie gleichfalls im Umschlag.»

Noch in der Nacht hatte Dr. Mannteufel seinen Koffer gepackt. Am nächsten Morgen war er zeitig aufgestanden und hatte, wie schon am Tag zuvor, bei Zigaretten und Kaffee gewartet, dass etwas geschehen würde. Doch es geschah nichts. Seltsamerweise aber hatte ihn das Warten nicht zermürbt, sondern in eine konzentrierte Stimmung versetzt. Die Angst des Vorabends war wie weggeblasen, und dafür gab es zwei Gründe. Zum einen nahm er Maders Drohungen ernst, zum anderen war er bereit, die Konsequenz daraus zu ziehen: Es ging um seinen Kopf. Und es gab noch einen dritten Grund: Er wollte seinen Vater sehen.

Kurz vor zwölf Uhr stellte er den alten Volksempfänger an, so wie immer, wenn ihm dazu Zeit blieb. Er lauschte den Schlägen der Schöneberger Rathausglocke und dem Schwur des freien Berlins, den er, synchron zur Schauspielerstimme, mit tonlosen Lippen mitsprach. Dann stellte er den Apparat wieder ab. Er ging ins Badezimmer, packte Zahnbürste und Rasierzeug in ein Necessaire und verstaute es in dem handlichen Reisekoffer, der aufgeklappt auf dem Esstisch lag.

Zehn Minuten vor eins schloss er den Koffer. Er zog sein Sakko an, ein robust wirkendes, dennoch feines Kleidungsstück in Pfeffer-Salz-Musterung. An der Wohnungstür blieb er für eine Minute stehen, den Koffer in der Hand. Eine weitere Minute später drehte er sich um und ging ins Wohnzimmer zurück. Vor dem Buffet stellte er den Koffer ab, öffnete mit ruhiger Hand die oberste Schublade und nahm die in ein Leinentaschentuch gehüllte Walther PPK heraus: Sieben Patronen enthielt das Magazin, über weitere Munition verfügte er nicht. Mit der Pistole in der rechten und dem Koffer in der linken Hand schritt er wieder zur Tür. Erst hier verstaute er die Waffe in der Innentasche seines Jacketts, dort, wo sich bereits das Zugbillett befand, ebenso seine neuen Papiere. Wie auch immer Mader an seine Passfotos gekommen war, die Papiere wirkten nicht nur auf den ersten Blick echt. Zudem waren sie in zweifacher Ausführung vorhanden:

einmal als Personalausweis der Deutschen Demokratischen Republik, zum anderen als Reisepass der Bundesrepublik Deutschland.

Und seltsam: Der Name, der in beiden Dokumenten unter seinem Passfoto stand, gefiel ihm ausgesprochen gut. Er war so eingängig wie schnörkellos, und Dr. Mannteufel war sich sicher, dass er ihn bereits am Ende der vor ihm liegenden Zugfahrt als den seinen betrachten würde: Dr. Edgar Winter.

Aus dem Entree hörte er gedämpft den Schlag einer Pendeluhr: Punkt eins. Dr. Winter drückte die Klinke und trat auf den Flur.

# Aufruhr

**Seit Wochen war die Unruhe** im Land zu spüren, seit einigen Tagen gärte es auch hier in der Stadt. Es hatte mit dem Tod des revolutionären Genius begonnen, wie ihn einige Zeitungen gewürdigt hatten, mit Stalins Ableben im März, und vor allem eines hatte sich seither breit gemacht: Unsicherheit. Das Volk hoffte auf mehr Lebensmittel, auf das, was es *Freiheit* nannte, auf das Ende der deutsch-sowjetischen Freundschaft, in der es lediglich ein Geflecht knebelnder Reparationsvereinbarungen sah. Die Politik des Politbüros, auf der anderen Seite, schlingerte zwischen Unerbittlichkeit und Relativierung, was dem Volk nichts anders zeigte als Konzeptlosigkeit, ja zuweilen die schiere Angst der Regierenden durchschimmern ließ.

Karl Bender saß in seiner Wohnung, genauer, in dem kleinen Zimmer, das zwar zur Wohnung gehörte, jedoch nicht von der Familie genutzt wurde. Die Einrichtung war karg. Ein blanker Tisch, darauf ein Aschenbecher, zwei Stühle, eine Blumenampel mit Philodendrontöpfen an der Wand, eine Chaiselongue, ein Regal, das nichts sagende Vorkriegsbelletristik enthielt. Das Zimmer war weder ein Büro noch ein Wohnraum, es war ein Besprechungsort, der in der Regel zweimal monatlich genutzt wurde. Aus K*burg, der Kreisstadt, kam dann Leuschner, und sie saßen bei Kaffee und Zigaretten zusammen und tauschten sich über die Stimmung im Volk aus, in lockerem, ungezwungenem Gespräch, wie Leuschner nie müde wurde zu betonen. Bevor er sich an den Tisch setzte, zog er stets gewissenhaft die Vorhänge zu, und nie schaltete er die Deckenlampe an, selbst wenn die Dämmerung über einem ihrer Gespräche anbrach, selbst dann nicht, wenn es draußen stockdunkel war. Manchmal brachte er eine Flasche Cognac mit, von der sie während ihres Treffens zwei, drei Gläschen tranken. Zu Geburts- und Feiertagen – er vergaß nicht eines der Familienjubiläen, sogar den Hochzeitstag nicht – überreichte er Bender hübsch arrangierte Präsentkörbe, die er, der Nachbarn wegen in unbedruckten Pappkartons versteckt, in die Wohnung hochtrug. Bohnenkaffee, Butter, Schokolade für den Jungen, hin und wieder eine Thüringer Wurst oder Konserven mit eingelegtem Gemüse, was viel war in Zeiten wie diesen. Die anderen Tage des Monats blieb das Zimmer verschlossen, nur Benders Gattin betrat es einmal in der Woche, um Staub zu wischen und die Grünpflanzen zu gießen.

Bender war Leuschner auf dem Volkspolizeirevier begegnet, wo er in einer Arrestzelle saß und bang auf das wartete, was auf seine Verhaftung folgen würde. Er hatte keinen Schimmer, was *genau* es sein könnte, aber er wusste dennoch eines: dass es furchtbar werden würde. Die Behörden gingen unerbittlich gegen *Wirtschaftsstrafsachen* vor, wie sie es nannten, und eben einer solchen hatte sich Bender schuldig gemacht, wenngleich der unterschlagene Betrag gering war, denn es handelte sich um zwei Säcke Zement zu je 25 Pfennig, die er aus dem Werk hatte mitgehen lassen. Sie waren für einen Bekannten bestimmt, der sich im Hof seines Hauses Kaninchenställe mauern wollte. Im Gegenzug sollte Karl Bender ein halbes Klafter Brennholz erhalten, illegal geschlagen in den umliegenden Wäldern, was ihm die alljährliche Brennstoffbeschaffung etwas erleichtert hätte.

Nach dem, was man so hörte, war bei einem Vergehen wie dem seinen mit einem Strafmaß von einem Jahr Zuchthaus zu rechnen. Dass das stimme, bestätigte später Leuschner. Nach etwa vier Stunden war er mit dem Dienst habenden Volkspolizisten in der Zelle erschienen, und nachdem Bender gegen Quittung die persönlichen Wertsachen ausgehändigt worden waren, fuhren sie zusammen im Auto nach K*burg.

Leuschner schwieg, Bender, auf dem Beifahrersitz, wagte, starr vor Angst, kaum zu atmen. Seine Stimmung wurde nicht eben besser, als er das Gebäude erkannte, vor dem Leuschner das Auto parkte, ein berüchtigter Bau, eine Festung aus rotem Backstein – die Fenster des Souterrains und der ersten Etage waren vergittert –, die kein Normalsterblicher je wieder in dem Zustand verließ, in dem er sie betreten hatte. So sagten wenigstens die Leute.

Es war die Kreisdienststelle jener Einrichtung, die vor kurzem erst die Nachfolge der Hauptverwaltung zum Schutz der Volkswirtschaft angetreten hatte: des Ministeriums für Staatssicherheit.

Als sie ankamen, war es bereits dunkel. Die meisten der Fenster waren nicht erleuchtet, aber aus einigen wenigen fiel ein derartig kaltes, grelles Licht, dass es Karl Bender bis auf die Knochen fror. Zu den Gedanken über sein weiteres Schicksal, das ihm im Moment ungewisser denn je erschien, gesellte sich die Sorge um seine Frau und den Jungen, die nun einen halben Tag keine Nachricht von ihm erhalten hatten. Sollte die Volkspolizei sie informiert haben, war das umso schlimmer.

Ergeben und kraftlos folgte Bender Leuschner durch die Gänge der Kreisdienststelle, sie stiegen Treppen hinauf und seltsamerweise wieder hinunter, sie kletterten durch eine schwere, stählerne Luftschutztür und liefen immer wieder durch Flure, die mit ochsenblutfarbenem Linoleum ausgelegt waren und stark nach Bohnerwachs rochen.

Das Büro, in das ihn Leuschner lotste, war kahl, eine Zelle geradezu. Das Fenster ging zum beleuchteten Innenhof, wo Bender einige Mülltonnen erkennen konnte. Es gab einen Schreibtisch mit einfacher Lampe und einem wuchtigen Glasaschenbecher darauf, zwei Stühle, die sich an der Längsseite gegenüberstanden. Leuschner bedeutete Bender mit einer Geste, sich zu setzen. Er selbst nahm hinter dem Schreibtisch Platz, und erst jetzt knipste er die Schreibtischlampe an, deren Lichtkegel er ein wenig zur Seite drehte, als er sah, dass Bender geblendet wurde.

«Tja, was Sie sich da heute geleistet haben, Genosse Bender ...», sagte er und schüttelte den Kopf, als sei Bender ein schwer erziehbares Kind. Aber seine Stimme klang nicht vorwurfsvoll, nicht aggressiv, sie klang einfach nicht nach Obrigkeit, und das nahm Bender einiges von der Angst, die der vorangegangene Irrlauf durch das Gebäude noch verstärkt hatte. Trotzdem verzichtete er auf den Hinweis, dass er nicht Mitglied der Partei sei und folglich kein *Genosse*.

«Wissen Sie was?», sagte Leuschner und wirkte in diesem Moment fast freundlich, «ich hol uns einen Kaffee, und dann unterhalten wir uns, ganz ungezwungen. Von Bürger zu Bürger, wenn Sie verstehen, was ich meine.» Er grinste, stand auf und ging. Bender hörte noch eine Weile seine Schritte auf dem Flur hallen. Dann war es ruhig.

An der Wand hing ein Landschaftskalender. Man hatte vergessen, das Blatt zu wenden, und so zeigte er noch die Tage des Vormonats an.

Als Leuschner wiederkam, hatte er ein kleines Tablett dabei, auf dem zwei Kännchen Kaffee standen, nebst Tassen, einigen Stücken Würfelzucker und einem Sahnekrug. Er schenkte ein und zog dann ein silbernes Zigarettenetui aus seinem Sakko. Er reichte Bender das Etui über den Tisch, zündete sich selbst auch eine der filterlosen Zigaretten an, nahm einen Schluck Kaffee und forderte Bender auf, in aller Ruhe zu erzählen. Was ihn interessiere, sei nicht der unselige Vorfall mit den zwei Zementsäcken, das könne jedem mal passieren. Das sei, wenn es nach ihm ginge, schon vergessen. Nein, er solle einfach frei von der Leber weg aus seinem Leben berichten, wie es ihm so gehe, privat, und wie die Arbeit im Hüttenwerk laufe. Was für Probleme es gebe, hier wie dort. Er solle sich keinesfalls zieren, alles, was er sage, bleibe in diesem Raum, und: Er solle bitte vergessen, was sich die Leute auf der Straße über das Ministerium erzählten – obwohl ihn das ebenfalls interessiere –, das seien Räuberpistolen zumeist, andererseits gebe es durchaus Situationen, in denen schnell und hart durchgegriffen werden müsse. Im Falle von Diversantenorganisationen etwa, die von Westberlin und der BRD aus die DDR mit Sabotage und Desinformation überzögen. Er wolle das gar nicht weiter ausführen. Nein, dieses Gespräch solle von *unseren* Menschen handeln.

«Also», beendete Leuschner seinen kleinen Prolog, «dann schießen Sie mal los!»

Bender, der seit dem Frühstück nichts mehr gegessen hatte, begann, durch Koffein und Nikotin angeregt, sofort zu erzählen. Mag sein, dass er sich das Wohlwollen Leuschners nicht verscherzen wollte, mag sein, dass die Müdigkeit seine Zunge lockerte. Er war überdreht, er redete und redete, obwohl er es nicht gewohnt war. Normalerweise tat er sich mit Worten schwer, im Schriftlichen noch mehr als mündlich. Er war alles andere als ein Intellektueller, er war *Arbeiter* und das in der x-ten Generation. Sein Vater: Landarbeiter. Dessen Vater: Landarbeiter. Seine Frau, die er noch im Schlesischen kennen gelernt und während des Kriegs dort geheiratet hatte, entstammte einer Dynastie von Knechten und Mägden, Handlangern von Großbauern und kleinen Junkern. Auch sein Sohn würde einmal in der Hütte arbeiten, und auch dessen Sohn, eines Tages.

Und *weil* er Arbeiter war, traute er an normalen Tagen Leuten wie Leuschner nicht über den Weg. Besonders dann nicht, wenn sie im früheren Leben selbst einmal Arbeiter gewesen waren. In dieser Nacht jedoch war dieses instinktive Misstrauen schlichtweg nicht da, und Karl Bender redete sich in Rage. Nach anfänglichen Schwierigkeiten, Wortwahl und Satzbau betreffend, gefiel ihm das Reden sogar. Er gewöhnte sich rasch an den Klang seiner Stimme, und wenig später schon war er in der Lage, während des Sprechens über den folgenden Satz nachzudenken.

Leuschner war allerdings auch ein perfekter Zuhörer. Er saß entspannt auf dem Stuhl, nahm hin und wieder einen Schluck Kaffee, blieb aber immer konzentriert: ein offenes, freundliches Gesicht, das auf bewegende Stellen in Benders Bericht mit kleinen mimischen Veränderungen reagierte, in dessen Ausdruck Bender genau das widergespiegelt fand, was er gerade erzählte. Selten hakte Leuschner nach, vorsichtig, tastend. Respektvoll, wie Bender fand.

Als Leuschner ihn gegen halb zwei Uhr morgens vor dem Haus in der Poststraße wieder absetzte, fragte er zum Abschied, ob sie diese kleinen Gespräche nicht in regelmäßigen Abständen fortführen sollten. Er habe bemerkt, wie gut es Bender tue, sich all die Bedrängnis von der Seele zu reden. Im Übrigen, fügte er schnell hinzu, habe sich die Sache mit den Zementsäcken natürlich erledigt. Vertrauen gegen Vertrauen. Falls er wieder einmal etwas benötige, das die Volkswirtschaft des Landes nicht unmittelbar zur Verfügung stellen könne – an dieser Stelle lachte er herzhaft –, solle er sich ohne Umschweife an ihn, Leuschner, wenden.

Benders Euphorie war während der Fahrt aus der Kreisstadt verflogen. Stumm hatten sie nebeneinander gesessen, waren in die schlafende Stadt hineingefahren, in der nur die Hütte leuchtete, und nun, da Leuschner eine Zusage von ihm erwartete, merkte Bender, dass ihn das Schweigen zurückhatte. Auch Leuschner schien das bemerkt zu haben.

«Überlegen Sie es sich in Ruhe», sagte er. «Und grüßen Sie Ihre Frau und Ihren Sohn.»

Bender, der auf dem Gehsteig stehen geblieben war, sah dem Wagen hinterher, bis er am Hotel «Jäger» um die Ecke gebogen war.

«Wir brauchen solche interessierten Beobachter wie Sie», sagte Leuschner, als sie einander das nächste Mal begegneten. Wieder nicht ganz freiwillig, was Bender betraf. Leuschner hatte ihm nach Ende der Frühschicht vor dem Betriebstor aufgelauert. Bender war müde. Außerdem befürchtete er, dass ihn die Kollegen mit Leuschner sehen könnten. «Wir sollten ein Stück laufen.»

«Wenn's sein muss», sagte Bender und ließ sich von Leuschner in den nahe gelegenen Park geleiten.

Dort, auf einer Bank, und das empfand er durchaus als aufdringlich, fragte ihn Leuschner, wie es im Allgemeinen mit seiner Haltung zum Sozialismus stehe und dessen Verwirklichung auf deutschem Boden.

Bender wusste, was man bei solcher Gelegenheit zu sagen hatte, und antwortete in diesem Sinne. Er wollte endlich ins Bett.

Mag sein, dass es abermals die Müdigkeit war, die Karl Bender jeden weiteren Vorstoß Leuschners mit einem schlappen *Ja* oder *Na gut* oder *Wenn Sie meinen* parieren ließ, am Ende des kurzen Gesprächs auf der Parkbank jedenfalls hatte Leuschner ihm ein Arrangement aufgenötigt, das ebenjene zwei Treffen im Monat vorsah, die seither im kleinen hinteren Zimmer der Wohnung abgehalten wurden, das bis dahin Spielzimmer des Jungen gewesen war. Leuschner übernahm anteilig die Miete, und Bender bestand darauf, dass das Zimmer nicht mehr von der Familie genutzt wurde, obwohl Leuschner nichts dergleichen verlangt hatte.

Die Gespräche wurden für Bender schnell eine Routine, die er von Mal zu Mal gelassener ertrug. Nach einigen Sitzungen verschwand seine Aufregung ganz, genau wie das schlechte Gewissen, das ihn anfänglich geplagt hatte. Um es niederzuringen, hatte er sich vorgenommen, keine Namen zu erwähnen. Leuschner schien das nicht zu stören. Also sprach Bender vor allem von den Alltagssorgen der Leute, über die ohnehin jeder Bescheid wusste, von der schlechten Versorgung mit Lebensmitteln etwa und der mangelnden Verfügbarkeit von Waren des täglichen Bedarfs, von der als unangemessen empfundenen Härte der Justiz bei Bagatelldelikten, der Unzufriedenheit mit bürokratischen Funktionären, der miserablen Arbeitsorganisation in der Hütte, den unregelmäßigen Rohstofflieferungen.

Nie schrieb Leuschner bei einer der Sitzungen mit, nie drängte er Bender, mehr zu erzählen, und: Er war stets gut gelaunt. Das sollte sich erst an einem Tag im Winter des Jahres '52 ändern. Draußen war es bereits dunkel, das Wetter ungemütlich, Schneeregen und eisiger Wind, in der Wohnung waren die Kachelöfen befeuert. Der Junge war noch im Schulhort, Benders Frau hatte Spätschicht im Emaillierwerk.

Wie üblich hatte sich Leuschner mittels einer kleinen Notiz angekündigt, die im Briefkasten steckte, ein Zettel, auf dem in roter Tinte nur Datum und Uhrzeit standen, und wie gewöhnlich war es ein Zeitpunkt, da Bender alleine in der Wohnung war. Er hatte keine Ahnung, wer diese Zettel einwarf, wunderte sich allerdings immer wieder, dass Leuschner recht gut über den Tagesablauf der Familie Bescheid zu wissen schien, die Schichtpläne eingeschlossen.

Schon an der Wohnungstür fiel Bender auf, dass mit Leuschner heute etwas anders war. Er wirkte fahrig, etwas nervös, zwang sich aber dennoch zu einem Begrüßungslächeln. Dann marschierte er direkt in das kleine Zimmer, zog die Vorhänge zu, ließ den Lichtschalter unberührt, setzte sich an den Tisch und entnahm seiner Aktentasche eine kleine Flasche einheimischen Weinbrands. Bender holte zwei Gläser aus der Küche, die Leuschner großzügig füllte. Sie stießen an. Bender wartete auf die Einladung, mit dem Berichten zu beginnen, doch Leuschner schenkte sich bereits das nächste Glas nach, steckte sich dann eine Zigarette an und schwieg weiter. Als sei er sehr erschöpft, als müsse er sich sammeln. Auch Bender nahm eine Zigarette. Es war seltsam, mit Leuschner hier im Dunkeln zu sitzen. Bender konnte dessen Gesicht nicht erkennen, nur wenn Leuschner an der Zigarette zog, tauchte es kurz im rötlichen Schein der Glut auf.

«Kennen Sie einen gewissen Nikolajewitsch?» Minuten mochten vergangen sein, bevor Leuschner mit der Frage rausrückte, so unvermittelt, dass Bender, der sich bereits in Dunkelheit und Ruhe eingerichtet hatte, erschrak.

Leuschner drückte die Zigarette aus. «Keine Bange. Was ich sagen will: Ist Ihnen dieser Name ein Begriff?»

Natürlich kannte Bender Nikolajewitsch, jeder in der Stadt kannte Nikolajewitsch. Er war so etwas wie der Dorftrottel, der, dem die Kinder gehässige Sachen hinterherriefen, dessen schlurfenden Gang sie hinter seinem Rücken imitierten. Erwachsene schauten geniert zur Seite, begegneten sie ihm auf der Straße, Betrunkene wurden aggressiv, sahen sie ihn.

Nikolajewitsch war schon in der Stadt gewesen, als Bender, gerade aus der Gefangenschaft entlassen, hier seine Frau wiedergetroffen hatte, halb aus Zufall, halb durch die Vermittlung entfernter Bekannter. Damals war das einzig Merkwürdige an Nikolajewitsch der Name, ein Kampf- oder Kosename – wer wusste das –, den er sich vermutlich selbst gegeben hatte. Anfangs hatte er noch in der Hütte gearbeitet, ein Hüne, ein Bild von einem Mann, ein Frauenschwarm: vernarbtes Gesicht, volles Haar, muskulös, jugendlich wirkend.

Bald aber war er aus der Hütte verschwunden, niemand wusste, warum, Arbeiter wurden schließlich händeringend gesucht, wegen des Aufbaus der Schwerindustrie, und die Hütte war schon damals eine SAG gewesen, eine sowjetische Aktiengesellschaft, deren Gewinne direkt nach Moskau flossen.

In der Stadt hielt sich Nikolajewitsch nach wie vor auf, er wohnte in einem Haus in der Unterstadt und hatte dort einem ehemaligen Kollegen Benders Unterschlupf gewährt, einem gewissen Wattig, der später die Buchhandlung übernehmen und Stadtchronist werden sollte.

Wie Nikolajewitsch sein Geld verdiente, konnte keiner sagen. Er hatte einen kleinen Haufen Männer um sich geschart, teils junge Arbeiter der Hütte, teils noch Schüler, mit dem er in der Stadt Propaganda betrieb. Sie stellten sich in die Einkaufsstraße und sprachen Passanten an, sie verteilten Flugblätter, sie tauchten abends in den Kneipen auf und agitierten die müden Männer, die dort ihr Bier tranken. Immer im Trupp, alle in Lederjacken, ein bedrohlicher Anblick. Die Leute begannen sich zu beschweren, in der Hütte, im Rathaus, bei der Volkspolizei. Ein Parteifunktionär aus K\*burg kam und sah sich die Flugblätter genauer an: Sie warben durchaus für den Kommunismus, priesen die klassenlose Gesellschaft, den Sieg des Proletariats, dieser ganze Tinnef eben …

«Na, na», sagte Leuschner aus dem Dunkeln heraus.

«Oh, ich meinte natürlich …», sagte Bender.

«Schon gut», sagte Leuschner.

… also: sie taten es *privatistisch*, wie der Funktionär feststellte, mit einem nihilistischen Unterton und mit einer moralischen Keule, die so groß war, dass sie *alles* plätten und *jeden* niederstrecken würde. In der Konsequenz sei es ein Kommunismus der Abschaffung des Menschen, so jedenfalls hatte der Gewerkschaftsmensch vom FDGB die Ansichten des Funktionärs zum Thema Nikolajewitsch den Kollegen beim Mittagessen in der Kantine referiert.

Nach dieser Visite des K\*burger Funktionärs machte sich Nikolajewitsch rar auf den Straßen der Stadt. Er musste eine Verwarnung erhalten haben, einen Dämpfer, allerdings wunderte sich so mancher, dass sein wirres Politgeschwätz nicht weiter reichende Folgen gehabt hatte. Seine Lederjackentruppe löste sich auf, er zog aus der Wohnung in der Unterstadt weg, und selbst Wattig wusste nicht, wohin.

Was jedoch auffiel, wann immer man ihm von nun an begegnete, war neben dem Kinderpulk, der ihn umschwirrte wie ein Fliegenschwarm, sein Alter, d. h. die Geschwindigkeit, in der er alterte, im Zeitraffer geradezu, er schien *sichtbar* zu verfallen, im Wochenrhythmus. Und: Er ließ sich gehen.

Seine einst so akkurate Frisur hatte sich zu einer Mähne aus-
gewachsen, den Großteil seines Gesichts verbarg ein zottiger
Bart. Er trug weite lehmfarbene Hemden, sackartige, gleichfalls lehmfarbene Hosen und Sandalen aus Bast, in denen
seine nackten Füße selbst im Winter steckten.

«Ja, ja, all das weiß ich bereits, danke trotzdem», sagte
Leuschner.

Bender nahm einen Schluck Weinbrand, denn vom Reden
hatte er einen trockenen Mund bekommen, und er zündete
sich eine frische Zigarette an.

«Man macht sich Sorgen um Nikolajewitsch», sagte
Leuschner.

«Wer macht sich Sorgen?», fragte Bender.

«Die da oben.»

«In K*burg?»

«In *Berlin*», sagte Leuschner, «*ganz* oben. Im Ministerium.
Und deshalb möchte ich Sie um einen Gefallen bitten. Keine
große Sache, Sie brauchen nicht zu erschrecken. Es geht um
Wattig, Sie erwähnten ihn selbst. Frischen Sie die Bekanntschaft etwas auf. Er hat lange mit Nikolajewitsch zusammen-
gewohnt. Vielleicht weiß er doch mehr, als wir glauben.»

«Den Wattig kenn ich wirklich nur flüchtig», sagte Bender.

«Dann versuchen Sie eben, ihm ein wenig näher zu kommen», sagte Leuschner, «gönnen Sie Ihrem Jungen ein paar
Bücher. Lesen bildet, Sie wissen doch.» Er nahm seine Aktentasche vom Boden, kramte kurz darin herum und zog seine
Brieftasche hervor. Er entnahm ihr ein paar Geldscheine und
klemmte sie unter den Aschenbecher.

«Und gehen Sie auch dort ab und zu mal vorbei», fuhr
Leuschner fort, «Eisenbahnstraße 9. Sind nur ein paar Meter

von hier, direkt um die Ecke vom ‹Jäger›. Da nämlich hat unser Freund Nikolajewitsch Quartier bezogen. Ein Zimmer in der Mansarde. Manchmal wissen wir eben doch mehr als Stadtchronist Wattig.»

«Ich kann doch nicht einfach vorbeigehen und klingeln», sagte Bender, «ich kenne den Mann doch …»

«Sie sollen nicht *klingeln*», unterbrach ihn Leuschner, und seine Stimme klang leicht gereizt, «einfach einen kleinen Spaziergang machen, wenn Sie von der Arbeit kommen, meinetwegen, mal auf den Hof treten und sich umsehen, schauen, ob Licht brennt, ob Leute ein und aus gehen.»

«Vertrauen gegen Vertrauen», sagte Leuschner, als sie sich wenig später an der Wohnungstür verabschiedeten. Er richtete den ausgestreckten Zeigefinger der rechten Hand auf Benders Brust. Dann stieg er die Treppe hinunter.

Karl Bender ging in den nächsten Wochen tatsächlich regelmäßig in Wattigs kombinierte Schreibwaren- und Buchhandlung, meist mit dem Jungen an der Hand, was ihm nicht nur mehr Sicherheit im Auftreten verschaffte, sondern die häufigen Besuche im Laden auch plausibel erscheinen ließ. Der Junge freute sich über die neuen Bücher, und Wattig freute sich, dass es noch Väter wie Bender gebe, denen die Herzens- und Geistesbildung ihrer Sprösslinge etwas bedeute, keine Selbstverständlichkeit in einer Arbeiterstadt wie dieser.

Während der Junge in einer Ecke des Ladens saß und Bücher durchsah, die Wattig für sein Alter passend gefunden und aus den Regalen gezogen hatte, unterhielten sich die Männer am Verkaufstresen, manchmal bei einer Tasse Tee, den Wattig mittels eines russischen Samowars braute. Meist redete Wattig, über Bücher, über Pädagogik, über die

Schönheiten der heimischen Natur. Einmal nur hatte Bender sich nach Nikolajewitsch zu erkundigen gewagt, aus dem Gespräch heraus, unverdächtig, wie er fand, und Wattig hatte freundlich und ohne Argwohn geantwortet, dass er keinen persönlichen Kontakt mehr pflege, aber nie die Großherzigkeit vergessen werde, mit der ihm Nikolajewitsch durch die schweren Anfangstage geholfen habe.

Leuschner erzählte Bender, dass er schon viel vertrauter mit Wattig geworden sei, beinahe schon befreundet. Und er hatte ein gutes Gefühl dabei, denn schließlich war das nicht einmal gelogen.

Auch das Haus an der Eisenbahnstraße suchte er einige Male auf, nach der Arbeit oder spätabends, wenn der Junge schon im Bett lag. Einmal hatte er Nikolajewitsch sogar gesehen, wie der aus der Toreinfahrt getreten war. Wieder zu Hause, hatte er sofort das Datum notiert, einschließlich der exakten Uhrzeit, doch Leuschner schien nicht sonderlich begeistert zu sein, als Bender ihm diese Begegnung als Höhepunkt seiner Observationstätigkeit verkaufen wollte. «Bleiben Sie am Ball», knurrte er lediglich. Weshalb Bender eine Tabelle, sauber auf Millimeterpapier gezeichnet, anlegte, in die er das Datum jedes seiner künftigen Besuche in der Eisenbahnstraße eintrug. Diesem folgten zwei Spalten, die eine mit «Licht an» überschrieben, die andere mit «Licht aus». Je nachdem, was er im Mansardenfenster gesehen hatte, machte er entweder hier oder dort ein kleines Kreuz.

Er beendete seine Gänge in die Eisenbahnstraße an dem Tag, da im zweiten Stock ein Fenster aufging, sich eine alte Frau in Kittelschürze herausbeugte und ihn mit schriller Stimme anschrie. Sie sehe ihn nun schon seit Wochen um das Haus streunen, tagsüber wie auch des Nachts, was zum Henker er hier zu suchen habe. Falls er sich noch einmal blicken lasse, müsse sie die Polizei verständigen. Sie habe genauestens Buch darüber geführt, an welchem Tag und zu welcher Uhrzeit er hier herumgelungert habe, schrie die alte Schachtel und wedelte dabei mit einer Kladde aus dem Fenster.

Seit diesem Tag fingierte Bender seine Besuche in der Eisenbahnstraße, d. h., er schrieb einfach ein Datum in seine Tabelle und setzte das Kreuz nach Belieben in eine der beiden Spalten. Nach einer Weile kreuzte er nur noch «Licht aus» an, was einen entscheidenden Vorteil hatte: Wenn Nikolajewitsch nicht zu Hause war, gab es nichts weiter zu beobachten und folglich nichts zu berichten.

Eines schönen Tages dann, im März, war plötzlich der revolutionäre Genius tot gewesen. Wie bei den meisten Arbeitern der Hütte hielt sich auch Karl Benders Trauer in Grenzen. Überhaupt kannte er niemanden, den dieser Tod wirklich berührt hätte. Ausgenommen Leuschner. Der meldete sich erstmals per Telefon bei ihm. Im Werk. Was Amtliches, hatte der Gewerkschaftsmensch vom FDGB, der gleichzeitig ihr Brigadier war, zu Bender gesagt und ihn von der Stanze weg in sein Büro geschickt, wo auf ölverschmiertem Tisch der schwarze Bakelithörer lag, an dessen anderem Ende Leuschner wartete.

Die Trauer sei unendlich, die Situation unklar: Man müsse nun abwarten, was die Genossen in Moskau täten, das hiesige Politbüro würde sich dann mit dem dortigen abstimmen. Es werde alles seinen Gang gehen. Was sie beide betreffe, ihre Gespräche, so seien diese fürs Erste ausgesetzt. Er habe im Moment schlichtweg keine Zeit, bitte aber Bender, die beiden Personenvorgänge weiter zu bearbeiten. Für den Fall, dass etwas Wichtiges passiere oder er relevante Neuigkeiten zu berichten wisse, solle er sich telefonisch an die Kreisdienststelle wenden. Man werde Bender dann mit ihm, Leuschner, verbinden.

Anders als Leuschner vorhergesagt hatte, stimmte sich das hiesige Politbüro nicht mit dem in Moskau ab. Im Namen der Arbeiter beschloss es eine zehnprozentige Normerhöhung, eine freiwillige. Das war Ende Mai. Außerdem wurden die Preise in den Läden der HO angehoben, und allen, die man für privilegiert hielt, entzog man die Lebensmittelkarten. Das Volk wurde unmutiger. Anfang Juni bestellte das Politbüro der KPdSU den Vorsitzenden des hiesigen Politbüros zusammen mit dem Präsidenten nach Moskau. Im Kreml machte man sich Sorgen. Die Maßnahmen seien zu hart, sie träfen das Volk, sie schadeten ihm, und sie schadeten dem sozialistischen Aufbau, obgleich sie in seinem Namen veranlasst worden seien. Man verlangte – und zwar unmissverständlich – eine Rücknahme. Die wurde Anfang Juni offiziell verkündet, am 11., um genau zu sein, eingebettet in ein Paket von anderen Vorhaben. So wollte man etwa die Versorgung mit Konsumgütern verbessern und Interzonenreisen erleichtern. Diese Politik des *Neuen Kurses* war das Eingeständnis der vorangegangenen Fehler. Doch sie half nicht mehr: Es war zu spät, zumal die Normenvorgaben nicht revidiert wurden.

Karl Benders Leben war seit Stalins Tod fast wieder so gewesen wie vor dem Diebstahl der zwei Zementsäcke und jener Begegnung mit Leuschner, die er mittlerweile als die Strafe für sein Vergehen ansah. Leuschner hatte sich nicht mehr gemeldet, Bender seine vorgetäuschte Observation von Nikolajewitschs Mansardenwohnung eingestellt, und auch zu Wattig ging er nur noch, wenn er Briefumschläge,

Bindfäden oder Packpapier brauchte. Die alltäglichen Probleme, die Leuschner durchaus zu bewältigen geholfen hatte, nahmen ihn wieder in Beschlag, in erster Linie die Lebensmittelbeschaffung, und so war er genauso aufgebracht wie alle Arbeiter, als ihr Brigadier und Gewerkschaftsmann mit vor Empörung bebender Stimme die Normerhöhung verkündet hatte.

Bis Mitte Juni staute sich die Wut der Arbeiter an – der Neue Kurs wurde lediglich höhnisch zur Kenntnis genommen – und verschaffte sich am 15. erstmals Luft. Die Spätschicht des Walzwerkes forderte die sofortige Rücknahme der Normen. Einen Tag später stellten die Arbeiter der Gießerei ein Ultimatum: Sollte sich die Betriebsleitung dazu entschließen, die skandalösen Forderungen des Politbüros weiterhin durchzusetzen, werde man zu Kampfmaßnahmen greifen. Das Ultimatum endete am 17., Punkt zehn Uhr.

Trotz des Zorns im Volk waren diese Wochen nicht in Trübsinn verstrichen. Im Gegenteil: Zumindest Karl Bender schien es zuweilen, als befinde sich die gesamte Stadt in Aufbruchsstimmung, eine Bewegung, die noch keine Richtung gefunden hatte. Natürlich: Es gärte, doch als bedrohlich konnten das nur jene empfinden, die obenauf saßen und den Deckel zuhielten. Man diskutierte abends in den Kneipen und Biergärten, in denen die Saison begonnen hatte. Vor die alltäglichen Probleme, die keineswegs kleiner wurden, traten mit einem Mal Fragen grundsätzlicher, politischer Natur. Nicht zuletzt Flugblätter aus dem Westen, die vermehrt in der Stadt kursierten, befeuerten die Debatten.

Lag es daran, dass er jetzt selbst viel in der Stadt unterwegs war, oder an dem milden Frühsommerwetter, jedenfalls begegnete Bender in diesen Tagen des Öfteren Nikolajewitsch: ein alter Mann, Mitleid erregend. Dennoch geriet Bender innerlich in Rage, wann immer er ihn sah, denn Nikolajewitsch erinnerte ihn stets an Leuschner, den er ansonsten erfolgreich verdrängt hatte und der umso furchteinflößender wurde, je länger er nichts von sich hören ließ. Die Hoffnung, ihn nie wieder sehen zu müssen, hatte Bender nicht. Und tatsächlich meldete sich Leuschner zurück, exakt am 17. Juni, dem Tag des Aufstands.

Bender hatte Frühschicht. Leichter als sonst kam er aus dem Bett hoch, die Frau und der Junge schliefen noch. Er ging in die Küche, bereitete sich einen starken Bohnenkaffee, ausnahmsweise nicht gestreckt, aus den Vorräten, die noch von Leuschner stammten. Damit setzte er sich an den Küchentisch, trank genüsslich und rauchte dazu, wie es ihm zur Gewohnheit geworden war, die erste Zigarette. Als er fertig war, goss er aus dem Kessel den Rest des heißen Wassers in die Waschschüssel, schäumte sich mit einem Pinsel das Gesicht ein und rasierte sich konzentriert, fast pedantisch. Er beendete die Prozedur mit ein paar Händen kalten Wassers, die er sich ins Gesicht schlug: Jetzt war er wach.

Dann verstaute er das Pausenbrot, das seine Frau am Abend vorbereitet hatte, in der speckigen Aktentasche und verließ das Haus.

Trotz der frühen Stunde, es mochte halb fünf sein, der Morgen dämmerte, die Luft war klar und kalt, waren mehr Menschen als gewöhnlich auf der Straße. Leichten Schrittes lief Bender die Poststraße hinunter in Richtung Werk, grüßte Bekannte, pfiff ein Lied. Er war gut gelaunt, die Ereignisse der letzten zwei Tage deuteten darauf hin, dass dieser Tag kein gewöhnlicher Arbeitstag werden würde. Zwischen den Spinden im Umkleideraum diskutierten die Männer, redeten durcheinander, gestikulierten. Sie waren heute weit weniger verschlafen als sonst. Selbst die Arbeiter der Nachtschicht machten keinen müden Eindruck. Sie hatten nur bis ein Uhr gearbeitet, dann aufgehört, ein erstes Zeichen an die Betriebsleitung. Auch Benders Schicht ging nach der Frühstückspause nicht an die Maschinen zurück. Ausgerechnet der Gewerkschaftsmensch vom FDGB, ihr Brigadier, legte ihnen nahe, in der Kantine zu bleiben, wo immer mehr Arbeiter eintrafen, einschließlich der Frauen aus dem Emaillierwerk. Später kamen sogar Leute aus der Nachtschicht hinzu, in Alltagskleidung, die nur ein, zwei Stunden geschlafen hatten, um sich die folgenden Stunden nicht entgehen zu lassen, Männer, deren Schichten erst am Mittag oder späten Nachmittag begannen, fanden sich ein.

Schnell war die Kantine von einem mächtigen Stimmendurcheinander erfüllt. Es ging auf zehn Uhr zu, das Ultimatum rückte näher, und noch immer hatte sich niemand aus der Betriebsleitung zu den Forderungen geäußert. Kurz vor zehn machte das Gerücht die Runde, die Arbeiter des Möbelwerkes in der Unterstadt seien in den Streik getreten und befänden sich auf dem Marsch zum Rathaus. Neben der Rücknahme der Normen verlangten sie den Sturz der Regierung, freie Wahlen und die Wiederherstellung der Einheit Deutschlands. Sie würden Schilder mit Karikaturen des Spitzbarts, Ulbricht, mit sich führen. Außerdem Fahnen, aus denen das Emblem der Deutschen Demokratischen Republik, Hammer und Zirkel im Ährenkranz, herausgeschnitten worden sei.

Jemand aus dem Walzwerk, Bender kannte ihn nur vom Sehen, sprang auf einen Kantinentisch: Das Stimmengewirr verebbte. Er rief die Arbeiter auf, sich den Kollegen anzuschließen und gleichfalls vor das Rathaus zu ziehen. Da die Betriebsleitung bis jetzt – er hielt kurz inne und sah zu der großen Kantinenuhr hinüber, wo der Sekundenzeiger just in diesem Moment die Zwölf übersprang, um die zehnte Stunde des Tages einzuleiten –, bis jetzt nichts, aber auch gar nichts bezüglich ihres Ultimatums von sich habe hören lassen, werde man in den Streik treten.

Er fuhr fort zu sprechen, doch der Rest seiner Rede ging im lärmenden Jubelgeschrei unter.

Während die Arbeiter auf dem Weg zum Rathaus waren – es lag keine fünfhundert Meter vom Haupttor des Werks entfernt, gegenüber dem Park, in den Leuschner Karl Bender einst geführt hatte –, kamen weitere Gerüchte auf. In K*burg, der Kreisstadt, sei das Gefängnis gestürmt worden. Die Protestierenden hätten die Freilassung aller politischen Gefangenen gefordert, vor allem aber all jener Inhaftierter, die wegen so genannter Wirtschaftsstrafsachen einsaßen, Vergehen am sozialistischen Eigentum, so wie Karl Bender sich eines zuschulden hatte kommen lassen. Praktisch jeder besaß einen Verwandten oder Bekannten, der deswegen eingesperrt war. Im Laufe der Auseinandersetzung vor dem Gefängnis seien Schüsse gefallen. Der aufgebrachten Menge sei es dennoch gelungen, mittels eines Lastkraftwagens das Tor zu öffnen. Der Gefängnisleiter habe sich in Zivil absetzen können, die Wachleute hätten endlich dem Druck der Protestierenden nachgegeben und sämtliche Zellen aufgeschlossen. Zusammen mit ihren Befreiern seien die Häftlinge auf den Marktplatz marschiert, wobei der Zug eine nicht unerhebliche Spur der Zerstörung hinter sich gelassen habe. Vor allem Schaufenster der staatlichen HO-Läden seien zu Bruch gegangen. Darüber hinaus verschiedene Verwaltungsbüros, die an der Wegstrecke lagen. Auch seien mehrere Brände gelegt worden, es sei zu kleineren Plünderungen gekommen. Seit zwei Stunden würde obendrein ein Gebäudekomplex der Kasernierten Volkspolizei belagert, die sich seit Tagen in Alarmbereitschaft befinde und nunmehr auf den Befehl warte, auszurücken, um den Aufruhr in der Stadt niederzuschlagen. Bislang allerdings sei der Befehl ausgeblieben. Noch schien man die direkte Konfrontation mit den Belagerern zu scheuen.

Ein weiteres Gerücht schließlich besagte, dass russische T 34-Panzer in Stellung gingen, unter anderem am Marktplatz von K\*burg, wo zur Stunde eine antikommunistische Kundgebung abgehalten würde.

Als Karl Bender und die anderen Arbeiter der Hütte auf dem Rathausplatz eintrafen, wurden sie überschwänglich begrüßt. Hunderte befanden sich bereits dort: Arbeiter der Möbelfabrik, Schüler, Rentner, Angestellte.

Vor dem Eingang des Rathauses parkte ein LKW, auf dessen Ladefläche eine Rednertribüne aus Brettern, Nägeln und einigen Stoffbahnen errichtet wurde. Bender erkannte ein elektrisches Megaphon, das, den Trichter nach unten, auf der Fahrerkabine des LKWs stand. Immer mehr Menschen strömten auf den Platz, die Menge begann sich zu verdichten, hier und da wurden Parolen gerufen, witzig und gereimt die einen, aggressiv die anderen. Jemand stimmte das Deutschlandlied an, in das die Leute, nach anfänglicher Irritation, zunächst zaghaft und unsicher einfielen, das sie spätestens nach der zweiten Strophe jedoch kraftvoll und inbrünstig mitsangen. Überall, auch im Zug der Hüttenarbeiter, wurden jetzt Transparente und Tafeln hochgehalten und ebenjene Fahnen geschwenkt, in denen das Staatsemblem fehlte.

In den vorderen Reihen brüllten einige Stimmen um Ruhe, und nach kaum einer Minute schwieg die Menge tatsächlich. Es war so leise, dass man die Rückkopplung des Megaphons hören konnte, das vorne eingeschaltet wurde.

Das Seltsamste aber in diesem denkwürdigen Augenblick war das Schweigen der Hütte. Das riesige Areal, das sonst dröhnte, ratterte, aus dem Hammerschläge hallten und die Geräusche rangierender Lokomotiven kamen, lag still und wie ausgestorben da.

Von dem LKW herab begann jemand eine Rede zu halten, mit sicherer Stimme, forsch im Ton, was den Leuten gefiel. Er stellte sich als Arbeiter des Möbelwerkes vor. Seine Forderungen, die er in Richtung Rathaus sprach, das heute stellvertretend für die Staatsmacht stehe, waren nicht neu: bessere Lebensbedingungen, Freiheit, Einheit des Vaterlandes, Neuwahlen, Abschaffung der Normen. Lediglich den Wunsch nach unabhängigen Gewerkschaften hatte Karl Bender noch nie gehört oder gar selbst gehabt. Bei genauerer Betrachtung aber hatte er etwas für sich, wie er jetzt fand.

Als Nächster sprach ein Arbeiter der Hütte, der nichts anderes erzählte als sein Vorredner, jedoch unsicherer wirkte. Beifall kam nur auf, als er die Menge aufforderte, zusammenzuhalten: Nur so wären sie stark und könnten erkämpfen, was ihr Recht sei.

Dann ergriff jemand – und das war eine kleine Sensation – von der Einheitspartei das Megaphon, der sich mit den Forderungen der Arbeiter solidarisierte. Die Reaktionen der Zuhörer schwankten, viele buhten ihn aus, andere spendeten Beifall. Noch einmal trat der Arbeiter aus der Möbelfabrik auf die Tribüne: Er erklärte die Kundgebung für beendet, sie sollten in die Betriebe zurückkehren und dort die Stellung halten, schließlich befänden sie sich im Streik, dies sei kein Urlaubstag.

Das Ganze hatte nicht mehr als eine Dreiviertelstunde gedauert. Die Arbeiter zogen ab. Karl Bender und seine Kollegen aus dem Stanzwerk waren unter den Ersten, die durch das Haupttor wieder ins Werk marschierten – und augenblicklich stoppten, um instinktiv eine geschlossene Formation zu bilden.

Sie hatten, als sie zum Rathaus gezogen waren, ein paar Männer zurückgelassen, die das Tor sichern sollten. Offenbar waren es zu wenige gewesen: Auf dem Werksgelände parkten drei Mannschaftswagen der Kasernierten Volkspolizei. In Reihen aufgestellte Polizisten, jeder einzelne einen Schlagstock in der Hand, versperrten den Weg in die Werkshallen und zur Kantine. Hinter ihnen warteten einige Zivile, dreißig Mann vielleicht, von denen sich nicht sagen ließ, ob sie zur Staatssicherheit gehörten oder einfach nur Parteitreue waren. Der Kleidung nach zu urteilen, befanden sich auch Arbeiter darunter.

Immer mehr Hüttenwerker rückten vom Rathausplatz nach. Sie drängten auf das Werksgelände, ohne zu wissen, was sie dort erwartete. Bender und seine Kollegen standen noch immer dicht nebeneinander, die Arme jetzt untergehakt, doch dem steigenden Druck der hinteren Reihen mussten sie schließlich nachgeben. In dem Moment, da die Kette riss, kam Bewegung unter die Polizisten, die bis dahin nahezu reglos das Geschehen beobachtet hatten. Sie hoben ihre Schlagstöcke.

Die Arbeiter rannten auf das Werksgelände, sie schrien dabei, keine Parolen mehr, Urlaute des Hasses, von hinten flogen Steine und Flaschen. Bender, den es wie die anderen Kollegen der ersten Reihe zu Boden gerissen hatte, sah, dass die Männer nicht vor den Polizisten zurückwichen, sondern auf sie zustürmten, den Knüppeln entgegen, die schlagbereit in der Luft standen. Und niedergingen: zack, zack, in hoher Frequenz.

Doch die Überzahl war erdrückend, immer mehr rückten

nach, und immer mehr der Nachrückenden waren bewaffnet, sie rannten mit Brettern, Stangen, mit Eisenketten und Ästen in die Mitte des Getümmels, dorthin, wo die ersten Polizisten stürzten und man ihnen die Schlagstöcke entwand. Ein enormes Getöse, ein Hin und Her, Schreie des Schmerzes und der Wut.

Doch dann – Karl Bender, mittlerweile bewaffnet mit dem abgebrochenen Stiel eines der Schilder, hätte nicht sagen können, wie lange die Schlacht bis zu jenem Zeitpunkt gedauert hatte – stand plötzlich *er* inmitten der Kämpfenden, auf der Frontlinie, sozusagen, der Dorftrottel, der Kommunist des Nihilismus: Nikolajewitsch. Groß, in weißes Leinen gekleidet heute, den hageren Schädel geschoren, wodurch sein Bart noch länger wirkte.

Nikolajewitsch streckte die Arme gen Himmel. Eine Geste, die nicht eindeutig war, die einerseits die Kämpfenden um Einhalt bitten mochte, andererseits wirkte, als wolle er eine höhere Macht beschwören. Arbeiter und Polizisten ließen voneinander ab. Um Nikolajewitsch bildete sich ein größer werdender Kreis: Es war eine Pause aus Ratlosigkeit, die immerhin Zeit gewährte, die Fronten neu zu ordnen, die Verletzten zu bergen, sich nach neuen Waffen umzusehen.

Erst jetzt fiel Bender auf, dass Nikolajewitsch die Lippen bewegte, er redete, ausdruckslos das Gesicht, zu sich selbst, wie es schien, ein Sermon, der kein Ende nahm. Die ersten Arbeiter wurden unruhig. Er solle sich vom Acker machen, schrien sie, verdammter Spinner, ein erster Stein schlug neben Nikolajewitsch auf. Ein zweiter traf ihn am Kopf. Nikolajewitsch ging in die Knie.

Immer mehr Arbeiter brüllten, jetzt wieder in Richtung der Polizisten. Dann fiel ein Schuss. Nikolajewitschs Hemd färbte sich binnen Sekunden rot, dort beginnend, wo sich unterm Stoff das Herz befand. Einmal noch riss er die Arme hoch, bevor er vornüberkippte.

Bender sah noch, wie Nikolajewitsch von zwei Arbeitern weggezogen wurde, dann schloss sich der Kreis wieder, und die gegnerischen Parteien fuhren fort, einander die Schädel einzuschlagen, verbissener als zuvor: fanatischer.

Auch Bender, den Stiel in der Hand, wurde, ohne es zu wollen, an die vorderste Front gedrückt. Praktisch Brust an Brust stand er einem Polizisten gegenüber, größer als er selbst. Bender sah die geblähten Nüstern, er sah den Mund sich zu einem Schrei öffnen. Noch während er überlegte, ob er den Polizisten angreifen solle, hatte der ihm seinen Schlagstock über den Scheitel gezogen, danach erst kam der Schrei: Dann verstummten die Geräusche, und das Licht ging aus.

Wieder zu sich kam Bender in einem Büro. Er saß auf einem Stuhl, einem weich gepolsterten Stuhl. An der Wand hing ein gerahmtes Porträt des Generalsekretärs, daneben ein Wandkalender, der die Schwerindustrie verherrlichte. Auf dem ausladenden Schreibtisch standen eine Gegensprechanlage und zwei Telefone, eines beige, das andere schwarz. Der lederne Schreibtischsessel war leer, der Boden mit grauem Teppich ausgelegt.

Benders Kopf schmerzte, insbesondere die Nase. Mit der Hand ertastete er einen kleinen Höcker auf dem Nasenrücken: Sie war also gebrochen. Als er die Hand wieder herunternahm, sah er verkrustetes Blut an ihr kleben, auch die blaue Arbeitsjacke war voller rotbrauner Flecken.

Dann klingelte das Telefon, und erst jetzt bemerkte Bender, dass er nicht allein im Raum war, denn hinter seinem

Stuhl trat ein Mann hervor, mittelgroß und in grauem Anzug, ging zum Schreibtisch, nahm den Hörer des schwarzen Telefons und sagte in die Sprechmuschel hinein: «Ja.»

An der anderen Seite schien jemand eine Anweisung zu erteilen, die der Mann mit einem knappen «In Ordnung» quittierte.

Erst danach wendete er Bender das Gesicht zu: «Für Sie», sagte er und hielt den Hörer in die Luft.

Bender kannte den Mann nicht, bemerkte aber sofort das Parteiabzeichen, das dieser am Revers trug.

Während er aufstand und unsicheren Fußes zum Schreibtisch ging, fiel ihm das Rumoren auf, das von draußen kam, gedämpft allerdings, da die Fenster geschlossen waren. Die Arbeiter schlugen sich also noch immer mit der Kasernierten Volkspolizei. Sehen konnte man jedoch nichts. Das Fenster ging auf den Hof des Walzwerkes hinaus.

Der Mann im Anzug reichte ihm mit einem Kopfnicken den Hörer, trat ans Fenster und schaute hinaus.

Bender lauschte in die Hörmuschel, hörte aber nur ein Rauschen, dann sagte er vorsichtig: «Hallo?»

«Was muss ich da von Ihnen hören?», sagte die Stimme am anderen Ende der Leitung, die Bender erst nach kurzem Überlegen als jene Leuschners erkannte.

«Mhmm», machte Bender.

«Das geht über zwei Sack Zement weit hinaus», sagte Leuschner, «Sie haben sich an einem faschistischen Putsch beteiligt, ist Ihnen das klar? Und zwar: aktiv. Sie haben Angehörige der bewaffneten Organe angegriffen. Ich nenne das Konterrevolution.»

«Nikolajewitsch», sagte Bender, «vorhin … er ist …»

«Ich weiß», sagte Leuschner, und seine Stimme klang bereits gemäßigter, «deshalb rufe ich an. Und um Ihnen eine

Chance zu geben. Die letzte allerdings. Ich hoffe, wir verstehen uns.»

«Ja», sagte Bender, ohne zu wissen, was Leuschner meinte.

«Ich kann nicht bei jeder Ihrer Dummheiten meine Hand über Sie halten.»

«Ja», sagte Bender.

«Wer weiß, was Ihnen noch so alles in den Sinn kommt», sagte Leuschner, «an Möglichkeiten zur staatsfeindlichen Betätigung.»

«Nichts», sagte Bender.

«Also, hören Sie zu», sagte Leuschner, um sich sofort selbst zu unterbrechen: «Und dass wir uns richtig verstehen: Das hier ist keine Bitte, das ist ein Befehl.»

Wenig später stand Karl Bender wieder auf der Straße, am Tor B, das sich im Gegensatz zum Haupttor schon in der Unterstadt befand. Der Mann im grauen Anzug hatte ihn hierher geleitet, ohne sich vorzustellen, ohne mehr zu sagen als *Dort entlang!*, ohne sich zu verabschieden. Das Tor war zu gewesen, der Mann hatte die eingelassene Tür aufgeschlossen, Bender war durch die Tür gestiegen, die hinter ihm sofort wieder zugefallen war.

Er fühlte sich frei, wie er so draußen stand. Es war ruhig, man hörte nur das Plätschern des Baches, der in unmittelbarer Nähe floss. Er sah ein kleines Kind an der Hand der Mutter erste Schritte vollführen, er sah eine alte Frau mit geflochtenem Henkelkorb gebeugt auf dem Bürgersteig laufen. Sonst war hier niemand unterwegs. Bender tastete ein zweites Mal nach seiner gebrochenen Nase.

Das Freiheitsgefühl jedoch wich rasch einem der Beklemmung, denn wie von selbst liefen seine Füße Richtung Oberstadt, wo sich nahe des Haupttores die Eisenbahnstraße befand und eben jenes Mansardenzimmer Nikolajewitschs, das aufzusuchen ihm Leuschner am Telefon befohlen hatte. Bender solle in Nikolajewitschs Zimmer eindringen und alles sicherstellen, was aus Papier sei, Dokumente, Aufzeichnungen, Fotos, handschriftliche Notizen, Flugblätter, was immer sich dort finde. Auf Benders Frage, wie er in die Wohnung hineinkommen könne, hatte Leuschner geantwortet, einem Arbeiter wie ihm würde gewiss etwas einfallen, er solle sich – seinetwegen – ein Werkzeug von zu Hause besorgen, einen Schraubenzieher, eine Brechstange, was immer man brauche, um eine verschlossene Tür zu öffnen.

Seine Männer seien alle im Einsatz, hatte Leuschner gegen Ende des Gesprächs noch angemerkt, sodass er auf ihn, Bender, zurückgreifen müsse. Es hatte fast wie eine Entschuldigung geklungen.

Zu Hause traf Bender weder seine Frau noch den Jungen an. Er wusch sich in der Küche das Gesicht, dann betrachtete er es im Spiegel: Seine Nase wies nicht nur einen verschorften Höcker auf, sie stand auch leicht schief im Gesicht, außerdem hatte ihm der Volkspolizist ein blaues Auge verpasst, vermutlich als er schon bewusstlos am Boden lag.

Er ging ins Schlafzimmer und tauschte dort die verschmierte Arbeitskluft gegen seinen Sonntagsanzug, er setzte sich einen Hut auf den Kopf und ging anschließend in den Keller hinunter, um nach geeignetem Werkzeug zu suchen. Unter all dem Gerümpel fand er tatsächlich eine Brechstange, außerdem nahm er zwei Schraubenzieher an sich und eine Kombizange. Da seine Aktentasche noch im Werksspind hing, verstaute er das Werkzeug in den Hosentaschen, das Brecheisen versteckte er, den rechten Arm an den Körper gepresst, unter dem Sakko. So ausgerüstet, begab er sich in die Eisenbahnstraße. Unterwegs kamen ihm auf der Poststraße Arbeiter entgegen, in kleineren Gruppen. Sie unterhielten sich, sie wirkten ernst. Die meisten kannte er vom Sehen, er grüßte, und es schien ihm, als stutzten sie kurz, wahrscheinlich des Anzugs wegen, den er um diese Stunde und ausgerechnet heute trug. Vielleicht auch wegen des steifen Gangs, zu dem ihn das verborgene Brecheisen zwang. Doch dann grüßten sie zurück und waren im nächsten Moment wieder in ihre Gespräche vertieft. Er hätte sie gern gefragt, was passiert war, wie es um den Streik stehe, doch die drohenden Worte Leuschners ließen ihn direkten Schrittes in die Eisenbahnstraße marschieren. Er durchquerte furchtlos den Flur, die Nachbarn waren ihm heute egal. Erst an der steilen Treppe, die zur Mansarde führte, hielt er kurz inne und holte das Brecheisen heraus. Er umfasste es mit beiden Händen, hob es über den Kopf, zum Zuschlagen bereit. So stieg er die verbliebenen Stufen hoch, als könnte ihm Nikolajewitsch noch entgegenkommen.

Vor der abgegriffenen, schäbigen Tür ohne Namensschild blieb er stehen. Er hielt den Atem an, um zu lauschen, konnte aber nichts hören. Er nahm das Brecheisen herunter, dann trat er mit dem Fuß gegen die Tür, nicht heftig, eher vorsichtig. Wider Erwarten war sie nicht verschlossen, sondern öffnete sich, langsam, quietschend – der Geruch von Staub und kaltem, menschlichem Schweiß zog in den Flur –, und wider Erwarten war das Zimmer, dessen Anblick sich Karl Bender bot, nicht leer: Inmitten der Unordnung stand jemand, eine Aktentasche in den Armen.

Karl Bender nahm die Brechstange wieder hoch. Sehr langsam.

# Harzreise

**Dieser Menschenschlag** war gewöhnungsbedürftig, übellaunige Finsterlinge, miesepetrig, ruppig. Mit einem Wort: unausstehlich. Möglicherweise aber war Dr. Winters Verstimmung auch nur auf das zurückzuführen, was er über seinen Vater erfahren hatte. Nach mehrtägigem Aufenthalt in K*burg saß er jetzt, eingeklemmt zwischen allerlei Volk, im Bummelzug, dessen Ziel die Industriestadt am Fuße des Harzes war, in der sein Vater angeblich lebte.

Aber der Reihe nach.

Die Fahrt von Berlin nach K*burg war ohne Komplikationen verlaufen, und seltsamerweise hatte Dr. Winter mit Überschreiten der Sektorengrenze ein Gefühl der Sicherheit befallen, das irgendwie mit Mader zusammenhing, mit den Kontakten, über die dieser offenbar verfügte, zum Staatssicherheitsdienst, wie Dr. Winter annahm.

Die beiden Ausweise in der Tasche, kam er sich vor wie der erste Interzonenbürger. Der Zug fuhr bei sonnigem Wetter Richtung Süden, und die Mitreisenden seines Abteils, zwei Frauen und ein älterer Herr, die ihn seiner Kleidung und auch des feinen Lederkoffers wegen anfangs stumm beargwöhnt hatten, nahm er durch kleine Plaudereien für sich ein, insbesondere die Frauen. Das Einzige, was ihn nervös machte, war die Walther PPK in seinem Sakko. Er wünschte, er hätte sie in der Villa gelassen.

Unter dem Vorwand, sich frisch machen zu wollen, nahm er seinen Koffer und begab sich auf die Toilette des D-Zugs. Dort steckte er den bundesrepublikanischen Reisepass und die Pistole zwischen die Hemden und Socken im Koffer, dann entnahm er seinem Necessaire ein Fläschchen Aftershave, gab zwei, drei Spritzer in die Handflächen und verrieb sie auf seinen Wangen. Er betätigte die Toilettenspülung und ging zurück ins Abteil, wo die Frauen ob des Duftes, den er verströmte, entzückt blickten. Er lächelte ihnen zu.

Nach kurzem Zwischenaufenthalt auf einem Umsteigebahnhof gelangte er mit dem Bummelzug nach K*burg. Am Fenster zogen die Dampfwolken und Rauchschwaden der Lokomotive vorbei. Die Landschaft ließ ihn vor allem eines empfinden: Weite. Für einen Berliner aus den Westsektoren kein alltäglicher Eindruck.

In K*burg angekommen, beschloss Dr. Winter, unverzüglich die von Mader angegebene Adresse aufzusuchen. Noch während er aus dem Zug stieg, war das Sicherheitsgefühl verflogen und einer Beklemmung gewichen, die mit seinem unsicheren Status zusammenhing: als Staatsbürger, als Überläufer. Doch schon der Anblick des Gebäudes machte den Wunsch nach schneller Klärung der Verhältnisse – seinen Vater betreffend und auch die eigene Zukunft – zunichte: ein roter Backsteinbau, meilenweit von dem Charme entfernt, den die Villa selbst mit Elektrozaun ausgestrahlt hatte, Stein gewordene Abwehr. Dr. Winter lief dreimal ums Karree. Immer, wenn er am Eingang vorbeikam, einer Sandsteintreppe, die zu einer wuchtigen Tür führte, hatte sein Verlangen, das Gebäude zu betreten, weiter abgenommen.

Schließlich gab er es auf. Von einem Einheimischen erfragte er die Adresse einer Pension. Sie befand sich in der Innenstadt, unweit des historischen Marktplatzes, und gehörte einer, wie Dr. Winter schnell feststellte, gesprächigen Offizierswitwe. Sie bat ihn in ihr Wohnzimmer, ein bürgerliches Puppenheim voller Teppiche, Lüster, Bücher, Nippes und Gemälde, alles zweite bis dritte Wahl. Doch es war gemütlich hier. Dr. Winter, den plötzlich die Müdigkeit überkam, ließ sich von ihr Tee und Kekse servieren, und während er in einem Ohrensessel saß, aß und trank und mit dem Schlaf kämpfte, klärte ihn die Witwe nicht nur über ihr persönliches Schicksal auf, sondern auch über die allgemeine politische Lage im Land, um die sie sich als Besitzerin eines Hauses und Inhaberin eines privaten Gewerbes sorgte. Dr. Winter fiel auf, dass er trotz seiner Tätigkeit als Leiter der Pressestelle recht wenig über das Leben in der Sowjetzone wusste.

Nach einer knappen Stunde beendete die Witwe die Audienz in ihrem Wohnzimmer und führte Dr. Winter in seine Stube hinauf, die sich in der ersten Etage des Fachwerkhauses befand. Es war sauber, die Wäsche aus weißem Leinen, der Waschtisch aus poliertem Granit, die Fenster gingen auf eine schmale, mit Katzenkopfsteinen gepflasterte Gasse hinaus, und die Behaglichkeit, die einen anströmte, sobald man eintrat, war dem Fehlen jeglichen rechten Winkels geschuldet. Der gebohnerte Holzboden war wellig, die Wände standen schief.

Mit einem gehauchten Handkuss verabschiedete sich Dr. Winter von der Witwe, nicht anzüglich, *gentlemanlike*, mit einem kleinen Zwinkern, und ihr Knicks signalisierte, dass sie die Geste richtig verstanden hatte. Sie war attraktiv, durchaus, trotz ihres Alters, das sie freilich verschwiegen hatte. Dr. Winter schätzte es auf Mitte vierzig.

Ohne sich auszuziehen, legte er sich auf das Bett. Sofort fiel er in einen tiefen, traumbeladenen Schlaf.

Durch ein Klopfen wachte er wieder auf. Es war kurz vor neun, draußen tauchte die blaue Stunde das Gässchen in ein romantisches Licht.

Vor der Tür stand die Witwe und fragte, ob er mit ihr eine Nachtsuppe zu sich nehmen wolle. Dr. Winter bejahte, er werde gleich kommen. Aus einem Tonkrug goss er Wasser in die Waschschüssel, um sich frisch zu machen. Abermals trug er etwas Aftershave auf, kämmte sich sorgfältig die Haare und ging hinunter ins Wohnzimmer, wo die Witwe ihn an einem festlich gedeckten Tisch bereits erwartete. Sie hatte Kerzen entzündet, in der Mitte der Tafel stand eine Suppenschüssel aus Porzellan, das Besteck war aus Silber, die Servietten waren blütenweiß.

Dr. Winter setzte sich. Die Witwe nahm den Deckel von der Terrine und tat die Suppe auf, eine klare Rinderbouillon, in der Markklößchen schwammen, verziert mit gewiegter Petersilie.

«Vorzüglich», sagte Dr. Winter und betupfte die Mundwinkel mit der Serviette, bevor er einen kleinen Schluck des Weines nahm, den die Witwe aus einer Karaffe in geschliffene Kristallgläser gegossen hatte.

«Wirklich vorzüglich», wiederholte Dr. Winter das Kompliment. Der Wein hinterließ einen süßlich-herben Nachgeschmack auf der Zunge.

«Nun ja, wissen Sie …», sagte die Witwe und sah Dr. Winter an. Ihre Augen glänzten im Widerschein der Kerzen. «Sie kommen mir wie jemand vor, der weiß, wie es sich leben lässt.»

«Dass Sie sich da nicht täuschen», sagte Dr. Winter in einem Ton, der die Witwe in ihrer Vermutung bestätigen musste.

«Nun», seufzte die Witwe, «wir dagegen, hier in der *Zo-*

*ne ...*» Sie nahm jetzt gleichfalls ihre Serviette und betupfte den Mund, vorsichtig, um nicht das Kirschrot des Lippenstiftes zu zerstören.

«Wie kommen Sie darauf, dass ...», begann Dr. Winter.

«Ich bitte Sie», sagte die Witwe, «man sieht Ihnen an, dass Sie aus dem Westen sind. Ihr Anzug, Ihre Manieren. Sie sind gebildet. Sie haben all das, was die Arbeiter und Bauern abschaffen möchten.» Die Witwe trank einen Schluck Wein, ihre Augen glänzten stärker als zuvor.

Dr. Winter, der normalerweise empfänglich gewesen wäre für das Kompliment, fragte sich, ob er statt des DDR-Ausweises den westdeutschen Reisepass benutzen sollte, um sich in der Pension zu registrieren, eine Formalität, von der die Witwe behauptet hatte, sie könne bis zum nächsten Tag warten. Er stand auf, zeigte auf die Suppenterrine und sagte: «Solange es noch solche Köstlichkeiten gibt, ist das Abendland nicht verloren.»

Die Witwe runzelte leicht die Stirn. «Sie wollen schon gehen?»

«Nur ein wenig nach draußen, Gnädigste», sagte Dr. Winter, «mir die Füße vertreten, etwas Luft schnappen.»

«Wie Sie meinen», sagte die Witwe, erhob sich ebenfalls und legte den Deckel zurück auf die Terrine.

Draußen war es dunkel, Dr. Winters Schritte hallten, als er durch das Gewirr von Gassen streifte. Jede volle Viertelstunde läutete die Kirchturmglocke, und als sie zum vierten Mal geschlagen hatte, begab sich Dr. Winter zurück zur Pension. Vorsichtig schloss er die Eingangstür auf. Die Lichter waren gelöscht, die Witwe schien zu schlafen, sodass er sich ohne Umschweife in seine Stube begeben und zu Bett gehen konnte.

In den nächsten beiden Tagen erkundete er wandernd die Gegend und auch die Stadt, die wie eine Kostbarkeit in sie eingebettet lag. O ja, K*burg: eine mittelalterliche Perle, die dem Auge schmeichelte, keine Zerstörungen wie in Berlin, voller greifbarer Geschichte. Ringsum die liebliche Landschaft des Harzvorlandes, sanft geschwungene Hügel, in denen hin und wieder Gruppen von Sandsteinfelsen standen, die größte von ihnen war die Teufelsmauer, von der aus man am westlichen Horizont das Relief der Berge sehen konnte, zu ihren Füßen eine Stadt, deren hochragende Essen dunklen Qualm in den Sommerhimmel spien.

Schnell stellte Dr. Winter fest, dass er der einzige Pensionsgast war. Die Witwe klagte bei Gelegenheit über die mangelnde Auslastung ihrer drei Zimmer. Sie vermutete ein Komplott der Obrigkeit dahinter, ihr als Besitzerin von privatem Eigentum werde eine Lektion erteilt. Und so saß Dr. Winter in der Frühe, bevor er zu seinen Erkundungen der Gegend aufbrach, mit der Witwe allein am perfekt gedeckten Frühstückstisch und abends an der ebenso perfekt illuminierten Tafel. Es war nicht üppig, was die Witwe auftischte, aber sie verwendete stets erlesene Zutaten, schmackhaft zubereitet und dem Auge zur Freude angerichtet.

Während des Essens unterhielten sie sich ungezwungener als am ersten Tag. Dr. Winter hatte mittlerweile eingestanden, dass er aus Berlin komme, dem *freien* Berlin. Die Witwe hing gebannt an seinen Lippen, wenn er seine Lebenssituation, die er für sie erfunden hatte, detailreich schilderte. Demnach war er freier Rundfunkjournalist und bewohnte eine repräsentative Wohnung in Ku'dammnähe, die er mit ähnlichem Schnickschnack voll gestellt haben wollte, wie die Witwe ihn besaß.

Doch je näher die Witwe an ihn heranrückte, desto

mehr störte ihn, was er anfänglich attraktiv an ihr gefunden hatte: das Hagere, Dünne, das so ausgezeichnet mit ihrer Förmlichkeit korrespondierte. Dahinter aber verbarg sich eine Kälte, die kein Spitzendeckchen der Welt kaschieren konnte. Vielleicht war dieser Eindruck Dr. Winters der Begegnung mit den anderen Leuten geschuldet, die er in der Stadt traf, jene, die die Witwe stets als *Arbeiter und Bauern* bezeichnete.

Am Morgen des vierten Tages bat er die Witwe nach dem Frühstück um einen Schnaps. Sie sah ihn erstaunt an, brachte aber ein Glas Kräuterlikör, das er mit Hinweis auf eine Magenverstimmung zügig leerte. Dann ging er zielstrebig zu dem roten Backsteingebäude.


Die schwere Tür ließ sich erstaunlich leicht öffnen, an der Pforte saß ein Mann in Uniform. Dr. Winter, der nicht wusste, an wen er sich wenden sollte – Mader hatte ihm lediglich die Anschrift mitgeteilt, keine Namen –, schilderte in groben Zügen seine Geschichte, ohne auf Einzelheiten einzugehen. Der Mann in der Pförtnerloge wurde zusehends nervöser. Als Dr. Winter fertig war, gebot der Pförtner ihm zu warten, nahm einen Telefonhörer, wählte eine Nummer. Dr. Winter wandte sich ab und zündete sich eine Lucky Strike an.

Nach ein paar Zügen hörte er Schritte hinter sich und drehte sich um: Ein untersetzter Mann in einem grauen, schlecht sitzenden Anzug kam auf ihn zu. Er grinste, er streckte, noch während er lief, beide Hände in Dr. Winters Richtung aus, und er sagte, als er dann vor ihm stand: «Mein lieber Dr. Mannteufel!»

«Dr. Edgar Winter», sagte Dr. Winter kühl.

«So ist's recht», sagte der andere, «Leuschner ist mein Name. Ich habe Sie schon erwartet. Kommen Sie!»

Dr. Winter folgte Leuschner. Über verschiedene Treppen und Gänge erreichten sie ein Zimmer, das recht gemütlich wirkte: Grünpflanzen und Gardinen vor den Fenstern, eine Sitzgarnitur, die aus Sofa und Sesseln bestand und um einen hölzernen Klubtisch arrangiert war. An der Wand hingen gerahmte Kunstdrucke. Es gab keinen Schreibtisch, und Dr. Winter konnte kein Telefon entdecken.

«Bitte, Platz zu nehmen», sagte Leuschner und ließ sich selbst in einen der Sessel fallen. Einem silbernen Etui entnahm er eine Zigarette. Auch Dr. Winter bot er eine an. Der schüttelte den Kopf und zog seine Packung Luckys aus dem Sakko.

Noch ehe sie aufgeraucht hatten, klopfte es an der Tür. Eine Frau, die Leuschner Fräulein Rosi nannte, brachte ein Tablett mit zwei Kaffeegedecken und zwei Schwenkern, die großzügig mit Cognac gefüllt waren. Leuschner reichte Dr. Winter eines der Gläser: «Auf gute Zusammenarbeit!»

Dr. Winter schwieg, nahm aber einen Schluck des Weinbrandes, der von ordentlicher Qualität war. Leuschner trank ebenfalls. Er hatte sich – anders als Mader etwa oder Brandtner und seine Kripo-Leute – das Brutale, das Grobschlächtige abtrainiert, es verbannt aus seiner Physiognomie und seinem Gebaren und war es trotzdem nicht ganz losgeworden. Es lauerte unter der verbindlichen Oberfläche. Bei der kleinsten sich bietenden Gelegenheit würde es durchbrechen: Dr. Winter beschloss, auf der Hut zu sein, er war Menschenkenner genug, um sich nicht von Dingen wie Ambiente oder Gastfreundschaft hinters Licht führen zu lassen.

Leuschner sah ihn ob seines unhöflichen Schweigens verblüfft an.

«Zum Wohl», sagte Dr. Winter, hob das Glas in Leuschners Richtung und kippte den Rest des Cognacs hinter. Dann schaute er Leuschner in die Augen, das Gesicht zu einem Lächeln verzogen.

Augenblicklich wich die Spannung aus Leuschners Körper. Er lockerte sich, knüpfte das Sakko auf. «Sie wollen etwas von mir, wir wollen etwas von Ihnen. Ich schlage einen Tauschhandel vor: Vertrauen gegen Vertrauen. Das ist meine Devise.»

«Mader sagte, Sie könnten mir Auskunft geben über den Verbleib meines Vaters.»

«Ganz recht. Aber machen Sie sich keine allzu großen Hoffnungen.»

«Ist er …», fragte Dr. Winter.

«Nein, *das* nicht. Er lebt», sagte Leuschner, «aber die Umstände … Herrje.»

«Was meinen Sie damit?»

«Er ist – lassen Sie es mich so formulieren – nicht mehr bei sich. Er ist verwirrt. Ein trauriger Anblick, wenn Sie mich fragen.»

«Wo kann ich ihn finden?»

«Ganz in der Nähe. Er nennt sich Nikolajewitsch, wohnt in einem kleinen Städtchen, am Harzrand, keine halbe Stunde mit dem Wagen entfernt. Wir lassen ihn beobachten, es geht ihm gut. Den Umständen entsprechend.»

«Beobachten?», sagte Dr. Winter. «Weswegen?»

«Wissen Sie, das ist eine lange Geschichte. Er hat Freunde, ganz oben, in Berlin», sagte Leuschner und begann eben jene Geschichte zu erzählen, die Dr. Winters Vater von einem Schlachtfeld bei Stalingrad in die mitteldeutsche Provinz unter sowjetischer Administration geführt hatte. Leider müsse man sich dabei auf Darstellungen aus zweiter, ach was: dritter, vierter Hand verlassen. Kurz: Die Faktenlage sei unübersichtlich.

Wie er selbst wisse, sei sein Vater nach der Kapitulation der 6. Armee im Februar '43 in russische Gefangenschaft gekommen. Zusammen mit Generalfeldmarschall Paulus und seinem Stab, dem er als Oberleutnant angehörte ...

«Als Hauptmann, soviel ich weiß», unterbrach ihn Dr. Winter.

Leuschner stutzte und zog dann einen Zettel aus dem Sakko, den er im Folgenden immer wieder konsultierte, entfaltete ihn umständlich und sagte: «Hier steht Oberleutnant.»

... zusammen mit dem Stab jedenfalls, dem er angehört hatte, wurde er in das Gefangenenlager Nummer 27 bei Krasnogorsk gebracht. Dort begannen die Verhöre. Über jeden Offizier wurde ein Dossier angelegt, es ging hauptsächlich darum, die jeweilige Einstellung zur faschistischen Wehrmacht herauszufinden und zu ihrem Oberbefehlshaber, dem *Führer*. Es war ein Loyalitätstest, bei dem Dr. Winters Vater weitaus besser abschnitt als der Generalfeldmarschall, denn Oberleutnant Mannteufel, vermutlich durch die Erlebnisse im Stalingrader Kessel bedingt, verzichtete nicht nur auf verlogene Treueschwüre, er ging so weit, den gesamten Krieg als verbrecherisch zu bezeichnen, als den Beginn von Deutschlands Untergang, der nunmehr bevorstehe, und das zu Recht.

Die sowjetischen Genossen hatten sofort aufgemerkt, denn der da so sprach, redete mit dem Herzen und nicht ihnen nach dem Munde.

Es war eine Sache, Derartiges in den Verhören zu äußern, es war etwas anderes, diese Haltung im Kreise der Kameraden zu vertreten. Doch genau dies tat Dr. Winters Vater. Ein Viertel der Offiziere, wenn es hochkam, teilte seine Position.

Die anderen verstanden sich nach wie vor als Soldaten, die einen Eid geleistet hatten, den sie nicht brechen konnten, einen Eid auf den *Führer*: Es waren Gründe der Ehre, absolute Prinzipien, irrational eigentlich.

Die Fronten innerhalb des Lagers verhärteten sich. Doch je unerbittlicher der Widerstand der loyalen, dem *Führer* ergebenen Offiziere war, desto größer wurde der Eifer, mit dem Dr. Winters Vater sie agitierte. Tatsächlich schaffte er es, einige von ihnen zu bekehren und auf die antifaschistische Seite zu ziehen, was den Generalfeldmarschall, der seine Leute noch immer mit dem *Deutschen Gruß* begrüßte, zunehmend in die Rolle des Schlichters zwang.

Die sowjetischen Genossen nahmen das Engagement, das Dr. Winters Vater an den Tag legte, ebenso wie die kleinen Erfolge, die es zeitigte, wohlwollend zur Kenntnis: Er wurde zu einer Konferenz delegiert, auf der zwei Dutzend deutsche Offiziere zusammentrafen, ein Kommuniqué verfassten und unterzeichneten, das fortan in den Lagern kursierte: Es rief zur Bildung deutscher, antifaschistischer Komitees auf.

Unterdessen waren die Offiziere um den Generalfeldmarschall in das Lager Nummer 160 verlegt worden, um im Juli '43 abermals in ein anderes Lager zu wechseln, das sich in der Nähe des Ortes Woikowo befand.

Im Krasnogorsker Lager wurde im selben Monat das «Nationalkomitee Freies Deutschland» gegründet, woran neben Oberleutnant Mannteufel und anderen Offizieren auch Teile der kommunistischen Emigration mitwirkten, nicht zuletzt der heutige Generalsekretär des Zentralkomitees und Vorsitzende des Politbüros. Der nicht weniger bedeutende Dichter und Schriftsteller Erich Weinert wurde zum Präsidenten des Nationalkomitees gewählt.

«Nie gehört den Namen», sagte Dr. Winter und steckte sich eine frische Zigarette an.

«Wie dem auch sei», sagte Leuschner.

Hauptaufgabe des Nationalkomitees war es, durch Agitation und Propaganda die deutschen Frontsoldaten zur Kapitulation zu bewegen, zum Überlaufen. Dazu wurden Flugblätter in Frontnähe abgeworfen, ein eigens entwickeltes Rundfunkprogramm wurde per Lautsprecherwagen gegen die feindlichen Linien ausgestrahlt. Es wurde eine Zeitung herausgegeben und eine Illustrierte, die beide den Titel «Freies Deutschland» trugen. Bei eben jener Zeitung, die im Wochenrhythmus erschien, begann Dr. Winters Vater zu arbeiten, und aus dieser Zeit, der Zeit des Komitees, müssen seine Kontakte stammen.

«Welche Kontakte?», fragte Dr. Winter.

«Die Kontakte, die ihn bis heute schützen», sagte Leuschner. «Zu Leuten, die ihn stützen und die verfügt haben, dass *wir* uns seiner anzunehmen haben. Zu seinem Besten, wohlgemerkt. Wissen Sie, da kann nicht jeder kommen. Unsere Aufgabe ist es – normalerweise – den Staat zu schützen, die Volkswirtschaft. Nicht eine einzelne Person wie Ihren Vater.»

Die Arbeit des Komitees war recht erfolgreich: Im Sommer '44 trat ihm endlich der Generalfeldmarschall bei, und im Winter desselben Jahres erschien der «Aufruf der 50 Generäle», der das deutsche Volk und die Wehrmacht aufforderte, dem *Führer* abzuschwören und den Krieg zu beenden.

Oberleutnant Mannteufel kehrte zusammen mit den kommunistischen Exilanten nach Deutschland zurück, Anfang '46, und ließ sich folgerichtig in der sowjetischen Zone nieder. Er bezeichnete sich jetzt selber als Kommunisten. Sogar einige Brocken Russisch konnte er sprechen.

Warum sich Dr. Winters Vater ausgerechnet für die kleine Stadt am Rand des Harzes entschieden hatte, entziehe sich, so Leuschner, seiner Kenntnis, aber er mutmaße einen Zusammenhang mit dem Hüttenwerk, das bekanntlich eine sowjetische Aktiengesellschaft sei.

Leuschner zog ein Taschentuch hervor und schnäuzte sich. Dr. Winter sah ihn an, erwartungsvoll, gespannt auf den Fortgang der Geschichte. Doch Leuschner dachte nicht daran, weiterzuerzählen. Als er sein Taschentuch wieder verstaut hatte, zündete er sich eine Zigarette an, begann zu rauchen und stierte ansonsten ins Leere.

«Und?», fragte Dr. Winter nach einer Weile.

«Bitte?», fragte Leuschner, als habe er nicht richtig verstanden.

«Wie geht es weiter?», sagte Dr. Winter.

«Das war alles», sagte Leuschner. «Fragen Sie mich nicht nach Details.»

«Und nach '46 dann, in dieser Harzstadt?»

«Wenn Sie meine Meinung hören wollen», sagte Leuschner: «Aus ihm hätte ein hohes Tier werden können, im Kreis, im Bezirk. Bei *den* Kontakten. Aber all die Spinnereien, der Mystizismus, mit dem er die sozialistische Weltanschauung vermischt hat. Vielleicht war er damals schon verwirrt. Mag sein, dass es an Stalingrad lag.»

«Ich verstehe nicht.»

«Dass er wegen seines esoterischen Ticks hierher gekommen ist: kaltgestellt, sozusagen. – Sie werden es ja selber sehen», sagte Leuschner und schrieb etwas auf eine Karteikarte, die er anschließend Dr. Winter reichte: «Seine Adresse.»

«Danke», sagte Dr. Winter.

«Nichts zu danken», sagte Leuschner, «ich erwarte Sie in exakt einer Woche hier in meinem Büro. Dann werden wir uns mal über *ihre* Zukunft unterhalten. Sie wissen ja: Vertrauen gegen Vertrauen.»

«Ich weiß», sagte Dr. Winter.

«Und eines noch: Seien Sie nicht allzu enttäuscht, wenn Sie ihn sehen. Er ist ein alter Mann.»


Am nächsten Tag, dem 15. Juni, war Dr. Winter noch vor dem Frühstück aufgebrochen, sehr früh am Morgen, und das hatte nur einen Grund: Er wollte der Witwe nicht mehr begegnen. Sie hatte ihn an den vergangenen Abenden wie stets mit gutem Essen und gutem Wein geködert, um ihn nach beendetem Mahl mit ihren Seelenplagen zu quälen, eine Mischung aus Angelesenem und Angefühltem, gespickt mit wortreicher Abscheu vor dem Proletariat ringsum. Es war für Dr. Winter eine Tortur, ihr zuzuhören, eine Anstrengung, die von der mühevoll gespielten Empathie herrührte und in eine umfassende Mattheit seinerseits mündete.

Die Fahrt in das Harzstädtchen dauerte eine knappe Stunde. Der Zug – aus einer Dampflokomotive und drei Personenwaggons bestehend, 3. Klasse – hielt in jedem Kuhdorf, das an der Strecke lag. Jedes Mal stiegen zwei, drei Leute aus, ebenso viele zu. Die Mitreisenden sahen allesamt ärmlich aus, hatten allesamt unförmige Gepäckstücke dabei, verschnürte Pakete, Körbe, Taschen, und je mehr Zeit in diesem Zug verstrich, je näher also das Ziel kam, desto größer wurde Dr. Winters Furcht vor der Begegnung mit seinem Vater und desto mehr begann er sich vor diesen Leuten um ihn herum zu ekeln. Vor ihrem Dialekt, vor der Unbeschwertheit, die sie trotz ihrer Ärmlichkeit ausstrahlten, schlimmer: trotz des sowjet-kommunistischen Systems, dem sie unterworfen waren. Auch vor dem Gestank des schlechten Tabaks, den sie rauchten und dessen Schwaden im Waggon standen, und weil ein jeder, wenn er sich selbst unbeobachtet glaubte, ihn anstarrte, als sei er ein Fremder, der er ja tatsächlich war. Genauer: ein Fremd*körper*.

Als er endlich auf dem Bahnsteig des Harzstädtchens stand, sich die Reisenden in alle Winde zerstreut hatten und er durchatmen konnte, sah er ihn auf der andern Seite der Geleise liegen: den rostigen Koloss des Stahl- und Walzwerkes, die *Hütte*, wie die Leute das Werk hier bündig nannten, das Herz der Stadt.


Auf das Hotel «Zum Jäger» stieß er zufällig. Es lag keine zweihundert Meter vom Bahnhof entfernt, an der Eisenbahnstraße, die vermutlich so hieß, weil sie dicht neben dem Schienenstrang verlief. Dr. Winter hatte sich entschlossen, ein paar Schritte zu gehen, um den Kopf etwas frei zu bekommen, vor allem um die Angst loszuwerden, von der seine Zukunftsgedanken überlagert wurden: Nichts war klar.

So unscheinbar es von außen wirkte, so freundlich präsentierte sich das Innere des Hotels. Offensichtlich war es erst vor kurzem renoviert worden: Die Tapeten strahlten in kräftigen Farben, die Gardinen waren weiß und gestärkt. Es roch nach frischer Farbe. Bei der freundlichen Dame am Empfang registrierte er sich als Bürger der Bundesrepublik. Er mietete ein einfaches Zimmer für drei Tage mit Gemeinschaftstoiletten und -waschräumen am Ende des Flurs, die ebenfalls reinlich und sauber waren. An den Wänden hingen gerahmte Stiche mit Motiven aus Natur und Sagenwelt.

Den Rest des Tages verbrachte Dr. Winter mit Spaziergängen durch die Stadt. Er entdeckte, dass nur wenige Schritte hinter dem Hüttenwerk ein Stückchen Natur lag, wie er es vorher noch nicht gesehen hatte. Ein Tal, das von einem Wildbach durchflossen wurde, dunkel, kühl, von steil aufragenden Felsen gesäumt, ein schmaler Pfad, der sich an den Lauf des Wassers schmiegte.

Es war später Abend, als er aus dieser Idylle wieder auftauchte und durch die Stadt lief, mit festem Ziel allerdings. Er trug die Karteikarte bei sich, auf die Leuschner die Anschrift seines Vaters notiert hatte. «Unter dem Dach», hatte Leuschner in Klammern hinter die eigentliche Adresse geschrieben.

Doch das Zimmer unter dem Dach war dunkel, als Dr. Winter vom Hof aus hinaufschaute, sodass er beschloss, am nächsten Tag erneut sein Glück zu versuchen. Zurück im «Jäger», der gleich um die Ecke lag, ließ er sich von der freundlichen Bedienung eine herzhafte Gulaschsuppe servieren.

Auch am nächsten Tag schien es zunächst, als sollte er seinen Vater nicht sehen. Wieder und wieder ging er an dem Haus vorbei, trat auf den Hof, umrundete den Block, vergeblich. Später stieg er sogar die Treppe hinauf und erklomm die schmale Stiege, die zur Mansarde führte. Obwohl kein Name an der Tür stand, klopfte er. Er lauschte, nichts tat sich.

Das Mittagessen nahm er im «Jäger» ein. Wieder war er der einzige Gast im Speiseraum. Die Bedienung – es war dieselbe wie am Vorabend – brachte ihm einen Teller Bratkartoffeln mit Spiegeleiern. Sie bemühte sich, freundlich zu sein, doch sie war nicht bei der Sache. Sie wirkte fahrig und vergaß, seinen Apfelsaft zu bringen.

Dr. Winter stellte sie zur Rede, gutmütig, nicht herablassend. Sie brachte ihm das Getränk, er bedankte sich und fragte beiläufig, ob sie einen gewissen Nikolajewitsch kenne. Er habe seit seiner Ankunft einiges über ihn gehört.

«Natürlich kenn ich Nikolajewitsch», sagte die Bedienung und lachte, «jeder in der Stadt kennt ihn.» Der sei schon immer ein komischer Kauz gewesen, in letzter Zeit jedoch habe er eine Wandlung vollzogen, die nur einen Schluss zuließ: Er war nicht mehr Herr seiner Sinne. Dann kam sie auf sein Äußeres zu sprechen, und während sie detailreich, ja genüsslich den verfallenen alten Mann beschrieb, wurde Dr. Winter so heiß, dass er die Krawatte löste und den obersten Hemdknopf öffnete.

«Es reicht», sagte er. Die Kellnerin war augenblicklich still. Auf ihrem Gesicht lag noch ein Grinsen, wie eingefroren.

«Es ist gut», sagte Dr. Winter etwas ruhiger. «Ich danke Ihnen.»

Die Kellnerin verstand und ging in die Küche. Dr. Winter ließ ein großzügiges Trinkgeld auf dem Tisch liegen. Dann stieg er in sein Zimmer hoch und legte sich aufs Bett.

Er *war* seinem Vater bereits begegnet, heute, auf einem der Gänge um den Block, und er hatte ihn nicht erkannt. Sein Vater, d. h. Nikolajewitsch, war ihm entgegengekommen, gebeugt, verwahrlost. Er hatte irgendetwas vor sich hin gemurmelt, und Dr. Winter hatte sich diskret abgewendet, als sie einander passierten, aus Mitleid, aus Unbeholfenheit.

Es war ein Schock. Dr. Winter wusste nicht, was er tun sollte. Irgendwann ging er runter, besorgte sich eine Flasche Weinbrand am Empfang, begab sich zurück auf sein Zimmer und trank. Später zog er die Walther PPK aus seinem Koffer und schob das Magazin in die Waffe. Er setzte sich den Lauf an die Schläfe und trat derart vor den Spiegel. Dann steckte er die Pistole in sein Sakko, zog es aus, hängte es über eine Stuhllehne und trank den Rest des Fusels. Als in der Nacht eine Horde grölender Arbeiter am «Jäger» vorbeizog, schlief er längst, wie betäubt.

Erst am nächsten Morgen registrierte er die Arbeiter, die jetzt in gewaltigen Horden Richtung Hüttenwerk strömten. Ihr Geschrei hatte ihn jäh aus dem Schlaf gerissen. Er stand auf, suchte im Necessaire nach Tabletten, gegen das Kopfweh, gegen den pulsierenden Magen, fand aber keine. Im Speiseraum versuchte er seine Übelkeit mit schwarzem Kaffee und einem trockenen Brötchen zu bekämpfen, vergeblich. Draußen vor dem Fenster, hinter den weißen Stores, zogen weiterhin Menschen vorüber. Dr. Winter hätte nicht gedacht, dass in einer Kleinstadt wie dieser ein solcher Massenauflauf möglich wäre. Die Kellnerin, statt sich um ihn zu kümmern, stand in der Hoteltür und glotzte den Strom der Arbeiter an.

In dem Moment, da Dr. Winter seine Stimme erhob, um sie zu rufen, so zornig, wie er konnte, würgte ein Stechen im Hinterkopf ihm das Wort noch im Ansatz ab. Lediglich ein röchelnder Laut entfuhr seinem Mund, den zu schließen ihm erst Sekunden später gelang, als das Schwarze vor seinen Augen wieder verflogen war. Die Kellnerin, eine andere als gestern, war zu ihm herangetreten, fragte, ob er etwas brauche, ob sie ihm helfen könne.

«Eine Tablette», sagte Dr. Winter, «gegen Schmerzen.»

Habe sie nicht, sagte sie.

«Dann einen Schnaps», sagte Dr. Winter, «einen doppelten.»

Er kippte den billigen Korn, den sie ihm brachte, hinter. Anschließend ging er auf sein Zimmer, packte seine Sachen zusammen und bezahlte am Empfang die Rechnung. Er bat, den Koffer später abholen zu dürfen, er wolle vor seiner Abreise noch ein paar Schritte durch das anmutige Tal gehen.

Als er aus der Hoteltür trat, liefen noch immer Arbeiter die Poststraße hinunter. Einen streifte er versehentlich mit der Schulter: Der blieb stehen, drehte sich um, musterte ihn, hielt ihn wohl nicht für satisfaktionsfähig, verzog das Gesicht, wandte sich seinen Kollegen zu, die gleichfalls stehen geblieben waren, und hatte sich schon wieder in den Zug eingereiht.

Dr. Winter bog rasch in die Eisenbahnstraße ab. Auch hier waren mehr Menschen als am Vortag unterwegs.

Er erreichte den Hof, sah zum Fenster seines Vaters ... zu Nikolajewitschs Fenster hoch: nichts. Aus einem anderen, offenen Fenster drang Geschirrklappern, ein Radio spielte laute Schlagermusik.

An der hinteren Ziegelmauer stand ein windschiefer Bretterverschlag. Die Tür war nur mit einem Haken gesichert, im Innern war Brennholz gestapelt, in einem Hackklotz steckte eine Axt. Dr. Winter zog sie heraus und legte sie auf den Boden. Dann setzte er sich. Durch einen Spalt zwischen den Brettern konnte er das Mansardenfenster beobachten: Er hatte beschlossen zu warten, bis Nikolajewitsch das Haus verlassen oder bis er nach Hause kommen würde.

Lange geschah nichts. Nur wenige Mieter überquerten den Hof, die Geräusche, die aus dem Haus kamen, änderten sich. Einmal schien es, als husche ein Schemen am Mansardenfenster entlang. Von der Stadt her setzte irgendwann ein Rumoren ein, ohne wieder aufzuhören. Eine halbe Stunde danach stand Nikolajewitsch auf dem Hof. Er schlurfte Richtung Straße. Dr. Winter, in der Tür des Verschlages stehend, sah ihn die Einfahrt verlassen.

Er hatte Mühe, Nikolajewitsch unauffällig zu folgen. Zu langsam ging der, langsam, aber zielgerichtet, wie es schien. Dr. Winter blieb stehen, zündete sich eine Zigarette an, rauchte und ließ den alten Mann einen Vorsprung gewinnen. Dabei war die Chance, entdeckt zu werden, gering, dass Nikolajewitsch ihn erkennen würde, unwahrscheinlich. Eines stand fest: Der da in Richtung Hüttenwerk schlotterte, gekleidet wie ein seniles Weib, geschoren wie ein Sträfling, war nicht sein Vater. War es vielleicht einmal gewesen, doch wer mochte das sagen. Er besaß weder die Haltung noch die Gesichtszüge, an die sich Dr. Winter erinnern konnte.

Nikolajewitsch bog von der Eisenbahnstraße Richtung Unterstadt ab und überquerte die Bahnschienen. Dr. Winter schnippte die Zigarettenkippe ins Gleisbett und folgte ihm. Hier, auf der Verbindungsstraße zwischen Ober- und Unterstadt, war noch immer ein konstanter Strom von Menschen unterwegs, nur nicht so dicht wie am Morgen, und jetzt in beiden Richtungen: zum Werk hin und vom Werk weg.

Die Verfolgung war nun leichter. Dr. Winter beachtete die Blicke der Arbeiter nicht mehr, die ihn nach wie vor misstrauisch beäugten. Er hatte Nikolajewitschs Rücken fixiert und folgte ihm stur. Das Getöse, das er schon im Bretterverschlag vernommen hatte, schwoll mit jedem Schritt an. Aus dem Brei der Klänge hoben sich einzelne Geräusche heraus: Schreie. Dann kam das Werkstor in Sicht, verstopft von Menschen. Menschen, die hineindrängten, wenige, die herauskamen, wie ausgespuckt, ein Nadelöhr fast, auf das Nikolajewitsch jetzt zuhielt. Er war schneller geworden.

Als Dr. Winter am Tor ankam, war Nikolajewitsch verschwunden, durch das Nadelöhr geschlüpft, aufs Werksgelände. Und schon hatte der Menschenstrom auch Dr. Winter erfasst: Die Nachdrängenden drückten ihn gegen die Vorderleute. Schnell war er eingekeilt zwischen den Arbeitern. Er konnte sie riechen, er hatte Teil an der Wut, mit der sie hier randalierten. Er gab den Widerstand auf, mit dem er seinen

Körper gegen die Eigenbewegung der Masse gestemmt hatte, ließ sich von ihr bewegen: in ihr, eine Bewegung, die, trotz seitlicher Ausfälle, nach vorn gerichtet war, dorthin, wo es am lautesten war und der Kampf tobte.

Dann brach der Damm, die Masse stürzte nach vorn, eine Eruption aus Menschen. Plötzlich war Raum da, einzelne stürzten aufs Pflaster, und es wurde seltsam still. Im Fallen sah Dr. Winter die Mannschaftswagen der Polizei. Er erkannte Nikolajewitsch vor der Reihe der Uniformierten, keine zwanzig Meter entfernt, hoch aufgerichtet. Bevor er der Länge nach hinschlug, sah Dr. Winter etwas durch die Luft segeln: schwarz, handlich. Von einem Sonnenstrahl getroffen, blitzte es kurz auf. Dann traf es mit metallischem Hall das Pflaster. Man hatte den Ton *sehen* können.

Noch bevor er wieder auf den Beinen stand, hörte er einen Schuss. Er tastete in der Sakkotasche nach der Walther PPK: Sie war weg. Weiter vorne sackte Nikolajewitsch in sich zusammen, dann riss er noch einmal die Hände gen Himmel und fiel mit dem Gesicht aufs Pflaster. Auch dieses Geräusch konnte man *sehen*.

Dr. Winter wendete sich um. Zügig lief er die Straße hinauf, Richtung Oberstadt, zum Hotel. Dort ließ er sich seinen Koffer geben, fragte, ob eine Nachricht für ihn hinterlassen worden sei, und als die Dame am Empfang dies verneinte, setzte er sich in den Speisesaal und bestellte noch einen doppelten Korn.

Er hatte keine Ahnung, wann der nächste Zug nach K\*burg ging, ob überhaupt Züge fuhren an einem Tag wie diesem, ob die Fahrpläne gültig seien. Außerdem wusste er nicht, was er in K\*burg sollte. In Leuschners Dienste treten? Sich für Propagandazwecke als Überläufer präsentieren lassen? In einem Schauprozess verurteilt und klammheimlich begnadigt werden? Gar die Witwe besuchen? Er wusste nur, dass es keine gute Idee war, nach Berlin zurückzukehren. Die Organisation hatte sich in ähnlichen, weit harmloseren Fällen nicht gerade als zimperlich erwiesen.

Dr. Winter zahlte den Schnaps, nahm seinen Koffer und ging zurück in die Eisenbahnstraße. Er überquerte den Hof, stieg die Treppen hoch und erklomm die Stiege, die zur Mansarde führte. Nikolajewitschs Zimmer war abgeschlossen. Dennoch ruckelte Dr. Winter an der Klinke: Die Tür war nicht allzu massiv. Er nahm kurz Anlauf und trat gegen das Schloss. Es knirschte, das Holz splitterte, die Tür sprang auf.

Er ging hinein und machte die Tür hinter sich zu. Sie ließ sich nicht mehr richtig schließen. Der Geruch von Urin lag in der Luft, von kaltem Schweiß. Dr. Winter öffnete das Fenster, dann sah er sich um: eine kahle Stube, ein Feldbett in der Ecke, auf dem schmutzige Decken lagen, am Fenster ein leerer Tisch, davor ein Stuhl, über dessen Lehne dreckige Wäsche hing. Speisereste auf dem Boden. Überall Staub, Krümel und Asche aus dem Kanonenofen, der in einer Ecke stand. Es gab keine Waschgelegenheit, nicht einmal einen Wasseranschluss. Das selbst gezimmerte Regal neben dem Ofen enthielt einen Stapel Zeitungen – das Bezirksblatt der Einheitspartei, Monate alte Exemplare, an den Rändern vergilbt, doch so ordentlich gefaltet, als seien sie nie gelesen worden. Weiteres Papier gab es nicht: keine Fotos, keine Aufzeichnungen, kein einziges Buch.

Dr. Winter ging in die Hocke: Unter dem Bett stand ein Nachttopf, halb voll mit dunklem, scharf riechendem Urin. Dahinter entdeckte er eine prall gefüllte Aktentasche. Es war die letzte Hoffnung, etwas über Nikolajewitsch zu erfahren. Doch die Tasche, ein abgewetztes Exemplar aus Schweinsleder, wie er es bei vielen Arbeitern gesehen hatte, enthielt nichts. Nichts, außer: Geld, amerikanisches Geld, Ein-Dollar-Noten, mit Paketschnur zu schiefen Bündeln gezurrt, zwanzig Stück.

Dr. Winter nahm eines der Bündel in die Hand. Die Scheine fühlte sich schmierig an, als seien sie oft berührt worden, mit schmutzigen, fettigen Fingern. Er hielt das Bündel an die Nase: Es stank.

Auf dem Flur knarrte eine Stufe. Dr. Winter legte das Dollarbündel wieder zu den anderen und lauschte: Der Kopfschmerz war zurück.

Im nächsten Moment flog die Tür auf. Dr. Winter machte einen Schritt nach hinten. Der Mann, der hereinkam, schwang eine Eisenstange über dem Kopf. Dennoch trat er vorsichtig ein, sein Gesicht war deformiert: geschwollene Lippe, blutige Nase, ein blaues Auge. Er schwieg, er atmete schwer. Langsam näher kommend, starrte er auf die Aktentasche, die Dr. Winter an die Brust gepresst hielt. Dann sah er Dr. Winter in die Augen, sehr kurz, ließ den Blick durch das Zimmer schweifen, länger, fixierte den gefüllten Nachttopf, den Dr. Winter unter dem Bett hervorgezogen hatte.

Dr. Winter machte einen Ausfallschritt, versuchte, einen Haken zu schlagen und an dem anderen vorbeizustürmen. Der aber ließ die Stange niedersausen. Es knackte. Dr. Winter konnte sich nicht auf den Beinen halten. Er fiel um. Ein ungeheuerlicher Schmerz zuckte durch sein rechtes Schienbein. Er wagte weder, dorthin zu sehen noch zu tasten. Neben ihm lag die Aktentasche. Ein paar der Geldbündel waren herausgefallen.

Der andere schien gleichfalls erschrocken. Er legte die Stange auf das Bett und ging in die Hocke.

«Da ist Geld», sagte Dr. Winter, «Sie müssen mir helfen.»

«Krempeln Sie die Hose hoch», sagte der Mann, der kein anderer als Karl Bender war.

«Ich kann nicht», sagte Dr. Winter.

«Warten Sie …» Bender machte sich an Dr. Winters Hosenbein zu schaffen. Er verzog das Gesicht: «Sieht nicht gut aus.»

«Ich kann das Bein nicht bewegen», sagte Dr. Winter.

«Kommen Sie», sagte Bender.

Von Karl Bender gestützt, der auch seinen Koffer trug, gelangte Dr. Winter nach unten. Die Dollarbündel hatte Bender zuvor in den Taschen seines Anzugs verstaut.

Sie waren nicht die einzigen Lädierten, die sich an diesem sonnigen Nachmittag über die Straßen der Stadt schleppten. Die Vögel sangen, es war erstaunlich ruhig. Man munkelte jetzt von russischen Panzern, die auf einem Acker vor der Stadt auf ihren Einsatz warteten.

Aus Dr. Winters Hosenbein sickerte Blut, eine tröpfelnde Spur, die sich von der Eisenbahnstraße, am «Jäger» vorbei bis hinauf in die Wohnung zog. Dort setzte ihn Bender auf einen Küchenstuhl, befahl dem Jungen, draußen zu spielen, und seiner kreidebleichen Gattin, einen Kessel Wasser aufzusetzen. Dann goss er Dr. Winter einen Schnaps ein und sagte, dass er kurz in den Keller gehe. Mit einer dünnen Holzlatte kehrte er wenig später zurück, sägte sie mit einem Fuchsschwanz zurecht und hielt sie an Dr. Winters Unterschenkel. «Passt.»

«Was haben Sie vor?», sagte Dr. Winter. Er war nahe dran, das Bewusstsein zu verlieren. Die Augen fielen ihm zu, er sackte wie in einen kurzen Schlaf, dann war er wieder da: wacher als zuvor, empfänglicher aber auch für den Schmerz als zuvor.

«Eine Schiene», sagte Bender. «Nur provisorisch. Sieht nicht gut aus, Ihr Bein. Ich kenne jemanden, der Sie in die Kreisstadt fahren wird, ins Krankenhaus.»

«Hören Sie», sagte Dr. Winter, während Bender mit einer Schere sein Hosenbein auftrennte. «Ich bin Bürger der Bundesrepublik Deutschland.» Er fingerte den gefälschten Reisepass aus dem Sakko und hielt ihn Bender hin, der einen flüchtigen Blick darauf warf, ansonsten aber in seiner Beschäftigung fortfuhr.

«Ihr Bekannter», setzte Dr. Winter erneut an, «meinen Sie, dass er mich zur Zonengrenze bringen könnte? Ich kann Ihnen jetzt nicht mehr erklären, die Geschichte ist kompliziert.»

Karl Bender, der begonnen hatte, die Wunde mit warmem Wasser zu reinigen, hielt inne: «Was ist mit dem Geld?»

Dr. Winter dachte kurz nach: «Es war dort in der Mansarde, unter dem Bett versteckt. Es gehört Ihnen, wenn Sie mich hier rausbringen.»

«In Ordnung», sagte Bender und tupfte Dr. Winter ein zähflüssiges Antiseptikum in die offene Wunde, sodass dieser zusammenzuckte, jedoch auch von einem neuerlichen Schub der Klarheit erfasst wurde.

«Aber bedenken Sie …», sagte Dr. Winter und malte dem anderen die Komplikationen aus, die der Besitz einer derart großen Summe amerikanischen Bargelds in der Sowjetzone mit sich bringen würde. Die geringste Schwierigkeit sei noch, es zu verstecken, auf ein Sparkonto könne man es natürlich nicht tun, und wo damit bezahlen? Doch vor allem: Wie seine Herkunft erklären? Viel klüger wäre es, er, Dr. Winter, nehme die Dollars mit in die Bundesrepublik, und sobald sich das Land wieder vereint habe, was seiner Meinung nach in absehbarer Zeit geschehen werde – er möge sich nur einmal die Ereignisse des heutigen Tages vergegenwärtigen –, sobald also Deutschland wieder ihr einiges Vaterland sei, käme er unverzüglich in den Besitz des Geldes. Was dann auch den Vorteil habe, dass es etwas zu kaufen gäbe.

Ehrlich gesagt, habe er gar keine andere Wahl.

In Karl Benders Kopf schien es zu arbeiten, lange, zäh, man sah es seinem lädierten Gesicht an: Dann endlich nickte er, widerwillig, das war ebenfalls zu sehen, aber er nickte.

«Einverstanden», sagte Bender, «Ihre Hand drauf.»

Dr. Winter, der mit mehr Widerstand gerechnet hatte, schlug ein, und Bender legte ihm wortlos den Rest des Verbandes an.

Als er fertig war, schenkte er zwei Schnäpse ein, und sie stießen an. Der Alkohol machte Dr. Winter unverzüglich die Lider schwer, an den Schmerz im Bein begann er sich allmählich zu gewöhnen, die kleinen Ohnmachtsanfälle führte er auf seine Müdigkeit zurück. Vor dem Fenster brach die Dämmerung über die Stadt.

Bender bot ihm an, sich auszuruhen. Er führte ihn in ein kleines, spärlich möbliertes Zimmer. Dr. Winter legte sich auf die Chaiselongue, Bender zog die Vorhänge zu, ging aus dem Raum, und als er kurz drauf noch einmal hereinkam und eine Decke über ihn breitete, war Dr. Winter fast schon eingeschlafen.

Die raue Hand Benders an seiner Schulter ließ Dr. Winter aufwachen, als es draußen schon dunkel war. Sofort war der Schmerz zurück. Bender hatte kein Licht gemacht. Er redete behutsam auf ihn ein. Im Türrahmen stand ein weiterer Mann, der Fahrer, der ihn zur Grenze bringen sollte, wie Dr. Winter nach einer Weile begriff.

Er habe einen Rucksack besorgt, sagte Bender, für das

Geld und den Inhalt seines Koffers. Und auch ein Paar Krücken für die ersten Meter hinter der Grenze: «Bis Sie jemand aufsammelt.» Er hielt Dr. Winter die Krücken hin. Der nahm sie, erhob sich und lief ein paar Schritte zur Probe: Es ging besser als erwartet, einige hundert Meter waren auf diese Art durchaus zu überwinden.

«Gehen wir», sagte Dr. Winter, nachdem er Gepäck und Geld im Rucksack verstaut hatte.

«Halt», sagte Bender und hielt ihn am Ellbogen fest, «wo kann ich Sie erreichen?»

«Natürlich», sagte Dr. Winter, «verzeihen Sie.» Er notierte eine Adresse auf den Zettel, den Bender ihm gereicht hatte, es war die seiner letzten Wohnung, die der Villa: *Dr. Winter, Berlin-Nikolassee.*

«Berlin?» Bender sah ihn misstrauisch an.

«Ja, Berlin», sagte Dr. Winter.

Auf der Straße vor dem Haus parkte ein LKW mit offener Ladefläche. Bender half Dr. Winter, auf den Beifahrersitz der Fahrerkabine zu klettern. Er reichte ihm Krücken und Gepäck nach oben, winkte kurz und verschwand im Haus.

«Was schulde ich Ihnen?», fragte Dr. Winter den Fahrer, der den Motor angelassen hatte.

«Nichts», sagte der Fahrer, «das hat der Karl schon erledigt.»

«Hier, nehmen Sie», sagte Dr. Winter und gab ihm zwei Geldscheine.

Der Fahrer zuckte die Schultern, steckte die Scheine ein. Dann fuhren Sie los.

Im Rucksack verblieben 998 Dollar.

# Geheimes Deutschland

**Durchquert man,** von F\*burg kommend, das Höllental auf der so genannten Grünen Straße, die, in den Vogesen beginnend, den Schwarzwald schneidet und sich bis zum Bodensee zieht, fährt man zwischen den steil aufragenden, Hunderte Meter hohen Felswänden Richtung Titisee, vorbei am Hirschsprung, der engsten Stelle, weiter durch die Ravennaschlucht, dann stößt man wenige Kilometer hinter Neustadt auf eine Landschaft, deren harmonische Ausgewogenheit in so starkem Kontrast zur gerade passierten schroffen Finsternis steht, dass man sich kurzzeitig in einer vollkommen anderen, weit entfernten Gegend wähnt. Sie kennen das vielleicht.

Von den sanft ansteigenden Hängen ließ sich an diesem Morgen kilometerweit ins Land schauen. Kleine Herden robuster Vorwälder-Kühe und brauner Schwarzwaldziegen weideten auf den sattgrünen, taufeuchten Wiesen. Nur vereinzelt waren Gehöfte an den Hang gebaut, die tief gezogenen Dächer von Holzschindeln bedeckt.

Es herrschte eine Harmonie, die sich – um es unpoetisch zu formulieren – der Ausgewogenheit ihrer Gestaltungselemente verdankte, eine Perfektion, die imstande war, jeden, der sich ihr aussetzte, zu verzaubern: eine alemannische Version der Toskana.

Sah man jedoch genauer hin, entdeckte man einen Missklang, den einzigen allerdings: ein grauer Neubau, zweistöckig, über dessen Form sich nicht sagen ließ, ob sie von konstruktivistischer Architektur inspiriert war oder sich an der pragmatischen Bauweise eines Bunkers orientierte. Auch der Neubau war an den Hang gesetzt, und man hätte ihn durchaus übersehen können, heute jedoch reflektierte der glatte Beton seiner Oberfläche das Licht der Sonne und ließ ihn wie einen verstrahlten Container leuchten. Den Einheimischen war das Haus ein Dorn im Auge, Touristen spekulierten über die Dinge, die in ihm vorgehen mochten, angestachelt nicht zuletzt von der martialisch wirkenden Umfriedung, die aus originalen Segmenten der Berliner Mauer bestand und demzufolge die Dreimetermarke locker überschritt. Die Behörden hatten die Aufstellung seinerzeit aus einer patriotischen Anwandlung heraus erlaubt, ihre Entscheidung aber schnell bereut, ohne sie rückgängig machen zu können.

Das alles war dem jungen Mann egal, der kurz nach zehn Uhr leicht verkatert und im Morgenmantel die Terrasse im ersten Stock dieser modernen Trutzburg betrat, die ihr Besitzer liebevoll *Die Villa* nannte. Er hatte eine Tasse Kaffee in der einen Hand, in der anderen eine Zigarette, und genoss den sagenhaften Ausblick, der sich von hier aus bot.

Der junge Mann, nennen wir ihn der Einfachheit halber Hans Baenschi, auch wenn die Papiere, die er seit neuestem mit sich führte, auf einen anderen Namen ausgestellt waren, wohnte erst ein paar Tage in der Villa, in zwei bislang noch unmöblierten Zimmern des oberen Stockwerks. Eine Matratze diente vorerst als Nachtlager, ein Stuhl als Garderobe, doch waren *diese* Improvisationen nichts, verglichen mit jener großen, die sein Leben im Augenblick darstellte: ein Ausnahmezustand, von dem sich nicht sagen ließ, wann er zu

Ende sein würde, ja, ob er je ein Ende finden könnte. Halb war er in ihn hineingeschlittert, halb hatte er ihn gewählt. Es war eine Situation der Ungewissheit, die andere in die Knie gezwungen hätte, doch Hans Baenschi war Sportsmann genug, nicht herumzuheulen, und wann immer ihm dennoch Zweifel kamen, befahl er sich, die Situation als Abenteuer zu betrachten, als einen Ausnahmezustand eben, der andauerte. So war Hans Baenschi.

Er warf die Zigarettenkippe über die Terrassenbrüstung, trank den Kaffee aus und begab sich in sein Badezimmer, das auf derselben Etage lag. Dort pflegte er ausgiebig seinen Körper, kleidete sich an und stieg ins Erdgeschoss hinunter, wo in der weitläufigen, im Stile eines Landhauses eingerichteten Küche bereits Dr. Edgar Winter am Esstisch saß und in einer überregionalen Tageszeitung blätterte.


Hans Baenschi kannte Dr. Winter lange, bevor sie einander zum ersten Mal persönlich begegnet waren: auf einer Trauerfeier, in jenem versifften Hotel, das sich «Zum Jäger» nannte.

Nein, zunächst war Dr. Winter für Hans Baenschi nichts als ein Vorgang gewesen, der eines schönen Tages auf seinem Schreibtisch im Berliner Büro gelandet war und ihm zur Betreuung und Vervollständigung übertragen wurde. Routine. Seltsam nur, dass den Fall nicht die zuständige Landesbehörde bearbeitete, sondern Berlin. Aber daran störte sich Hans Baenschi nicht weiter und begann unverzüglich, sich einzulesen. Und darum ging es hauptsächlich: ums Lesen. Denn Dr. Winter war der Herausgeber einer Zeitschrift namens «Das geheime Deutschland», die laut Impressum im Jahr 1990 gegründet worden war: anlässlich *der Vereinigung des geliebten Vaterlandes*, wie es an gleicher Stelle hieß.

Hans Baenschi ging recht bald auf, dass Dr. Winter nicht nur der Herausgeber, sondern auch der einzige Autor war, wenngleich das Inhaltsverzeichnis der knapp sechzigseitigen Hefte stets eine Hand voll anderer Schreiber aufführte, samt nicht selten abenteuerlicher Kurzbiographien. Doch der Stil war immer derselbe: ein Kurzsatzstakkato, in dem wie giftige Pfeile Myriaden von Ausrufezeichen steckten – Agitprop, wenn man so wollte. Eine Recherche im Internet ergab, dass sich einige der fingierten Namen Personen zuordnen ließen, die in den fünfziger Jahren führende Mitglieder einer militanten antikommunistischen Vereinigung in Westberlin gewesen waren, eines gewissen Bataillons der Menschlichkeit, das sich im Jahr '59 allerdings wegen innerer Querelen selbst aufgelöst hatte.

Dr. Winter war nicht einmal davor zurückgeschreckt, einen vermeintlichen Überlebenden des Holocausts in seinem Blättchen auftreten zu lassen, den er im üblichen Stakkatostil über das dringend gebotene Ende des deutschen Opferkultes schwadronieren ließ und den er zu allem Überfluss auch noch Baruch Mandelbaum genannt hatte, angeblicher Honorarprofessor einer angeblichen Kibbuz-Universität und ansonsten freier Autor der «Jerusalem Post».

Schwer zu sagen, ob es dieser Beitrag war oder ob bereits das Wort *Vaterland* im Impressum genügt hatte, jedenfalls war «Das geheime Deutschland» einer Reihe engagierter Bürger des Universitätsstädtchens F*burg aufgefallen, die es bei den zuständigen Behörden anzeigten wegen Volksverhetzung. Die lokale Presse berichtete, die Regionalrundschau des dritten Fernsehprogramms erwähnte den Vorgang, und wenig später verfügte das Blättchen, dessen Verbreitung sich bis dato auf ein paar Schwarzwaldorte beschränkt hatte, über einen zwar immer noch kleinen, aber wachsenden bundesweiten Leserkreis. Nicht zuletzt Rezensionen in anderen von Hans Baenschi und seinen Kollegen beobachteten Zeitungen trugen zu dieser Popularitätssteigerung bei.

Dabei war der Inhalt der Artikel eher harmlos, parolenhafter Mainstream mit dem einen oder andren Schlenker nach rechts, manchmal nach links, was in einigen Fällen auf dasselbe hinauslief. Selbst das Machwerk über den Opferkult war nur ein umgeschriebener Essay, den eine große Tageszeitung ein halbes Jahr zuvor veröffentlicht hatte. Prof. Mandelbaum, d. h. Dr. Winter, hatte lediglich die Syntax etwas aufgepeppt, ins Zackige. Wenn denn «Das geheime Deutschland» irgendetwas war, dann ein obskurer Almanach der Sprüche und Sentenzen.

«Tradition heißt nicht, die Asche aufzubewahren! Sondern das Feuer weiterzureichen!», konnte man dort etwa lesen, oder: «Hoffen, was man wünscht, statt nur zu hoffen, was man kann!», oder: «Die Trillerpfeife, diese Missgeburt aus Protestschrei und Saugnuckel, symbolisiert das Ende des deutschen Sozialismus!» Letzteres entstammte einer Polemik gegen die Verlogenheit der Gewerkschaften und ihre infantilen Protestmittel, und Hans Baenschi fand bei einer weiteren Internetrecherche heraus, dass Dr. Winter nicht der Urheber der Formulierung war. Auch andere Stellen erwiesen sich bei stichprobenartiger Überprüfung als Plagiate, wobei die Originale mal mehr, mal weniger umformuliert worden waren. Bisweilen gar nicht. Im Großen und Ganzen aber war dieses Gemisch aus zerstückeltem Feuilleton und recycelten Ideologiebrocken durchaus verfassungskonform, wie Hans Baenschi fand. Allerdings galt er in seiner Dienststelle als übertrieben liberal, als jemand, der zum Beispiel keine Probleme damit hatte, wenn sich irgendwelche Trottel Nazi-Bullshit auf die Körper tätowieren ließen: Swastika, Wolfsangel, Thors Hammer. Selber schuld.

Dr. Winter konnte man eher wegen der Verletzung des Urheberrechts belangen als wegen des kruden Sozialismus, den er propagierte, zugegeben, von nationalistischen Untertönen nicht immer frei. Plus: eine ordentliche Prise Preußentum. Minus: dessen Toleranz. Altmänner-Quatsch eben.

Dann aber stieß Hans Baenschi in einem der neueren Hefte auf einen Artikel, der anders war im Ton, stilistisch aggressiv, ohne dass er Ausrufezeichen dazu benötigte. Schon der erste Abschnitt zeugte von einer Wut, wie sie nur jemand haben konnte, der entweder von ganz unten kam oder unantastbar war. Oder dem das Schicksal eins mit dem Bolzenschussgerät verpasst hatte. Oder der nicht mehr bei Sinnen war. Eine Wut, die sich nur im Anfangssatz noch als Sarkasmus tarnte, um kurz darauf auszubrechen, zu wachsen, Zeile für Zeile, die Interpunktion zu zerstören und den Satzbau und endlich in eine Raserei zu münden, die sogleich ihre Klimax erreichte, ohne vor dem Ende des Textes dieses hohe Niveau wieder zu verlassen.

*Schwächlinge!,* lautete das letzte Wort und knappe Fazit, und erst an dieser Stelle tauchte das Ausrufezeichen auf.

Eines stand fest, der Artikel war bedenklich und fiel sehr wohl in die Zuständigkeit der Behörde. Das andere war: Hans Baenschi mochte ihn. Er war eher zufällig darauf gestoßen, beim lustlosen Durchblättern des Heftes, das einmal mehr nur Dr. Winters Genöle im Unteroffizierston versprach. Schnell aber hatte er sich festgelesen, und erst als die Lektüre beendet war – eine sich beschleunigende, fast fiebrige Art, zu lesen –, sah er im Inhaltsverzeichnis nach, wie der Autor hieß.

Und war überrascht. Er kannte den Autor: Es war niemand, der von ganz unten kam. Im Gegenteil.

Sie waren einander an einem Ort begegnet, den zu betreten einiges kostete, in jener renommierten Internatsschule, an die Hans Baenschi wegen Disziplinlosigkeit in Schottland wechseln musste und die als Schmiede für künftige Führungskräfte galt.

Hans Baenschi hatte sich schon am ersten Tag mit Dusch angefreundet. Elternlos und mit einem geerbten Vermögen im Hintergrund, über dessen Höhe wild spekuliert wurde, war Dusch ein Außenseiter. Keiner, den man schnitt oder unterdrückte, eher jemand, der die anderen um sich zu scharen wusste, sobald es aber brenzlig wurde oder gefährlich, alleine dastand. Und stehen blieb. Den weder Drohungen noch Schmeicheleien bewegen konnten, eine Position, zumal eine falsche, aufzugeben.

Als Hans Baenschi in das Internat einzog, hatte das Lehrer-Kollegium längst vor Duschs Sturheit kapituliert und ihm einem autonomen Status zugebilligt, um den die Mitschüler ihn beneideten, wiewohl sie ihn selbst nie ausgehalten hätten. Anders gesagt: Dusch hatte trotz seines jugendlichen Alters das Zeug zum charismatischen Führer, allein: Es fehlten ihm die Getreuen. Hans Baenschi immerhin gelangte im Laufe des folgenden Jahres so nahe an ihn heran wie sonst niemand. Es verband sie die jugendliche Attitüde der Rebellion, die sich in der Abgeschiedenheit des Internats schwerer ausleben ließ als in der Stadt. Was blieb, waren billige Pennäler-Streiche, hin und wieder kleine Sachbeschädigungen, Diebstähle, der Einbruch in das Rektoratsbüro, gelegentliche Prügeleien mit der Dorfjugend, die sich schon durch ihre Kleidung provoziert fühlen musste: schwarze Anzüge, weiße Hemden, blank geputzte Schuhe. Hauptsächlich aber brach sich ihr pubertärer Aufstand in Gesprächen Bahn, die der eingeschmuggelte Alkohol ins Endlose erweiterte.

Sich wiederholende Vernichtungsphantasien, die nur wenig ausschlossen. Schon damals hatte Dusch dazu geneigt, in rhetorische Raserei zu verfallen, wenn er betrunken war, und Hans Baenschi, meist der einzige Zuhörer, hatte schon damals nicht gewusst, wie er sich verhalten sollte: seiner Faszination nachgeben oder auf Distanz gehen.

Im Jahr vor dem Abitur begann Dusch, im Unterricht zu fehlen. Anfangs nur für ein paar Stunden die Woche, später für ein paar Tage. Irgendwann blieb er auch über Nacht weg. Ihre Freundschaft lockerte sich. Hans Baenschi nutzte die frei gewordene Zeit, um zu büffeln, was einen unverhofften Erfolg zeitigte: Er wurde aus Langeweile ein guter Schüler. Kurz vor den Prüfungen warf man Dusch aus dem Internat. Er nahm die Nachricht mit einem höhnischen Grinsen auf, ging auf sein Zimmer und packte die Sachen. Am Abend bereits war er verschwunden.

Erst nach diesem Vorfall erfuhr Hans Baenschi, womit Dusch seine Zeit verbracht hatte: Er war auf eine freie Kunstschule gegangen, keine fünf Kilometer entfernt vom Internat. Ein paar Hippies hatten hier ein leer stehendes Gehöft gekauft, es restauriert und boten nun den Gelangweilten und den Talentierten der Gegend die Chance, sich an Leinwänden auszutoben, Ton zu formen, hinter Glas zu malen. Und obwohl diesen Laden Leute betrieben, die Dusch normalerweise aufrichtig hasste, hatte er sich unter die Dilettantenschar begeben, um dort den größten Teil seiner Tage zu verbringen. Vorzugsweise, so ging noch lange ein Gerücht, habe er große Holzstämme mit der Axt bearbeitet, mit solcher Hingabe, ja Besessenheit, dass man im ersten Moment nicht sagen konnte, ob er sein Material gestalten oder lediglich zerkleinern wollte.

Die ganze Sache flog auf, als ein Drittel des Gehöfts abbrannte und sich die Hippies an die Internatsleitung wandten: Dusch hatte flüssigen Teer auf Leinwände geschmiert und ihn nach dem Trocknen mittels eines Schweißbrenners aus der Bildhauerwerkstatt weiter zu formen versucht. Dabei war das Unglück geschehen. Verletzt worden war niemand.

Einmal nur hörte Hans Baenschi noch von Dusch. Das Abitur war längst abgelegt, und er wohnte bereits in dem stinkenden Berliner Kommunardenhaus, als ein Brief eintraf, der an seine Eltern adressiert war, mit der Bitte um Weiterleitung. Auf seltsam antiquiert wirkendem, offensichtlich teurem Papier beschwor Dusch ihre gemeinsame Internatszeit, ohne jedoch auf Details einzugehen, teilte knapp mit, dass er sich eine verlassene Schule als Wohn- und Atelierhaus hergerichtet habe, und lud Hans Baenschi ein, ihn zu besuchen.

Beim Durchsehen der restlichen Hefte des «Geheimen Deutschlands» entdeckte Hans Baenschi weitere Aufsätze seines Schulfreundes. Sie glichen in Ton und Machart dem ersten, variierten das Thema der Abscheu, des Ekels und des Hasses, der daraus resultierte, anhand der Gegenstände, die sie behandelten, Kunst, Familie, Arbeitswelt, alles Mögliche. Der Feind jedoch war immer derselbe: der Status quo und seine Verteidiger. Die Republik, das parlamentarische System und seine Handlanger, die die Menschen zu dem gemacht hatten, was sie nach Duschs Ansicht waren, willenlos, dumm, prinzipienfrei und ohne Moral, wobei eines aus dem anderen folgte. Eine Republik der Schwächlinge, der Schwachköpfe, der Schleimer, der Ausbeuter und derer, die sich ausbeuten ließen.

Bei allem Furor, der ihn während des Schreibens erfasst haben mochte, waren seine Ausführungen stringent, er argumentierte plausibel, er brachte sogar Zahlenmaterial in seiner Suada unter. Und, wie Hans Baenschi fand: Er hatte Recht mit alldem, er lag richtig. Es gab nur ein Problem – Dusch schrieb nicht als Bürger der Republik, er sah von außen auf das Land, den Staat vielmehr, aus einer Art Vogelperspektive. Und deshalb *musste*, was er schrieb, verfassungswidrig sein und somit – falsch.

Möglicherweise angesteckt von Duschs Brandreden, änderten sich auch die Artikel von Dr. Winter. Sie wurden aggressiver, zuweilen gewalttätig. Sie begannen, den Leser mit Imperativen einzudecken: Dies solle getan, jenes unterlassen werden, immer in der Absicht, zu stören, Sand ins Getriebe zu streuen.

Nicht zuletzt dieser Tendenz wegen empfahl Hans Baenschi, den Herausgeber Dr. Winter und den Autor Dusch zu beobachten. Er tat dies nicht als Bürger, sondern als Beamter, der einen Eid geleistet hatte, es war nicht seine Meinung, sondern es war seine Pflicht: Da beträchtliche Summen Geldes zur Verfügung stünden, könne mittelfristig mit einer Ausdehnung der Aktivitäten gerechnet werden, einer Professionalisierung des Vertriebs etwa oder der Vernetzung mit anderen extremistischen Zirkeln.

Hans Baenschi hatte herausgefunden, dass sich das Vermögen Duschs, maßgeblich aus einer frühen Erbschaft stammend, auf knapp 3 Millionen Euro belief. Dr. Winter verfügte, Barschaft, Immobilien und unterschiedlichste Anteilsscheine zusammengerechnet, über ein Vermögen von ca. 10 Millionen, dessen Grundstock in den frühen fünfziger Jahren gelegt worden war. Zu jener Zeit war Dr. Winter im Schwarzwald aufgetaucht und hatte ein Startkapital, über das er offenbar verfügte, in diverse Kleininvestitionen gesteckt. Diese warfen ab Mitte der Fünfziger für damalige

Verhältnisse größere Gewinne ab, was ihn zehn Jahre später schließlich befähigte, ins Immobiliengeschäft einzusteigen. Womit Dr. Winter vor seinem Einstieg in die Geschäftswelt sein Geld verdient hatte, war im Übrigen nicht herauszubekommen.

Hans Baenschi hatte den Vorgang beinahe vergessen, als Anfang des Jahres eine neue Nummer des «Geheimen Deutschlands» erschien. Besser aufgemacht, auf hochwertigem Papier gedruckt, in professionellem Layout. Dr. Winters delirierende Ausrufezeichenverkettungen fehlten, desgleichen die Pseudonyme samt erfundener Kurzbiographien. Stattdessen hatte Dr. Winter, der laut Impressum immer noch als Herausgeber fungierte, zwei Gastautoren angeheuert, die in einschlägigen Intellektuellenkreisen durchaus bekannt und geschätzt waren. Beide besaßen einen universitären Hintergrund, beide waren ihrer radikalen Thesen wegen vor langer Zeit entlassen worden, und beide fristeten seither ein Dasein als wandernde Prediger ihres akademischen Nonkonformismus. In der aktuellen Ausgabe des «Geheimen Deutschlands» reanimierte der eine die alte Freund-Feind-Theorie, der andere ließ sich anhand historischer Beispiele über Vor- und Nachteile des Guerillakampfes aus. Und: Das Heft verfügte neuerdings über eine ISSN-Nummer.

Noch während Hans Baenschi mit der Auswertung beschäftigt war, entfaltete Dr. Winter eine ausgiebige Reisetätigkeit. Er fuhr praktisch alle Großstädte des Landes ab sowie zahlreiche kleinere Universitätsstädte. Er übernachtete in Hotels, traf sich mit Leuten, die nicht einzuordnen waren. Immer wieder kehrte er in sein Anwesen zurück, das zumindest auf den Fotos, die Hans Baenschi vorlagen, wirkte wie ein Bunker, wie ein privater Hochsicherheitstrakt.

Dann unterlief den süddeutschen Kollegen ein Fauxpas: Bei einem der Versuche, mehr über die Gesprächspartner Dr. Winters herauszufinden, wurden sie entdeckt. Sie hatten Fotos geschossen, aus sicherer Entfernung, wie sie behaupteten. Doch Hans Baenschi ging davon aus, dass sie Dr. Winters Alter zum Leichtsinn verleitet hatte, dass sie ihm eine Gebrechlichkeit unterstellten, die einfach nicht vorhanden war.

Dr. Winter jedenfalls war fluchtartig aufgebrochen, hatte sich anschließend in seinem Anwesen eingeschlossen und erst mehr als eine Woche später seine Reisen wieder aufgenommen. Zweimal fuhr er zu Dusch, der nur eine knappe Autostunde entfernt wohnte und sich seinerseits mit zwei Besuchen bei Dr. Winter revanchierte.

Eines aber hatte sich geändert: Dr. Winter war hektischer geworden. Er begann, in kleineren Pensionen abzusteigen oder bei privaten Vermietern. Er telefonierte nur noch von öffentlichen Münzfernsprechern. Er fuhr jetzt Umwege, nicht nur innerhalb der Städte, auch über Land nahm er zuweilen Hunderte überflüssiger Kilometer in Kauf. Er fühlte sich verfolgt. Er legte sich einen E-Klasse-Benz zu und ließ seither seinen Sportwagen, eine rote Corvette C4 – Aluminium-Leichtbauweise, atemberaubendes, schnörkelloses Profil –, in der Garage stehen. Außerdem besorgte er sich eine Waffe, den Klassiker unter den Pistolen, genauso elegant und zeitlos im Design wie die Corvette, eine Walther PPK aus den dreißiger Jahren, über eine russisch-arabische Connection aus ehemaligen Berufssoldaten und Flüchtlingen mit ungeklärtem Status und unklarem politischem Hintergrund, die gleichfalls unter Beobachtung stand.

Das war der Zeitpunkt, da Hans Baenschi veranlasste, Dr. Winter intensiver zu observieren.

Dass wir uns richtig verstehen: Dies ist nur die Kurzfassung. Dem voran gingen Anträge und Genehmigungen, Unterschriften und Stempel, ein Hin und Her zwischen den Hierarchien, das Hans Baenschi wie sonst kaum etwas zermürbte und das er als studierter Jurist gelassener hätte hinnehmen sollen.

Mitte des Sommers, im Juli – ein Sommer, der bis dahin mit dreckigem Herbstwetter aufgewartet hatte –, begab sich Dr. Winter neuerlich auf Reisen, in die Bundeshauptstadt, nach Berlin.

Entgegen seiner sonstigen Gewohnheit – er bevorzugte das Flair des Charlottenburger Savignyplatzes und dessen heimeliger Nebenstraßen – stieg Dr. Winter diesmal in einer Pension im nördlichen Prenzlauer Berg ab. Sie befand sich in einem vierstöckigen Altberliner Mietshaus, das unmittelbar an einer mehrspurigen Straße lag, die bis tief in den Wedding reichte und dort in die Stadtautobahn überging. Schräg gegenüber, auf der anderen Straßenseite, gab es einen Puff, wenige hundert Meter weiter, Richtung Pankow, standen die kubistischen Villen des ehemaligen Botschaftsviertels. Die meisten waren in Eigentumswohnungen umgewandelt worden, in einigen war das diplomatische Personal, vornehmlich ärmerer afrikanischer und asiatischer Staaten, verblieben.

Neben der Pension, im Erdgeschoss des Nachbarhauses, befand sich ein kleiner Laden. Er hatte sich scheinbar auf englische Sportklamotten spezialisiert: Fred Perry, Lonsdale, Ben Sherman, doch zwischen all den klassischen Logos, die das Schaufenster zierten, prangte eines, das größer war: *Troublemaker – Germany*.

Der Laden war Hans Baenschi bekannt, er stand gleichfalls unter Beobachtung. Hier trafen sich Nazirocker und Nazipunks, Oldschoolkraken und Hooligans, autonome Nationalisten und Heimatschützer und all die solariumgebräunten Türsteher und Security-Leute aus den Großraumdiskotheken des Brandenburger Umlandes: das ganze neo-nazistische Subproletariat eben, mit seinem Antikapitalismus- und Antiimperialismus-Geschwafel, das es streckenweise mit denjenigen teilte, derentwegen die Schaufenster des Nachts mit Sperrholzplatten verrammelt wurden.

Verwunderlich allerdings war, dass ausgerechnet Dr. Winter schon am Tag seiner Ankunft diesen Laden aufsuchte. Das passte nicht, das war nicht sein Stil, bei aller Aufgeregtheit des «Geheimen Deutschlands»: im Vergleich zum *Troublemaker*-Laden war Dr. Winters Postille von geradezu berauschender Intellektualität. Und auch am zweiten Tag betrat Dr. Winter den Laden, weswegen Hans Baenschi beschloss, am dritten Tag eine der leeren Wohnungen des Hauses gegenüber zu öffnen, wobei darauf verzichtet wurde, die Hausverwaltung zu informieren. Sie installierten an einem staubigen, rußverschmierten Fenster Richtmikrophone, Aufzeichnungsgeräte, Teleobjektive, Camcorder. Die Wohnung stank nach Katzenpisse. Nach dem vergammelten Essen, das dehydriert an Tellern und Besteck klebte. Nach der schimmligen Wäsche in den Ecken. Hans Baenschi ordnete Gummihandschuhe und Atemschutzmasken an, dennoch mussten sie einander alle halbe Stunde ablösen. An diesem Tag jedoch betrat Dr. Winter den Laden nicht. Gegen Abend verließ er die Pension und fuhr im Zickzackkurs zum Savignyplatz. Dort, in einem überfüllten französischen Restaurant, speiste er zu Abend: Bœuf Bourguignon, dazu einen Viertelliter Haus-Burgunder. Er hatte eine Tischreservierung, und zunächst sah es aus, als würde er alleine bleiben. Doch nach etwa einer Stunde gesellte sich ein Mann zu ihm, der in der

Stadt kein Unbekannter war, ein Halbprominenter: Dr. Ferdinand Hiller.

Dr. Hiller, der jetzt auf die neunzig zuging, hatte im Jahr '49 eben jene militant-antikommunistische Organisation gegründet, die Hans Baenschi bereits im Zusammenhang mit den fingierten Autorennamen des «Geheimen Deutschlands» untergekommen war.

Mitte der sechziger Jahre hatte er begonnen, ein Archiv anzulegen, das akribisch alle Vorfälle an Berliner Mauer und innerdeutscher Grenze dokumentierte, Fluchtversuche, erfolgreiche und gescheiterte. Bereits kurz nach der Gründung des Archivs, das als «Bernauer Straße e.V.» im entsprechenden Register geführt wurde, pachtete Hiller von der Stadt ebendort, Bernauer Straße, Berlin-Wedding, eine innerstädtische Brache, die unmittelbar an die Mauer grenzt. Hier wurde eine Baracke errichtet, die neben dem Archiv eine Dauerausstellung beherbergte. Die Eintrittspreise waren moderat, das Interesse vor allem ausländischer Besucher enorm, und um seinen Besuchern ein Maximum an Authentizität zu bieten, ließ Hiller einen zehn Meter hohen Holzturm errichten, von dem aus man nicht nur auf den Mauerstreifen und die dort tätigen Grenzposten blicken konnte, sondern überdies eine hervorragende Sicht auf die bröckelnden Gründerzeithäuser im Osten hatte.

Dr. Hillers Archiv erfuhr mannigfaltige Förderung, und ein Höhepunkt seiner Laufbahn war mit Sicherheit die Einladung ans Brandenburger Tor – man schrieb das Jahr 1987, es war Juni –, als der amerikanische Präsident, Mr. Reagan, jene pathosgeladenen Worte Richtung Ostberlin, an den Generalsekretär Gorbatschow adressiert, sprach: *Tear down this wall, Mr. President.*

An dem Abend mit Dr. Winter allerdings passierte nichts, was Hans Baenschi weiteren Aufschluss über dessen Ambitionen gegeben hätte. Die beiden alten Herren tranken einige Karaffen Wein, sie unterhielten sich, sie gestikulierten, sie lachten: ein Treffen zweier guter Freunde. Beim Abschied umarmten sie einander.

Dr. Winter bestieg um kurz nach eins ein Taxi, das ihn – diesmal auf direktem Weg – in die Pension brachte, wo ca. eine Stunde später das Licht in seinem Zimmer ausging.

Seinen Wagen – erstaunlicherweise war er in der Corvette nach Berlin gereist – hatte Dr. Winter in Charlottenburg, Knesebeckstraße, stehen lassen. Hans Baenschi fuhr vorsichtig mit dem Fingern über den roten Lack, dann wies er seine Leute an, einen GPS-Sender anzubringen. Danach sollten sie Feierabend machen.

Der Ärger begann am nächsten Tag, ein Sonntag, über dem finsterste Wolken hingen, ein Wetter wie in der Vorhölle, ein Tag, der in die Geschichtsbücher des Landes eingehen sollte, in die inoffiziellen.

Hans Baenschi saß zu Hause im Morgenmantel, als gegen Mittag das Diensthandy klingelte: *Enter Sandman,* Metallica. Es war Usus unter den Kollegen, das Standard-Klingeln ihrer Mobil-Geräte durch Melodien der Lieblingsbands zu ersetzen.

Der Kollege am anderen Ende klang hektisch: Dr. Winter habe sich in Bewegung gesetzt. Sie verfolgten seine Route am Monitor, er fahre über den Kaiserdamm, Richtung Messegelände.

Hans Baenschi rief die Kollegen in der stinkenden Wohnung an, gegenüber der Pension. Sie behaupteten, nichts gesehen zu haben. Er wies sie an, sich in der Pension umzuschauen: sacht. Dann zog er sich hastig an, brachte flüchtig seine Haare in Form und machte sich Richtung Büro auf.

Noch auf dem Weg zum Wagen riefen die Kollegen aus der Pension an. Die Tür von Dr. Winters Zimmers sei verschlossen. Die Frau an der Rezeption habe Dr. Winter an diesem Vormittag noch nicht gesehen, zum Frühstück jedenfalls sei er nicht erschienen.

Was sie jetzt tun sollten?

Zurück ans Fenster gehen, sagte Hans Baenschi, auf Anweisungen warten, Augen offen halten.

Ehe er das Büro erreicht hatte, klingelte sein Handy abermals.

Dr. Winter sei vom Schirm verschwunden, einfach weg, kein Signal mehr zu empfangen. Er sei tatsächlich auf die Autobahn abgebogen, am Kongresszentrum, aber nach weniger als einem Kilometer auf der alten Avus-Strecke wie vom Erdboden verschluckt gewesen. Vielleicht habe er den Sender entdeckt.

Unwahrscheinlich, sagte Hans Baenschi.

Ein technischer Defekt?

Schon eher.


Zur selben Zeit – doch das sollte Hans Baenschi erst später erfahren, *zu* spät – rollte die größte Übung an, die es in der Geschichte der Republik gegeben hatte, eine Simulation, die sich als Ernstfall tarnte, ein Manöver, das u. a. das Zusammenspiel aller bewaffneten Kräfte testen sollte und das sich nach außen den Anschein einer polizeilichen Fahndung gab. Dahinter jedoch stand ein Komplott zwischen Legislative und Exekutive, wie es verfassungswidriger nicht hätte sein können, es war die Inszenierung eines politischen Falls, deren Ziel darin bestand, einen Gesetzentwurf zur inneren Sicherheit zu verabschieden, von dem Insider längst wussten, dass er ohne Schwierigkeiten Parlament und Bundesrat passieren würde. Die konzertierte Aktion, die an diesem dunklen Sommertag ablief und den wenig originellen Namen «Tag X-Plus» trug, war sowohl Testfall der Praktikabilität, vor allem aber war sie PR-Maßnahme. Sie lieferte dem Volk eine Begründung für jenes Gesetz, das seine Freiheiten einschränken und seine Privatsphäre durchsichtig machen würde. Es ging längst nicht mehr nur um Iris-Muster und -Farbe oder Fingerabdrücke in Personaldokumenten, es ging um eine umfassende Datenbank, die die genetischen Codes aller Einwohner des Landes enthalten sollte, es ging um RFID-Chips, die sämtlichen Straftätern eingepflanzt werden sollten, es ging um die Observation von Bewegungen und Telekommunikation, es ging um die Vernetzung von Behörden und Verwaltungen, von Finanzämtern, Kreditinstituten, Versicherungen, Meldeämtern und GEZ, es ging um Anwälte, Ärzte, Journalisten, Steuerberater, die bereits bei Bagatellen zur Offenlegung vertraulicher Informationen gezwungen werden könnten, es ging um die Umwandlung des öffentlichen Raumes in einen Zellentrakt.

Und: Das Volk sollte sich das Gesetz *wünschen*, es herbeisehnen, und die Erfolgschancen standen nicht schlecht, denn Sicherheit, in jeglicher Hinsicht, war sein höchstes Ziel. Den liberalen Nörglern sollte X-Plus weiteren Wind aus den Segeln nehmen, denn X-Plus arbeitete vor allem mit einem, mit der Angst, ein Scary Movie, dessen Kulissen die Wirklichkeit bildete. Die Großfahndung, als die sich X-Plus nach außen darstellte, war eine Fahndung nach der höchstmöglichen Bedrohung, die das Volk zu fühlen in der Lage war, eine Mischung aus arabischem Terrorismus, dessen Verquickung mit dem organisierten Verbrechen, Industriespionage und zwei kurz zuvor auf Flughäfen gefundenen herrenlosen

Koffern, die angeblich waffenfähiges Plutonium enthielten. Unruhen in den Ausländervierteln einiger Großstädte, die in letzter Zeit zugenommen hatten, wurden zwar nicht thematisiert, erhöhten aber dennoch das Gefühl der meisten, sich in Gefahr zu befinden.

All das wurde nicht einfach platt behauptet: Es hatte einer Vorbereitungszeit von gut einem Jahr bedurft, um diese Dinge, die nicht in jedem Fall strategische Fiktionen waren, in die öffentliche Aufmerksamkeit zu rücken, um sie *zu kommunizieren.*

Man – und wer hinter diesem *man* stand, sollte für Hans Baenschi im Dunkeln bleiben, mochte er auch gewisse Ahnungen haben, zumindest, was die ausführende Ebene betraf – man hatte eigens eine Agentur beauftragt, eine diskret agierende GmbH mit dem unscheinbaren Namen «Grimmelshausen + Stock», die sich auf *zielorientierte,* mehr aber noch auf Krisenkommunikation spezialisiert und ihr Meisterstück keine zwei Jahre zuvor abgeliefert hatte.

Damals war es um eine andere Gesetzesnovelle gegangen, mittels deren das soziale Sicherungssystem abgerüstet werden sollte: Es gab weniger Geld für die Arbeitslosen. Doch dann, am Tag der Umstellung auf die neuen Parameter, hatte es gar kein Geld gegeben, Anträge auf Geld waren nicht bearbeitet worden, andere waren in den Tiefen des Netzwerks verschwunden. Man fand den Fehler in der Software, eine Beta-Version, von einer Tochter des Ex-Staatsmonopolisten für Telekommunikation mit heißer Nadel zusammengestrickt. Im Wochenrhythmus kamen plötzlich Patches heraus. Alles musste neu eingegeben werden, neue Anträge mussten geschrieben, verschickt, bestätigt, genehmigt werden, derweil die Leute ohne Geld dastanden, zwei, drei Monate manchmal. Selbst die Boulevard-Presse wurde wütend. Die Regierung war am Boden, gehasst, verspottet im besten Fall, die Kosten waren exorbitant, ein politisches Desaster. Bis … genau: Bis Grimmelshausen + Stock engagiert worden waren. Sie kamen leise und arbeiteten effizient, und tatsächlich gelang es ihnen binnen eines Monats, die Aufmerksamkeit von den logistischen Problemen der Verwaltung, von den technischen Unzulänglichkeiten und den falsch prognostizierten Bilanzen abzulenken, hin zu jenen, die im Grunde das wirkliche Übel waren: die Arbeitslosen selbst. Faul und fordernd, die Solidarität der Gemeinschaft ausnutzend, sollten sie froh sein, wenn sie überhaupt etwas bekämen. Niemand sprach es derart offen aus, doch die Suggestion lag in der Luft und begann im Folgenden, in die Leitartikel der Meinungsmacher einzugehen.

Noch ehe sich eine ernsthafte Protestbewegung bilden konnte, zogen sich die paar Arbeitslosen, die sich aufgerafft hatten, schamhaft zurück. Ihre Aktivisten gaben auf, die Regierung stand als Siegerin da, die Grimmelshausen + Stock GmbH galt fortan als Koryphäe.

Es war genau diese Art der Guerillakommunikation, die nun abermals praktiziert wurde, und es war dieses als Fahndung getarnte Komplott, das Hans Baenschi nicht nur ins Handwerk pfuschte, sondern auch das Saatkorn der Illoyalität in ihm ausbrachte.

Erst auf drängende Nachfrage bei seinem Vorgesetzten erfuhr er Stunden später von X-Plus.

Sein Chef sprach von einer Maßnahme des Bundesgrenzschutzes, die Priorität habe. Er gab vor, nicht mehr zu wissen. Natürlich erwähnte er nicht, dass das Heer im Laufe des Nachmittags eingeschaltet werden würde. Doch da war Dr. Winter bereits raus aus der Stadt, über alle Berge.

Nachdem die Corvette vom Schirm verschwunden war, hatte Hans Baenschi die Kollegen im Prenzlauer Berg beauftragt, das Pensionszimmer zu öffnen. Eine Rechtfertigung ließ sich allemal finden. Der illegale Waffenbesitz sollte reichen, ihn festzusetzen.

Die Rezeptionistin händigte den Zweitschlüssel aus: Dr. Winters Zimmer war leer, das Bett gemacht, die Vorhänge zugezogen. Im Papierkorb fand sich neben alten Zeitungen ein zu Schnipseln zerrissener Zettel, der sich nach dem Zusammensetzen als Quittung einer Autovermietung erwies, deren Büro sich auf der gegenüberliegenden Straßenseite befand.

Dort bestätigte man, den Auftrag am Vortag telefonisch entgegengenommen zu haben. Das Formale sei auf Wunsch des Auftraggebers, Dr. Winters, im Pensionszimmer erledigt worden. Ein Mitarbeiter habe, das ebenfalls auf Dr. Winters Wunsch hin, den Wagen auf dem pensionseigenen Parkplatz im Hinterhof abgestellt, ein unauffälliges Modell, ein roter Opel Corsa.

Hans Baenschi saß in seinem Büro, die Füße auf dem Schreibtisch, und der leichte Groll, den er gegen Dr. Winter hegte, begann in Ärger umzuschlagen, als Neuigkeiten von der Corvette eintrafen. Sie war nicht verschwunden, sie war verunglückt. Die Polizei ging von überhöhter Geschwindigkeit aus, kombiniert mit der Selbstüberschätzung des jugendlichen Fahrers, den man nur noch tot aus dem brennenden Wrack hatte bergen können: ein junger Mann von kaum zwanzig Jahren. Die Polizei hatte die Fahrbahn auf Höhe der Avus-Tribüne komplett sperren müssen. In der Nähe des Autobahnhotels war ein Tankwagen ins Schleudern geraten und schließlich quer zur Fahrtrichtung in das Ende der wartenden Autoschlange gekippt, wobei er erhebliche Teile seiner Ladung, einer hochätzenden Industriesäure, verlor. Neben Polizei, Feuerwehr und Sanitätern waren Rettungshubschrauber des Automobilclubs und mehrere Teams des Technischen Hilfswerks samt schwerem Bergungsgerät im Einsatz. Die Bilanz bis zu diesem Zeitpunkt: ein Toter und vier Schwerverletzte, Sachschäden im Hunderttausender-Bereich, vom Chaos des Verkehrs, der sich allein auf der Stadtautobahn bis in den Wedding staute, nicht zu sprechen.

Unterdessen waren auch die Leute von Grimmelshausen + Stock auf den Unfall aufmerksam geworden, und so gab es ca. eine Stunde nachdem der junge Mann die Corvette geschreddert hatte, eine Pressekonferenz des Innenministeriums, auf der nicht nur die heutige Großfahndung nachträglich angezeigt wurde – eine Kooperation, wie es hieß, zwischen Bundesgrenzschutz und Bundeskriminalamt –, sondern, und das bedeutend länger, bereits jetzt der Avus-Unfall zur Sprache kam. Man hatte die Identität des jungen Mannes festgestellt, eines gebürtigen Berliners, der eine Lehre als Bankkaufmann absolvierte, nach außen normal wirkte, in seiner Freizeit jedoch Mitglied einer Freien Kameradschaft im Berliner Nordosten war. Der Ministerialbeamte am Mikrophon diktierte den staunenden Journalisten ein gutes Dutzend Mutmaßungen in die Stifte, Vernetzung und politische Hintergründe des Unglücksfahrers betreffend, den er bereits nach fünfminütigem Vortrag und ohne dass die meisten der Anwesenden die veränderte Wortwahl bemerkten, nicht mehr *Neonazi* oder *Unfallverursacher* nannte, sondern als *mutmaßlichen Täter* bezeichnete.

Schlussendlich – und das war auch das Fazit, das wenige Minuten nach ihrem Ende über die Ticker der Agenturen ging – hatte die Pressekonferenz vor allem eines suggeriert:

dass der Unfall eine nervöse Reaktion auf die Fahndung gewesen sei, dass es eine Verbindung zwischen militanten Rechtsextremisten und militanten Arabern gebe, deren Basis der gemeinsame Antisemitismus sei, und dass weitere Reaktionen folgen könnten, deren Ausmaß nicht abschätzbar wäre.

Eine halbe Stunde nach dem Ende der Pressekonferenz berichteten die beiden führenden Nachrichtenkanäle des Landes live, wenig später stiegen CNN und BBC-World ein. Diverse Experten gaben ihre Einschätzungen ab. Luftbilder des Unfallortes, vom Hubschrauber aus gefilmt, gingen über die Bildschirme: die leere Autobahn jenseits der Absperrungen, der gigantische Verkehrsstau diesseits, verunsicherte Passanten in den Straßen der Innenstadt, die ihre Angst vor diversen Kameras artikulierten. Und über alldem das miese Wetter, peitschenartiger Regen, Windböen, die die Retter bei der Arbeit behinderten, die Gewitterfronten schließlich, die im Laufe des Nachmittags aus Richtung Westen aufzogen und den Himmel schwefelgelb färbten. Es war die perfekte Kulisse für das Stück, besser konnte es für Grimmelshausen + Stock und ihre Auftraggeber nicht laufen.

Erst am frühen Nachmittag betrat Hans Baenschi das Büro seines Chefs zum Rapport. Der hatte ihn Stunde um Stunde hingehalten: Er sei zu beschäftigt, es gebe im Moment Wichtigeres zu tun. Dennoch drohte er nun, da sie einander gegenübersaßen, als Erstes mit Konsequenzen: Ob es ihm nicht peinlich sei, von dem alten Mann ausgetrickst worden zu sein, einem kleinen Fisch, vergleichsweise.

Hans Baenschi sah zu Boden, wies dann aber auf die Pressekonferenz hin, in der angedeutet worden sei, dass der Fahrer in Dr. Winters Corvette nicht nur aus der Kameradschaftsszene stamme, sondern auch Verbindungen zum internationalen Terrorismus haben könne. Was die Vermutung nahe lege, dass Dr. Winter über ähnliche Kontakte verfüge. Zumindest gebe es bezüglich der Neonazi-Verbindung deutliche Hinweise. Dass der Wagen zufällig gestohlen worden war, glaube er übrigens nicht mehr.

Ja, ja, das sei alles möglich, hatte sein Chef bestätigt, weshalb sie nicht nur an Dr. Winters Fall dranblieben, sondern ihr Engagement sogar verstärken würden. Die Großfahndung heute allerdings hätte Vorrang: Es gehe um die nationale Sicherheit, und falls Dr. Winter in eine Verschwörung gegen die nationale Sicherheit verwickelt sei, werde er mit etwas Glück noch im Laufe des Tages gestellt werden. Er, Hans Baenschi, solle fürs Erste nach Hause gehen, in den nächsten Tagen jedoch einen detaillierten Handlungsplan vorlegen.

Dann hatte ein Handy geklingelt – Wagner: Walkürenritt –, und Hans Baenschi war wortlos, mit einer schlaffen Handbewegung und einem genervten Kopfnicken seines Chefs, aus dem Raum gewinkt worden.


Trotz des Wirbels, für den Grimmelshausen + Stock gesorgt hatten, war X-Plus bereits Ende der Woche aus den Schlagzeilen verschwunden. Am Montag hatten die Medien noch vermeintliche Details berichtet: Ein Flughafen war gesperrt worden, ein voll besetztes Fußballstadion hatte man einer Bombendrohung wegen leer geräumt. Weite Teile der Autobahnen A2 und A7, die im Zuständigkeitsbereich der Bundesgrenzschutzpräsidien Ost, Berlin, bzw. Mitte, Kassel, lagen, waren gesperrt worden. Man hatte Auffahrten blockiert und eine Anzahl Tank- und Raststätten samt Personal aufgrund des Verdachts evakuiert, chemische bzw. explosive Kampfstoffe könnten dort deponiert worden sein. Auf besagten

Autobahnen waren diverse Straßensperren errichtet worden. Außerdem hatte es mehr als hundert Durchsuchungen von Privatwohnungen und Geschäftsräumen gegeben.

Die Regierung, hieß es in den offiziellen Statements, blicke mit Sorge auf die Vorgänge, die solche Maßnahmen nötig machten, sei aber angesichts des Erfolges zuversichtlich: Man habe an die dreißig Personen festgenommen, deren Identität im Augenblick geprüft würde, des Weiteren Personalcomputer sichergestellt, Akten, Propagandamaterial und Waffen.

Am Dienstag hatte man in einigen Medien kritische Kommentare hören bzw. lesen können, Angemessenheit und Totalität der Fahndung betreffend, auf die am Mittwoch andere Medien mit Empörung und der Unterstellung von Relativismus, gar Landesverrat reagierten. Dann verebbte das Interesse an der Sache beinahe schlagartig. Auch dahinter durften Grimmelshausen + Stock vermutet werden, möglicherweise hatten sie sogar das neue Thema lanciert, das seit Freitag die Schlagzeilen beherrschte: Es ging um eine sensationelle wissenschaftliche Studie, die besagte, dass drei von zehn Kindern in Deutschland im Alter von 6 bis 12 Jahren … etc.

Wen man im Rahmen von X-Plus nicht gefunden hatte, war Dr. Winter. Nur sein Wagen, der rote Opel Corsa, war von Beamten der Autobahnpolizei sichergestellt worden, wenige Kilometer westlich der Raststätte «Börde Nord» und, wie Hans Baenschi bemerkte, nicht mal einen Kilometer von jenem Punkt auf der A2 entfernt, an dem eine von fünf Straßensperren errichtet worden war. Der Corsa parkte auf der Standspur, die Türen verschlossen, fahrbereit. Eigentlich hätte Hans Baenschi den Plan, auf dem Sperrungen und zu evakuierende Objekte verzeichnet waren, nicht kennen dürfen. Dass er dennoch eine Kopie besaß, verdankte er seinem Charme und einer gleichaltrigen Kollegin, die diesem erlegen war.

Bei dem leeren Corsa allerdings verlor sich Dr. Winters Spur. Der Regen, der an diesem Tag, dem Tag X-Plus, wie aus Kübeln niedergegangen war, hatte alles Verwertbare weggespült. Die Anzeige des Tankstellenpächters, «Börde Nord», der die Polizei nachging, brachte ebenfalls keine neuen Erkenntnisse. Zwar fanden sich in dem leicht verwüsteten Tankstellenkiosk massenhaft Fingerabdrücke sowie DNA-Spuren, doch ihre Auswertung ergab nichts, was in Dr. Winters Richtung deutete: Er blieb verschwunden.

Nach einer guten Woche wurde Hans Baenschi abermals ins Büro seines Chefs beordert, wo dieser ihm ohne Umschweife erklärte, dass ihm der Vorgang Dr. Winter aka *Das Geheime Deutschland* mit sofortiger Wirkung entzogen sei.

Es war Dr. Winter höchstpersönlich, der sich am Tag nach Hans Baenschis Degradierung in der Behörde meldete und seinen Aufenthaltsort verriet: Er benutzte nämlich – was er seit Monaten nicht getan hatte – sein überwachtes mobiles Telefon, und er rief damit ausgerechnet Dusch an, um ihm mitzuteilen, wo er sich befinde.

Was immer Dr. Winters Motiv war, dies zu tun: An ein Versehen des alten Herrn glaubte jedenfalls nur Hans Baenschis Chef. Der veranlasste bereits für den nächsten Tag einen Außeneinsatz – eine Limousine, ein Van, vier Kollegen, Hans Baenschi eingeschlossen –, der sie ins mittelalterliche K*burg führen sollte, das sich als Basis für die Ermittlungen im Umkreis anbot und keine zwanzig Autominuten von dem Kaff entfernt lag, wo sich Dr. Winter in einem Hotel eingemietet hatte.

In K*burg angekommen, belegten sie zunächst ihre Zim-

**272**

mer. Das Briefing für den nächsten Tag, das sie nach dem Abendessen formlos an der Hotelbar abhielten, brachte wenig Interessantes: Es war lediglich eine Trauerfeier zu observieren, an der Dr. Winter teilnehmen wollte, wie gleichfalls aus dem Telefonat mit Dusch hervorgegangen war. Für die Observation der Trauerfeier, die für den späten Nachmittag im Hotel «Zum Jäger» angesetzt war, wurde Hans Baenschi eingeteilt. Er habe schließlich etwas gutzumachen, hatte der Chef gesagt und den anderen Kollegen zugezwinkert.

Er solle sich als ein entfernter Verwandter des Verstorbenen ausgeben – ihm falle da sicherlich etwas Plausibles ein – und versuchen, mit Dr. Winter ins Gespräch zu kommen. Möglicherweise ergebe sich sogar die Gelegenheit, einen Blick in sein Zimmer zu werfen. Er solle eben ein wenig improvisieren. Für heute, beendete sein Chef die Besprechung, wär's das.

Sie hätten beschlossen, noch ein wenig in die Stadt zu gehen, einen Biergarten zu besuchen und den herrlichen Sommerabend zu genießen. Ob er, Hans Baenschi, mitkommen wolle. Schaden würde es nicht, er sehe blass aus, etwas Abendsonne, etwas frische Luft und ein kühles Bier täten ihm sicher gut.

Hans Baenschi lehnte dankend ab. Er wolle sich lieber auf den morgigen Einsatz vorbereiten, vielleicht noch etwas lesen. Außerdem sei er müde.

Das Ganze wirkte bis zu diesem Zeitpunkt wie ein Betriebsausflug.


Die Observation der Beisetzung am nächsten Tag verlief routinemäßig und ergab – nichts. Am Abend dann stieg Hans Baenschi erneut in den schwarzen Van und überwand die Strecke zwischen K*burg und der Ex-Industriestadt in rekordverdächtigen fünfzehn Minuten. Als er den «Jäger» betrat, wo die Trauerfeier stattfand, war es neun. Die Stimmung war ausgelassen, die Leute waren außer Rand und Band: laute Schunkelmusik, betrunkenes Gelalle, Unmengen an alkoholischen Getränken, Bier, Schnaps, Wein, die Überreste eines kalten Buffets, Zigarettenqualm, der sichtbar in der Luft stand. Überall benutztes Geschirr und Besteck. Es waren wesentlich mehr Personen anwesend als am Vormittag auf dem Friedhof, und so fiel es Hans Baenschi nicht schwer, ins Getümmel einzutauchen, das in dem kleinen Frühstücksraum herrschte. Der einzige Nüchterne schien der mürrische Kellner zu sein, der kaum hinterherkam, leere Flaschen und Gläser durch volle, neue zu ersetzen.

Dr. Winter saß an einem der hinteren Tische nahe den Toiletten. Auch er wirkte leicht angetrunken, seine Augen waren glasig, der Scheitel seiner Frisur hing ihm ins Gesicht. Er war in ein Gespräch mit einem jungen Mann vertieft, dem Enkel des heute Beigesetzten, einem gewissen Bender. Typischer Slacker, wie Hans Baenschi einschätzte, ziellos, planlos, schlecht gekleidet: das übliche Berliner Gesocks. Dennoch stellte er sich als durchaus angenehmer, als relativ gebildeter Gesprächspartner heraus, wie Hans Baenschi bemerkte, nachdem er an Dr. Winters Tisch getreten war, sich dort kurz verbeugt und recht förmlich als Verwandter x-ten Grades aus Berlin vorgestellt hatte, der es leider zur Beisetzung nicht geschafft habe. Wenig später bereits war er in ein Gespräch verwickelt, das um die Effizienz und halluzinogene Wirksamkeit verschiedener Drogen kreiste.

In Benders Blick hatte nur kurz ein Zweifel aufgeblitzt, dann hatte er wohl beschlossen, Hans Baenschi als Verwandten zu akzeptieren: Er war betrunken.

Es ging auf Mitternacht zu, als Dr. Winter in die Tasche

**274**

seines Sakkos griff und einen kleinen ledernen Beutel herauszog, in dem sich eine halbe Hand voll schwarzer Krümel befanden. Pilze, sagte Dr. Winter, die er sich aus Südamerika habe kommen lassen. Ob sie versuchen wollten? Es sei eine unbeschreibliche Erfahrung, allerdings müsse man sparsam dosieren, und im Zusammenspiel mit Alkohol seien Nebenwirkungen nicht auszuschließen.

Zu diesem Zeitpunkt hatten Bier und Schnaps Bender bereits jegliche Vernunft ausgetrieben, und auch Hans Baenschi hatte sich von Dr. Winter zu drei doppelten Korn überreden lassen, obwohl er im Dienst war, aber eine Abstinenz vorzuschützen war ihm unglaubwürdig erschienen.

Sie weichten die Pilze ein, dann probierten sie, warteten zwei Minuten, drei Minuten, fünf Minuten. Dr. Winter sah ihnen zu, einen spöttischen Zug um die Mundwinkel.

Während Hans Baenschi weiter auf die Wirkung wartete, setzte sie bei Bender ein. Der erhob sich. Er musste sich an der Tischkante festhalten. Dann schwankte er in Richtung Toiletten.

Hans Baenschi wartete weiter, beobachtet von Dr. Winter, der genau in dem Moment das Wort an ihn richtete, da ein Lavastrom durch seinen Körper zu laufen begann, Richtung Schädel: «Ich habe gehört, Sie kennen den jungen Dusch?»

Ja, sagte Hans Baenschi, und begann zu erzählen, während sein Körper glühte, seine Eingeweide brannten und Salve auf Salve gegen das Innere seines Schädels spritzte.

Er hatte keine Ahnung, wie er zurück nach K\*burg gekommen war. Er wusste nicht mehr, was genau er Dr. Winter erzählt hatte, wie weit er ins Detail gegangen war. Doch als er verkatert und zerschlagen an jenem honiggoldenen Vormittag des nächsten Tages seine Kollegen sah, brannten ihm die Sicherungen durch. (Vorschnell vielleicht, wie er später – schon im Schwarzwald – dachte, die Indizien, die er zu sehen geglaubt hatte und die auf einen Zugriff deuteten, waren, nüchtern betrachtet, nicht so eindeutig gewesen, wie es ihm in jenem Moment vorgekommen war: Vielleicht hatten die Pilze noch gewirkt, vielleicht war das Paranoide seiner Wahrnehmung eine der Nebenwirkungen, die Dr. Winter erwähnt hatte. Und vielleicht war auch der Mut, der *Über*-Mut, der ihn in den folgenden Stunden befallen sollte, lediglich eine dieser Nebenwirkungen.)

Mit dem Van, den er vom Hof des Hotels entwendet hatte, fuhr Hans Baenschi von K*burg zum «Jäger». Der mürrische Kerl am Empfang sagte, dass Dr. Winter noch auf seinem Zimmer sei. Hans Baenschi bat ihn durchzurufen und nannte seinen Namen.

Dr. Winter lasse bitten, sagte der Rezeptionist, nachdem er den Hörer zurück auf die Gabel gelegt hatte: Zimmer 21.

Hans Baenschi stieg die Treppe hoch, überquerte den stickigen Flur und hielt vor der Tür inne. Auf dem Gang lagen Wäschebündel. Es war nichts zu hören, kein Staubsauger, keine Stimmen. Dann klopfte er.

Dr. Winter öffnete die Tür. «Kommen Sie», sagte er und geleitete Hans Baenschi ins Zimmer.

«Lange nicht gesehen», sagte Dusch und erhob sich vom Bett, auf dessen Kante zwei weitere Männer saßen: dunkler Teint, schwarze Haare, drahtig.

«Du hier?», sagte Hans Baenschi. Er sah sich über die Schulter hinweg nach Dr. Winter um, der ihm aufmunternd zunickte.

«Ja», sagte Dusch. «Ich bin gekommen, um dich abzuholen. – Und: Ich freue mich. Aufrichtig.» Er streckte seine Hand aus. Hans Baenschi schlug ein. Es war ein gutes Gefühl.

Die beiden Männer auf dem Bett rührten sich nicht, blickten auf den Boden, als verstünden sie kein Deutsch oder seien zu äußerster Diskretion verpflichtet.

«Sie werden uns helfen», sagte Dusch, der Hans Baenschis verstohlene Blicke auf die Männer bemerkt hatte, «es sind Freunde.»

«Auf, auf!», sagte Dr. Winter und klatschte vor Tatendrang in die Hände, «wir haben keine Zeit zu verlieren.»

Als Erstes wechselte Hans Baenschi die Sachen. Dusch hatte einen frischen Anzug mitgebracht, den ruinierten steckte er in einen Plastikbeutel, in den auch Ausweise, Kreditkarten, Schlüssel und das Handy wanderten.

«Wozu soll das gut sein?», fragte Hans Baenschi.

«Vergiss nicht», sagte Dusch, «ich bin Künstler. Ich will den Leuten was bieten für ihr Geld. Und die zwei Herren hier sind meine Assistenten.»

«Sie bekommen einen stilvollen Abgang», sagte Dr. Winter.

«Das ist kein Abgang», sagte Dusch. «Wir machen dich zu einem neuen Menschen. Habe ich Recht, Dr. Winter?»

«Sie sind zu schade für die», sagte Dr. Winter und trat an Hans Baenschi heran, um den Kragen des Sakkos zu richten.

«Wer sind: *die*?», fragte Hans Baenschi.

«Kommt, Kinder: Beeilung, wir haben keine Zeit zu verlieren», sagte Dusch und schob Hans Baenschi Richtung Tür.

An der Rezeption zahlte Dr. Winter seine Rechnung. Dann schob er dem mürrischen Kerl ein paar Extra-Scheine über den Tresen und zwinkerte ihm zu. Der Mann grinste und stecke das Geld in seine Kitteltasche.

Auf dem Hof standen drei Fahrzeuge: ein koreanischer Kleintransporter, Hans Baenschis Dienstfahrzeug und ein weiterer Van, der dem Dienstfahrzeug zum Verwechseln ähnlich sah.

«Ihr nehmt den Van», sagte Dusch, «und Dr. Winter fährt. – Den hier», er deutete auf den Dienstwagen, «werden wir versenken.» Er warf Dr. Winter die Schlüssel zu.

«Wir sehen uns im Schwarzwald, Baby», sagte Dusch zum Abschied und umarmte Hans Baenschi.

Und dazu war es am nächsten Tag tatsächlich gekommen. Seither lebte Hans Baenschi in Dr. Winters Luxusbunker, war als dessen Privatsekretär angestellt und bezog ein Gehalt, das um einiges höher war als seine Beamten-Bezüge vormals. Und schon die waren nicht ohne gewesen.

Sorge bereiteten ihm lediglich die ehemaligen Kollegen, doch als Hans Baenschi Dr. Winter daraufhin ansprach und fragte, ob es nicht besser sei, unterzutauchen, statt in der einschlägig bekannten Villa zu wohnen, wiegelte dieser ab: Er könne ihm glauben, er sei hier in Sicherheit. Dusch dagegen hatte behauptet, dass auch Furcht zum Abenteuer gehöre, und ihm zugezwinkert.

War Hans Baenschi die ersten Tage noch vorsichtig gewesen, hatte er von seiner Terrasse aus mit dem Feldstecher die Gegend abgesucht, ohne etwas zu entdecken, so verhielt er sich bereits nach einer Woche wieder, als sei nie etwas gewesen, als sei das, was er hier machte, selbstverständlich. Wenn sie ihn haben wollten, kriegten sie ihn sowieso, und schließlich gehörte auch die Fähigkeit, sich überraschen zu lassen, zum Abenteuer.

«Wie geht es Ihnen heute Morgen, junger Mann?» Dr. Winter hatte die Zeitung sinken lassen und sah Hans Baenschi an.

«Prächtig, Dottore», sagte dieser und blinzelte in die Sonne, die durch die Fensterfront der Küche hereinfiel.

«Haben Sie schon die Handwerker verständigt, wegen der Schäden?», sagte Dr. Winter.

Es war eigentlich nicht der Rede wert: Das Beben hatte lediglich den Carport etwas verrückt. Der stand jetzt windschief, einer der vier Stützpfeiler drohte wegzubrechen. Ansonsten hatte Hans Baenschi keine Schäden entdecken können.

«Bereits gestern erledigt», sagte er, «die Zimmerleute kommen morgen, gegen Mittag.»

«Gut, gut, sehr schön», sagte Dr. Winter, «waren Sie auf der Bank?»

«Der Koffer steht in Ihrem Arbeitszimmer. Alles arrangiert, wie von Ihnen gewünscht.»

«Fein, dann beeilen Sie sich. Wir haben noch einen Besuch zu erledigen.»

«Aye, aye, Sir», sagte Hans Baenschi und salutierte, «ich fahre den Wagen vor.»

# Verschüttet

**Lassen Sie mich** an dieser Stelle aus dem Bericht des Landes-erdbebendienstes am Regierungspräsidium F*burg zitieren:

«Hunderte besorgter Bürgerinnen und Bürger meldeten sich bei Polizeidienststellen, Feuerwehren, Radiosendern und berichteten von heftigen Erschütterungen über eine Dauer von ca. 5 bis 10 Sekunden.»

Weiter hieß es, man habe ca. 1000 E-Mails bekommen, in denen die Menschen ihre Eindrücke schilderten: Sie seien durchgeschüttelt worden, es habe sich angefühlt, als sitze man auf einer schleudernden Waschmaschine, als wenn ein LKW gegen das Haus gefahren wäre, Lampen hätten geschaukelt, Bücher seien aus den Regalen gefallen, Haustiere verstört ge-wesen. Es habe gescheppert, gegrollt, gedonnert und gerollt. Die Überlegungen zur Ursache des Bebens seien noch nicht abgeschlossen. Ein Zusammenhang mit der Grabentektonik des Oberrheingebietes liege jedoch nahe.

Mit einem Wort: Es war eines der schwersten Beben, die je in dieser Gegend registriert worden waren, es besaß eine Stärke von 5,6 auf der Richterskala, und es gab – Gott sei Dank – nur ein Opfer mit ernsthafteren Verletzungen: unse-ren Freund Bender.

Ein Landwirt hatte den um Hilfe Rufenden gehört und die Feuerwehr verständigt, die ihn mittels Kettensägen und Stemmeisen aus dem morschen Holz befreite und in das St.-Josefs-Krankenhaus nach F\*burg brachte. Dort diagnostizierte man neben Schürfwunden und Prellungen auch eine mittlere Gehirnerschütterung und teilte ihm mit, er müsse mindestens zwei Tage unter ärztlicher Beobachtung bleiben. Dass er über keine Papiere verfügte – die waren, wie wir wissen, in der Wohnung seines Großvaters verbrannt –, schien niemanden zu stören. Nach erster Behandlung und Medikation wurde er in einem Zweibettzimmer untergebracht, das über ein eigenes Bad und einen Fernseher mit Kabelanschluss verfügte. Das zweite Bett – Glück im Unglück – war und blieb leer.

Am nächsten Tag bereits kam unerwarteter Besuch, zu einem unpassenden Zeitpunkt. Bender hatte sein elektrisch verstellbares Bett in eine 75-Grad-Position gebracht und stocherte eben mit der Gabel im Mittagessen herum (Reis, Erbsen und Möhren, plus: ein Hühnerfrikassee, in dessen sämiger Soße allerlei Knorpel lauerten), als es klopfte, eine Schwester den Kopf zur Tür hereinstreckte und dem lustlos Kauenden entgegenrief: «Besuch für Sie, Herr Bender!» Dann war ihr Kopf wieder verschwunden, und im nächsten Moment erschien ein riesiger Sommerblumenstrauß im Türrahmen, dem ein korpulenter, schwitzender Mann im taubenblauen Anzug folgte. In der anderen Hand trug er eine Plastiktüte, auf die ein grinsendes grünes Schwein gedruckt war. Dem Dicken wiederum, er stellte sich später als Landrat des Kreises vor, in dem Bender verunglückt war, folgten die Lokalreporterin einer F\*burger Zeitung, ein rührendes Ding, Mitte zwanzig, Absolventin einer Journalistenschule, die heilige Einfalt in Stöckelsandaletten und Miss-Sixty-Top, sowie ein Fotograf, Ende vierzig, schlecht gelaunt und unrasiert, einer dieser Typen, die sich tief in ihrem Herzen zum

Kriegsfotografen berufen fühlten – schon die Combat-Weste im Camouflage-Look deutete darauf hin –, es aber nie auch nur in die nächstgrößere Stadt geschafft hatten und nun beleidigt von Seuchen dahingerafftes Geflügel ablichteten oder Opfer unterschiedlichster Unfälle. An diesem Tag war es eben Bender.

Der Fotograf riss Bender das Essgeschirr aus der Hand, drückte ihm den Blumenstrauß des Landrats in die Arme und tupfte ihm, leise fluchend, den Schweiß vom Gesicht, der unserem Berliner Freund ob der drei Eindringlinge aus allen Poren trat. Dann beugte sich der Landrat zu Bender herunter, der Fotograf knipste, gab drei-, viermal Anweisung, Positionen und Mimik zu verändern, drückte wieder und wieder auf den Auslöser und war nach kaum zehn Minuten als Erster verschwunden. Der Landrat hatte es gleichfalls eilig: Er setzte zu einer kurzen Rede an, in der er zunächst sein Bedauern über das Unglück zum Ausdruck brachte und sodann die Schönheiten der heimatlichen Landschaft pries, wobei er komischerweise nicht Bender ansah, sondern die junge Lokalreporterin, die während seiner Ansprache strahlte wie ein Honigkuchenpferd. Als er zum dritten Punkt seiner Rede kam, der Qualität der einheimischen Küche, wandte er sich doch noch Bender zu, während er in der Plastiktüte mit dem grinsenden Schwein drauf nestelte, um schließlich einen schwarzen, in Folie geschweißten Klumpen herauszuziehen, der sich als ein gutes Kilo Schwarzwälder Schinken entpuppte, das Beste, wie Rock später sagte, was diese Gegend hervorzubringen imstande sei.

Der Landrat legte den Schinken auf das Nachtschränkchen, wünschte Bender gute Besserung und streckte ihm zur Aufmunterung den gereckten Daumen entgegen. Bevor er die Tür hinter sich zuzog, nickte er der Lokalreporterin zu.

Diese entnahm ihrer gefakten Louis-Vuitton-Handtasche statt eines Diktiergerätes, wie es Bender bei jemandem wie ihr vermutet hatte, Block und Bleistift und fragte ihn nach Alter, Name, Beruf etc., wobei sie sich einen Kiekser des Entzückens nicht verkneifen konnte, als er vorgab, Journalist zu sein.

«Oh, ein Kollege», sagte sie, «wie schön.»

«Sozusagen», relativierte Bender vorsichtig.

«Und für wen arbeiten Sie?», fragte sie.

«Och», sagte Bender, «für Hinz und Kunz.»

Dann setzte die Lokalreporterin wieder eine seriöse Miene auf: Was er gedacht habe, als die Mühle über seinem Kopf zusammengebrochen war, wollte sie wissen, und ob er vorher schon etwas bemerkt habe.

«Was soll ich bemerkt haben?», fragte Bender

«Na, vor dem Beben», sagte die Lokalreporterin, «irgendein Ruckeln oder so.» Und warum er vor dem Unwetter ausgerechnet in die baufällige Sägemühle geflüchtet sei.

Bender versuchte wahrheitsgemäß auf den Quatsch zu antworten und bejahte selbst die unsinnige Frage, ob es das erste Erdbeben gewesen sei, dem er zum Opfer gefallen war.

Dann erkundigte sie sich, ob ihm das Krankenhaus zusage und ob er mit der Betreuung zufrieden sei.

Die Betreuung sei gut, sagte Bender, aber das Hühnerfrikassee wimmle vor knorpeligen Stückchen. Falls sie einen Blick darauf werfen wolle, die Reste befänden sich noch auf dem Teller, dort, auf dem Kissen des Nachbarbettes, wo ihn ihr verehrter Kollege abgestellt habe. Und überhaupt: Hätte ihn nur eines dieser Scheiß-Autos am Tag des Bebens ein Stück mitgenommen, müsste er nicht hier herumliegen und dämliche Fragen beantworten.

«Oh», sagte die Lokalreporterin erneut und stimmte ein Mädchenkichern an, weswegen Bender umgehend bereute, aus der Haut gefahren zu sein.

«Nein, nein», sagte Bender, «was die Betreuung angeht, da gibt es nichts zu meckern. Und wenn man kein Frikassee mag, kann man ja immer noch Reis und Gemüse ...»

«Ich denke, Sie brauchen Ruhe», unterbrach die Lokalreporterin seinen Satz und packte ihr Handwerkszeug zurück in die Tasche, «der Stress, die Verletzungen.»

«Vermutlich haben Sie Recht», sagte Bender und griff nach der Fernbedienung, um den Liegewinkel des Bettes zu verkleinern. «Danke.»

Zu dem Fernsehteam, das ihm die Schwester für den Nachmittag angekündigt hatte, war Bender höflicher, wenngleich es fast zwei Stunden in seinem Zimmer verbrachte.

Es war schon nach zehn Uhr am Abend – Bender zappte sich gerade durch die Kabelkanäle –, als Rock anrief. Er hatte den Bericht im Lokalfenster des dritten Programms gesehen und wollte sich erkundigen, wie es Bender gehe. Er habe ihn schon vermisst. Auch die anderen seien nicht mehr auf der «Neuen Erde» aufgetaucht seit dem Tag des Bebens, weder Ramona noch Lydia oder die kleine Maylandia. Weswegen er heute beschlossen habe, ins Haus seiner Eltern umzuziehen, von wo aus er auch anrufe.

«Meine Mutter hat mich mit dem Audi abgeholt», sagte Rock, «und dann warst du heute im Fernsehen. Das einzige Opfer. Ich lach mich schlapp.»

«Dann sind jetzt alle weg?», sagte Bender, den Telefonhörer unters Kinn geklemmt, während er weiter den Programmvorlaufknopf der Fernbedienung drückte.

«Sieht so aus», sagte Rock, «ich komm morgen mal vorbei. Hau rein, Alter.»

«Tu das», sagte Bender und legte auf.

Als der erste Blitz gezuckt und kurz darauf ein Donnerschlag die «Neue Erde» erschüttert hatte, hauchte Manuela, unser proletarischer Wonneproppen, gerade etwas wie *jah, jah, jah!* in Rocks Ohr. Er hörte darüber hinweg, denn er rackerte und bemühte sich redlich, war aber ein ums andere Mal irritiert von der Teufelsfigur, die auf ihren rasierten Venushügel tätowiert war und einen Dreispitz in der Hand hielt, der nach unten zeigte, genau dorthin, wo Rock jetzt in Manuela drinsteckte.

Dem Geschlechtsakt, den sie in der Scheune durchführten, auf einer Art Werkbank, die Rock vorher flüchtig von Strohhalmen und Staub befreit hatte, war ein mehrstündiges Vorspiel vorangegangen, das in der Hauptsache darin bestanden hatte, gemeinsam zwei Flaschen Bordeaux – Grand Cru – zu trinken und sich zu unterhalten. D. h., die meiste Zeit hatte Rock das Wort geführt, oder um es bösartig zu formulieren: Er hatte sich Manuela gefügig gequatscht, von Büchern erzählt, von Berlin, von irgendwelchen Klubs und Kneipen und Festivals und Ausstellungen, von den Möglichkeiten, die die Stadt angeblich bot – das Anarchische, die Freiheit, die Selbstverwirklichung, die allen offen stehe, selbst jemandem wie ihr, etc. Er hatte Verständnis geheuchelt, als Manuela die eigene Situation schilderte, die Provinz, das Arbeitsamt, er hatte Worte des Mitgefühls gefunden, während er sich permanent bemühen musste, nicht in ihr Dekolleté zu starren. Und, ja: Er hatte sich schäbig dabei gefühlt, anfangs jedenfalls, der Wein jedoch half ihm, die simulierten Gefühle bald für echte zu halten. Eins war zum anderen gekommen, und dann, als es schließlich vorbei war und die Scheune unter den ersten Erdstößen zu wackeln begann und einige Geräte umfielen und Heu vom Heuboden rieselte, erinnerte sich Rock daran, dass es Manuela war, die den ersten Schritt getan hatte: Sie war ihm mit der Hand durch die Haare gefahren. Das erleichterte sein Gewissen.

Rock sagte zu Manuela, sie solle auf ihr Zimmer gehen, es sei zu gefährlich hier in der Scheune, er kenne das: Es gebe meist eine Reihe von Nachbeben, die man nicht unterschätzen dürfe. Manuela zog die Jeans über ihren Hintern, gab Rock einen Kuss und sagte «Bis morgen».

Die Ferienwohnung war leer, draußen tobte das Unwetter, die Wände wackelten. Rock machte sich eine weitere Flasche Bordeaux auf, trank zwei Gläser und schlief, am Küchentisch sitzend, den Kopf auf die Platte gelegt, ein. In der Nacht schaffte er es irgendwie in sein Bett, wo er recht früh am nächsten Morgen erwachte. Nach wie vor war keiner von den anderen da, weder der T3 noch der Fiat Panda seiner Mutter parkten vor dem Haus. Rock machte sich Rühreier und Kaffee. Erst jetzt bemerkte er, dass diverses Geschirr zerbrochen auf dem Boden lag. Auch in den anderen Zimmern waren Möbel verrückt oder umgefallen, Bilder hatten sich von der Wand gelöst oder hingen schief. Es sah aus, als hätte eine Horde Teenager eine Party gefeiert.

Mit dem Frühstück setzte er sich auf die Treppe des Aufgangs, Manuela begegnete er an diesem Morgen nicht. Zum Glück.

Als gegen Mittag noch immer niemand aufgetaucht war, rief Rock bei seinen Eltern an. Seine Mutter nahm den Hörer ab. Als sie ihn erkannte, schaltete sie ihre Stimme auf *besorgt* um.

Warum er nicht angerufen habe, fragte sie.

Warum *sie* nicht angerufen hätten, entgegnete Rock, sie würden schließlich die Nummer der Ferienwohnung kennen. Und wenn es darum gegangen war, sich mit Lydia und Maylandia zu verabreden, hätten sie bis zum Erbrechen diese Nummer gewählt.

Ach, Junge, sagte seine Mutter.

Wo sich seine Tochter eigentlich befinde, fragte Rock, er sei mittlerweile der Einzige hier oben auf der «Neuen Erde». Und: Er sitze fest, beide Autos seien verschwunden.

Der VW-Bus, sagte seine Mutter, stehe bei ihnen vor der Tür. Ein armstarker Ast sei während des Unwetters abgebrochen und habe Teile des Daches beschädigt. Die Frontscheibe habe einen Sprung, der aussehe wie ein Spinnennetz, aber fahrtüchtig sei der T3 allemal. Was nun seine Tochter Maylandia betreffe bzw. Lydia, deren Mutter …

Verfluchte Schlampe, dachte Rock, nachdem ihm seine Mutter erzählt hatte, warum Lydia und seine Tochter nicht mehr aufgetaucht waren.

Gleich am ersten Tag, bei einem gemeinsamen Ausflug ins Freibad, war es passiert: Lydia lernte einen Mann kennen, am Eiswagen, wo er mit seinem vierjährigen Sohn an der Hand in der Schlange vor ihr wartete. Über Maylandia, die auf Lydias Schultern saß, kamen sie ins Gespräch und stellten schnell fest, dass sie beide in keiner festen Beziehung lebten und beide allein erziehend waren – er war geschieden, betreute seinen Sohn die halbe Woche. Lydia lud ihn ein, sich auf der Liegewiese zu ihnen zu gesellen, wo sie ihn den Buntrocks vorstellte. Man plauderte, die Kinder planschten im Schwimmbecken, und als es gegen Abend kühler wurde, beschloss man, den Tag auf der idyllischen Terrasse einer Pizzeria ausklingen zu lassen.

So hatte es begonnen, und auch in den folgenden Tagen

waren sie gemeinsam unterwegs gewesen: in einem kleinen Tierpark, zu einer Spritztour ins Elsass und immer wieder im Schwimmbad.

Lydia und ihr neuer Bekannter verstanden sich so gut, dass sie bereits nach einer Woche beschlossen, gemeinsam Urlaub zu machen, auf einem Chalet in der Schweiz, das sie für fünf Tage gemietet hatten und wo sie sich nun, samt der beiden Kinder, aufhielten.

«Du kennst ihn übrigens», sagte Rocks Mutter, «es ist Dr. F*, der Ingenieur. Er war zwei Jahrgangsstufen über dir.»

«Das fehlte noch», sagte Rock, «die passen doch gar nicht zusammen. F*, dieser verdammte Spießer.»

«Wo die Liebe hinfällt», sagte seine Mutter. «Die Kinder verstehen sich jedenfalls prächtig.»

«Maylandia ist viel zu klein für diesen Scheiß», sagte Rock. «Und du und Papa habt das die ganze Zeit gewusst! – Ihr wart sogar dabei!»

«Es geht nicht um uns», sagte seine Mutter, «es geht um Maylandia. Die Kleine hat es schwer genug. Da solltest du deine Eifersüchteleien hintanstellen.»

«*Eifersüchteleien*», wiederholte Rock höhnisch, «als ob es *da*rum geht. Sie hätte mir Bescheid sagen müssen.»

«Das solltet ihr unter euch ausmachen», sagte seine Mutter, «rein rechtlich jedenfalls muss sie es nicht: Du hast weder das Sorgerecht, noch darfst du über Maylandias Aufenthalt bestimmen.»

«Okay, okay», sagte Rock, um das unerfreuliche Thema zu beenden, «kannst du mich abholen?»

«Sobald dein Vater von der Polizei zurück ist», sagte seine Mutter.

Ein Beamter hatte am Vortag, ca. eine Stunde vor Beginn des Bebens, bei den Buntrocks angerufen. Bei einer Routinekontrolle die Verkehrssicherheit betreffend – vor allem das Profil der Reifen sowie das Vorhandensein eines vollständigen Verbandskastens, der übrigens ebenso fehle wie das vorgeschriebene Warndreieck, doch das nur nebenbei – bei dieser Überprüfung des auf Frau Buntrock zugelassenen Wagens jedenfalls sei eine weibliche Person aufgegriffen worden, die nicht nur keine Ausweispapiere und keinen Führerschein mit sich geführt, sondern aus einer offensichtlichen Verwirrung heraus die kontrollierenden Beamten zudem unflätigst beschimpft habe. Bei ihrer Festnahme dann habe sie um sich geschlagen und sogar versucht, die Beamten zu beißen und zu kratzen. Sie müsse mit mehreren Anzeigen rechnen. Sollte er, Herr Buntrock, jedoch ihre Aussage bestätigen können, dass sie mit dem Einverständnis seiner Frau den PKW geführt habe, wie sie behauptete, werde man sie vorerst nach Berlin fahren lassen, wo sie vorgab zu wohnen und tatsächlich gemeldet war, wie eine Anfrage bei der dortigen Behörde ergeben hatte.

Herr Buntrock bestätigte Ramonas Identität, berichtete von dem Feuer, bei dem vermutlich die Papiere verbrannt seien, und ließ überdies ein paar beschwichtigende Worte fallen. Der Beamte am anderen Ende der Leitung zeigte sich zufrieden. Herr Buntrock sagte, er werde unverzüglich den Wagen abholen, dann aber war das Beben dazwischengekommen.

Am nächsten Tag stand Bender auf, warf einen Bademantel über das Nachthemd und lungerte nach dem Frühstück im kleinen Park des Krankenhauses herum. Seine Werte waren ordentlich gewesen, er fühlte sich gut, hatte keine Kopfschmerzen mehr, und das Einzige, was noch von seinem Unglück in der Sägemühle zeugte, waren die Blessuren im

Gesicht, die ihm allerdings das gefährliche Aussehen eines Schlägers verliehen. Der Dienst habende Arzt hatte auf seine Frage, wann er entlassen werden könne, geantwortet: morgen.

Bender saß gerade auf einer Parkbank, warf hin und wieder einen Blick in die Regionalzeitung, deren bestimmendes Thema weiterhin das Erdbeben war, eigentlich aber wartete er auf das Mittagessen, das gegen halb zwölf serviert wurde – für heute stand Zürcher Geschnetzeltes auf dem Speiseplan, wahlweise mit Reis oder Rösti, dazu grüner Salat –, als durch das schmiedeeiserne Eingangsportal, das er von seinem Platz aus gut sehen konnte, ein seltsames Paar trat, ein Duo vielmehr. Zwei Männer, beide groß gewachsen, beide trotz der Hitze in dunkle Anzüge gekleidet, weiße Hemden, jedoch ohne Krawatten, beide mit Sonnenbrillen vor den Gesichtern. Sie wirkten wie Emissäre, die kurz vor der Geldübergabe standen, und der eine trug tatsächlich einen schwarzen Aktenkoffer mit sich. Als sie die Hälfte des Weges zwischen Portal und der Bank hinter sich gebracht hatten, erkannte Bender, wer sich hinter der tropfenförmigen Sonnenbrille verbarg. Eigentlich hatte er es schon gewusst, als die beiden Gestalten durch das Portal getreten waren. Das Hinken des einen, vorweg Laufenden, das zuzuordnen ihm vor zwei Tagen im Supermarkt noch so viel Mühe bereitet hatte, war der Anhaltspunkt: Es war Dr. Edgar Winter.

«Ich habe keine Blumen für Sie, junger Mann, aber ich habe das hier», sagte Dr. Winter, nachdem er herangekommen war, seine Sonnenbrille abgenommen und im Sakko verstaut hatte. Er gab dem anderen Mann ein Zeichen. Der trat vor, nahm gleichfalls seine Sonnenbrille ab und grinste Bender an.

«Mein Privatsekretär», sagte Dr. Winter.

«Angenehm», sagte Hans Baenschi und reichte Bender die Hand, «wir sind uns schon begegnet. Auf der Trauerfeier Ihres Großvaters, falls Sie sich erinnern.»

«Stimmt», sagte Bender und zog die Schöße des weißen Bademantels über seinen nackten Knien zusammen.

«Und Ihr Großvater, wenn Sie so wollen, ist auch für unser heutiges Treffen verantwortlich», sagte Dr. Winter. Er deutete auf den Koffer, den Hans Baenschi so vorsichtig, als enthalte er kostbare Fayencen, neben Bender auf die Bank legte.

«Öffnen Sie, er gehört Ihnen», sagte Dr. Winter. Er ließ sich ebenfalls auf der Bank nieder. «Möglicherweise hat Ihr Großvater erwähnt, dass Sie etwas Bargeld zu erwarten haben.»

«Nicht direkt», sagte Bender. Er nahm den Koffer auf den Schoß und ließ die goldenen Schlösser aufschnappen. Die weinrote Seide, mit der das Innere ausgeschlagen war, kontrastierte vorzüglich mit den Grüntönen der nagelneuen Banknoten, die in perfekten Stapeln den Boden des Koffers bedeckten: eine Augenweide.

«Dollars?», fragte Bender und sah Dr. Winter an.

«Ja, mein junger Freund», sagte Dr. Winter, «Ihr Großvater hat mir seinerzeit sehr geholfen, und ich, als Gegenleistung – habe für ihn das Geld aufbewahrt.»

«Wieso aufbewahrt? Was für Geld?», fragte Bender.

«Eine lange Geschichte», sagte Dr. Winter, «lassen Sie es mich so formulieren: Das Geld war seine Obsession.»

«Eine Art Fetisch», sagte Hans Baenschi und sah Dr. Winter an.

«Nun, wenn man es so ausdrücken will», sagte Dr. Winter: «Es hat Ihrem Großvater das Leben verschönert, und wissen Sie, warum? Weil er es besaß und dennoch nicht darüber verfügen konnte.»

«Ich hab keine Ahnung, wovon Sie reden», sagte Bender.

«Es war seine Utopie. Sie wissen es ja selber: Die Zeiten waren andere, der Sowjetkommunismus, die Deutsche Demokratische Republik. Diese Dollars waren der Strohhalm der Hoffnung für Ihren Großvater, all die Jahre hindurch, auch nach der Vereinigung des Vaterlandes», sagte Dr. Winter. «Und Ihnen, mein Freund, hat er diese Hoffnung vererbt.»

«Aber was ist mit der Story? – Die Geschichte dahinter? Mein Großvater hat da so was angedeutet in seinem Testament», sagte Bender.

Dr. Winter ignorierte den Einwurf und fuhr fort: «Sie, der Sie einer anderen Generation angehören, werden pragmatischer damit umgehen. Da bin ich mir sicher. Geld ist für Sie Geld.»

«Aber es geht mir nicht ums Geld, es geht mir um die Geschichte», insistierte Bender.

«Mit Verlaub, junger Mann: Das glaube ich Ihnen nicht, denn: Was wollen Sie mit einer Geschichte anfangen?», fragte Dr. Winter, und ohne Benders Reaktion abzuwarten, gab er selber die Antwort: «Genau: sie zu Geld machen. Das ist Ihr gutes Recht. Ich habe gehört, dass Sie Journalist sind, dann ist es sogar mehr als Ihr gutes Recht: Es ist Ihr Beruf. Aber erzählen Sie mir nicht, es gehe Ihnen nicht ums Geld.»

«Wie viel ist es denn?», fragte Bender. In der Krankenhauskantine wurde der Gong zum Mittagessen geschlagen.

«Zweitausend», sagte Hans Baenschi und setzte sich die Sonnenbrille wieder auf.


Bender entschied sich für Reis, gegen die Rösti als Beilage zum Geschnetzelten. Der Koffer stand während des Essens unter seinem Stuhl. Das Krankenhauspersonal, das hier speiste, warf ihm komische Blicke zu. Dann ging er auf sein

Zimmer, öffnete das Fenster, stellte den Fernseher an und legte sich hin. Das Geschrei der Vögel draußen im Park verschmolz mit dem TV-Gewäsch zu einem Singsang, der ihn rasch in den Schlaf stieß.

Als ihn Rock am späten Nachmittag weckte, waren die Kopfschmerzen zurück, nichts Schweres, nichts, das sich nicht mit Aspirin abstellen ließ. Bender läutete nach der Schwester, während Rock ihm die Ohren voll heulte, über Maylandia, über Lydia, über seine Eltern, die ihn verraten hätten. Bis er schließlich bei seinem Lieblingsthema anlangte: den Tücken des Lehrerberufes, denen er demnächst ausgeliefert wäre. Da hatte Bender bereits die zweite Aspirin intus, und draußen begann es zu dämmern.

An der Tür klopfte eine pflegerische Hilfskraft und fragte, ob Bender Tee wolle.

«Für mich bitte auch», sagte Rock. Dann zeigte er auf das Nachbarbett, wo Bender den Koffer abgelegt hatte: «Ist das deiner?»

«Mein Erbe», sagte Bender, der keine Lust hatte, Rock die Geschichte zu erzählen, die er selbst nicht kannte, d. h.: Er hatte keine Lust, sich dafür rechtfertigen zu müssen, *dass* er sie nicht kannte.

«Darf ich?», fragte Rock und hatte schon den ersten Verschluss aufschnappen lassen.

«Mach ruhig», sagte Bender.

«Dollars?», sagte Bender, nahm die Bündel heraus und schichtete sie zu einem unordentlichen Haufen.

«Zweitausend», sagte Bender.

«Sieht nach mehr aus, als es ist. Wenn du das umrechnest, bleiben dir …»

«Ja, ja, ich weiß», unterbrach ihn Bender, «leg das Geld zurück. – Bitte.»

«Aber wieso *Dollars*?», fragte Rock und warf die Geldbündel in den Koffer.

«Eine lange Geschichte», sagte Bender, «vielleicht ein andermal.»

Das liebevolle Arrangement Hans Baenschis jedenfalls war im Eimer: Die Scheine in den Bündeln waren verrutscht, einige der Banderolen, die sie zusammenhielten, angerissen, die Teile der Stapel nicht mehr deckungsgleich. Auf dem seidenen Innenfutter des Kofferdeckels prangte ein dunkler Teefleck, da Rock darauf bestanden hatte, aus der Schnabeltasse zu trinken. Er hielt das für einen guten Witz.

«Okay, Schluss jetzt», sagte Bender und klappte den Deckel zu, «ich kann morgen raus. Holst du mich ab?»

«Wann?»

«Gegen zehn.»

Erst gegen neun am nächsten Tag, als Bender seine Sachen packen wollte, merkte er, dass es nichts zu packen gab. Deshalb warf er lediglich die vom Krankenhaus spendierte Zahnbürste in den Geldkoffer. Dann entledigte er sich des Nachthemdes und zog seine Klamotten über, dieselben, in denen er verschüttet worden war. Zwar hatte sie eine der Schwestern in die Krankenhauswäscherei gegeben, von wo sie auch duftend und gebügelt zurückgekommen waren, doch einige verblasste, aber durchaus erkennbare Blutflecken auf dem T-Shirt, diverse Risse und Löcher und das zerfetzte Knie seiner Jeans zeugten noch von Benders Abenteuer in der Sägemühle. Egal, dachte er, zog die Sachen an und nahm den Koffer und den Schinken in der Tüte mit dem grinsenden Schwein drauf.

Vermutlich musste er sich irgendwo abmelden, das tat er allerdings nicht, sondern ging stattdessen in den Park und setzte sich auf dieselbe Bank, auf der ihn am Vortag Dr. Winter überrascht hatte. Um halb zwölf kam Rock durch das Portal geschlendert.

«Besser spät als nie», sagte Bender zur Begrüßung.

«Sorry, Alter», sagte Rock, «dafür können wir sofort los.»

«Was ist mit meinen Sachen», sagte Bender, «sind die noch oben, in der Ferienwohnung?»

«Schon erledigt», sagte Rock, «ist alles im T3.»

«Hast du 'ne Zigarette?»

«Ja», sagte Rock.

Sie rauchten.

«Und wo fahren wir hin?», fragte Rock, als er fertig war, und schnippte die Kippe in ein Rosenbeet.

«Nach Hause, würd ich sagen.»

«Nach Berlin?»

«Das meinte ich damit», sagte Bender.

«Und was ist mit Dusch?»

«Scheiß auf Dusch», sagte Bender, «mir reicht's.»

«Wir sollten wenigstens Guten Tag sagen und uns für die Einladung bedanken.»

«Er erwartet uns nicht, wir haben uns nicht angekündigt», sagte Bender, «es ist egal, ob wir Guten Tag sagen oder nicht.»

«Auf einen Kaffee», sagte Rock.


Das Schulhaus, das sich unsere Freunde als jahrhundertealtes, liebevoll restauriertes Gebäude vorgestellt hatten, entpuppte sich als grauer, einstöckiger Bau mit blinden Fenstern, der vermutlich Ende der fünfziger, Anfang der sechziger Jahre errichtet worden war. Oder in den Siebzigern. Eine lang gestreckte Baracke aus Stein mit Flachdach, die inmitten eines trockenen, unbefestigten Sandplatzes stand und, für eine

Schule seltsam genug, Kilometer entfernt von der nächsten Siedlung an einer schmalen Bergstraße lag.

Rock lenkte den T3 auf den Vorplatz, den man sich nur schwer als Pausenhof vorstellen konnte. Ein paar Bäume standen um das Schulhaus herum, sehr dürr, sehr blass das Grün im Kontrast zum satten Wald, der diesen Ort ringförmig umschloss: eine ausgetrocknete Lichtung.

Zwei Dinge fielen unseren Freunden auf, während sie vom T3 zum Schulhaus hinübergingen und der Boden unter jedem Schritt staubte: zum einen ein riesiger weißer Briefkasten, der an der Wand neben der Eingangstür befestigt war, zum anderen ein kleiner Turm, ca. drei Meter hoch, der mit Plastikplanen abgedeckt war.

«Steine», sagte Rock, nachdem er eine der Planen gelüftet hatte.

«Marmor», sagte Bender, «Dusch ist Bildhauer.» Es waren schneeweiße Quader.

Am Briefkasten war kein Namensschild angebracht, stattdessen klebte dort ein Sticker, auf dem in neugotischen Lettern «Das geheime Deutschland» stand, darunter klein «v. i. S. d. P.: Dusch», gefolgt von der Adresse des Schulhauses. Eine Klingel gab es nicht. Rock klopfte, erst sacht, dann heftiger. Drinnen tat sich nichts, durch die verdreckten Scheiben ließen sich nur Umrisse wahrnehmen: Möbel, Werkzeuge, Papierstapel, Bücher, ungeordnet, chaotisch. Dann drückte Rock die Klinke, doch die Tür war verschlossen.

«Wolltest du *hier* Urlaub machen?», sagte Bender.

«Keine Ahnung», sagte Rock.

Sie gingen ums Gebäude. An der Rückseite befand sich eine überdachte Terrasse, eine Art Freiluftatelier, von zwanzig mal fünf Metern. Davor stand ein Gabelstapler, mit dem Dusch offensichtlich die Marmorblöcke transportierte, um sie hier zu bearbeiten. Die gesamte Terrasse war übersät mit feinstem weißen Sand, mit demselben Marmormehl, das, zu einer Vielzahl mannshoher Haufen zusammengeschippt und -gekehrt, große Teile der Terrasse bedeckte, eine bizarre Kraterlandschaft aus Pulverhügeln, die, wie Rock feststellte, als er mit dem Finger in einen hineinbohren wollte, recht fest waren. Verschiedene Meißel und Hämmer hingen in einer Wandhalterung, elektrisches Werkzeug war keines zu sehen, dafür Schneeschieber und Straßenbesen. Es gab eine Gießkanne und einen Gartenschlauch, eine Sackkarre und einen Hubwagen, diverse Mörtelwannen, Maurerkellen und Schaufeln.

Während Bender versuchte, durch die rückseitigen Fenster einen Blick ins Gebäudeinnere zu erhaschen, stillte Rock seinen Durst aus dem Gartenschlauch. Unter das Plätschern des Wasserstrahls mischte sich plötzlich das Geräusch eines Wagens. Rock stellte den Wasserhahn ab, Bender trat vom Fenster zurück. Der Motor verstummte, man hörte die Schiebetür eines Kleintransporters aufgehen, dann einen dumpfen Ton, dann schlug die Tür wieder zu, der Motor wurde angelassen, und der Wagen entfernte sich.

Als sie wieder zur Eingangstür kamen, lagen unter dem Briefkasten zwei Stapel Zeitschriften, mit Bindfäden verschnürt. Sie waren an Dusch adressiert, aufgegeben von einer Druckerei in F*burg: «Das geheime Deutschland». Das Titelblatt zierte ein Emblem, ein Linol- oder Holzschnitt: Hammer und Meißel, gekreuzt in einem Zahnrad.

«Alter», sagte Rock und wurstelte ein Exemplar aus dem Paket, «sieht ziemlich faschomäßig aus.»

«Zeig her», sagte Bender und begann, das Editorial durchzulesen, während Rock ein zweites Heft aus dem Paket friemelte.

*«Es lebe das geheime Deutschland»*, sagte Bender, als sie wenige Kilometer südlich von F\*burg auf die A5 einbogen. Seine Sicht nach vorne war behindert, der Ast war auf die rechte Seite der Frontscheibe niedergegangen.

«Was?», sagte Rock und setzte den Blinker.

«Schreibt Dr. Winter in der Einleitung», sagte Bender und schwenkte die Zeitschrift.

«Dr. Winter?», sagte Rock und schaltete in den vierten Gang hoch.

*«Es lebe das geheime Deutschland!»*, schrie Bender.

Sie hatten Dusch eine Nachricht in den Briefkasten geworfen: dass sie da gewesen seien, dass sie nach Berlin zurückmüssten, dass er dort herzlich eingeladen sei, jederzeit. Aber ernst damit meinten es beide nicht.

Es herrschte kaum Verkehr, die Sonne knallte auf das Dach des T3, wie sie überhaupt seit dem Beben ununterbrochen geschienen hatte, von morgens bis abends. Rock kurbelte die Seitenscheibe herunter. Mit dem Luftzug drang auch das Dröhnen der Autobahn in die Fahrerkabine. An eine Unterhaltung war nicht zu denken, weswegen Bender dreimal Anlauf nehmen musste, ehe Rock sein Anliegen verstand: «Wir fahrn in die falsche Richtung.»

«Was?», schrie Rock.

«Die *Richtung*», schrie Bender.

«Ich versteh dich nicht», schrie Rock.

«Die *Richtung* ist falsch», schrie Bender noch lauter, «hier lang geht's in die Schweiz. Oder nach Frankreich.»

«Scheiße», sagte Rock, «lass uns mal anhalten. Ich hab Hunger. – Wir müssen sowieso tanken.»

Sie bogen an der nächsten Raststätte von der A5: «Schauinsland West».

Rock tankte den T3 voll.

«Ich bin pleite», sagte er, als er aus dem Tankshop vom Bezahlen zurückkam, und schüttelte in der hohlen Hand ein paar Kupfermünzen. «Gut, dass du geerbt hast.» Er grinste.

«Stimmt», sagte Bender, «lass uns was essen gehen.»

Sie stellten den T3 auf dem Parkplatz ab, dann liefen sie rüber zum Selbstbedienungsrestaurant. Drinnen war es kühl, nur wenige Tische waren besetzt, Radiomusik lief. Am Buffet war niemand, die Kassiererin feilte ihre Fingernägel.

Rock nahm sich ein Tablett, packte Bratwurst, Kartoffel-salat und eine große Flasche Cola drauf und ging zur Kasse.

Die Kassiererin tippte die Beträge ein: «Macht neunfünf-undfünfzig», sagte sie.

«Mein Kumpel zahlt für mich mit», sagte Rock und zeigte auf Bender, der sich gerade eine Kelle Gulaschsuppe auf den Teller tat.

«Geht klar», sagte Bender.

«Beeilen Sie sich bitte», sagte die Kassiererin.

«Wieso?», sagte Bender, «hier ist doch sonst keiner.»

Rock hatte sich unterdessen an einen der Tische gesetzt, verschlang gierig die Bratwurst und las nebenbei das Edito-rial des «Geheimen Deutschlands».

Bender goss sich einen Kaffee ein, nahm ein Brötchen und ging ebenfalls zur Kasse.

«Sechszweiundvierzig plus neunfünfundfünfzig», sagte die Kassiererin, «macht zusammen: fünfzehnsiebenund-neunzig. – Den Bon?»

«Nein danke», sagte Bender, hob den Koffer auf den Kas-sentisch und ließ die Schlösser aufschnappen. Er hatte keine Ahnung, wo genau der Dollarkurs stand, deshalb nahm er großzügig den Faktor 1,5 und multiplizierte damit die auf-gerundeten 16 der Rechnung, das ergab …

«Wird das heute noch was», störte die Kassiererin seine Kopfrechenübung.

«Moment noch», sagte Bender ... ergab ... genau: 24. Da jedes der Geldbündel 10 Dollar in Einerscheinen enthielt, nahm er zwei Bündel aus dem Koffer und zählte fünf Scheine aus einem dritten auf den Tisch. Er riss die Banderolen ab, gab die 25 Banknoten der Kassiererin und sagte: «Stimmt so.»

«Was soll das?», sagte die Kassiererin.

«Fünfundzwanzig Dollar», sagte Bender, «das ist um einiges mehr als sechzehn Euro.»

«Sie *können* hier nicht mit Dollars bezahlen.»

«Ich hab kein anderes Geld.» Bender sah zu Rock hinüber, der kauend im «Geheimen Deutschland» las.

«Dann will ich Ihren Ausweis sehen», sagte die Kassiererin.

«Ich glaube nicht, dass Sie dazu befugt sind», sagte Bender, verschloss den Koffer und nahm ihn in die Hand.

«Jetzt reicht's», sagte die Kassiererin und zog ein Handy aus ihrer Kitteltasche, «ich rufe die Polizei!»

«Drecksladen», sagte Bender, stopfte sich die 25 Dollar in die Hosentasche und rief zu Rock rüber: «Lass uns abhauen.»

Die Kassiererin wählte eine Nummer.

Rock stand auf, nahm das «Geheime Deutschland» und ging schnurstracks aus dem SB-Restaurant. Bender folgte ihm mit zügigen Schritten.

Die Kassiererin schrie: «Halt!», blieb aber sitzen.

Sie waren fast beim T3 angekommen, als Bender dicht hinter sich eine Stimme hörte, rau, proletenhaft: «Moment mal, Freundchen.» Jemand legte ihm die Hand auf die Schulter. Bender drehte sich um: kariertes Hemd, hochgekrempelte Ärmel, speckige Jeans, dämliche Baseball-Kappe, ein Fernfahrer vermutlich.

«*Was?*», sagte Bender.

«Du hast die Zeche geprellt», sagte der Kerl.

«Leck mich», sagte Bender.

Und hatte das kaum ausgesprochen, als schon die Faust des anderen auf seine Nase niederging. Die sofort zu bluten begann. Das frische Blut tropfte auf die halbwegs ausgewaschenen Flecken auf dem T-Shirt.

Der Fernfahrer trat einen Schritt zurück, als wolle er sein Werk begutachten – die perfekte Entfernung: Bender krampfte die Hand um den Koffergriff und holte aus, er legte alle Kraft, die er hatte, in diesen Schwung.

Und während er ausholte, schoss ihm ein Gedanke durch den Kopf: Was würde passieren, wenn der Koffer aufginge, wenn die Bündel herausfielen, sich Scheine lösten, ein Wagen darüber führe, der Fahrtwind eines vorbeikommenden LKWs das Geld in alle Winde verwirbelte?

Doch der Koffer ging nicht auf, war nicht einmal verbeult. Denn Hans Baenschi hatte 1A-Qualität besorgt, das Beste vom Besten, deutsche Wertarbeit, handgenäht, hieb- und stichfest, Aluminium mit eisenverstärkten Kanten: Darauf hatte Dr. Winter bestanden.

Der Fernfahrer, an der Stirn getroffen, ging zu Boden.

«*Es lebe das geheime Deutschland!*», schrie Bender ihn an und wischte sich mit dem Handrücken das Blut von der Lippe.

«Genau, du Arschloch», schrie Rock und trat dem gefallenen Helden der Landstraße zum Abschied in den Magen.

## Tilman Rammstedt
## Wir bleiben in der Nähe

Felix, Konrad und Katharina waren mal Freunde, aber irgendwann lief das nicht mehr. Nach Jahren bekommen Felix und Konrad Post. Eine Einladung: Katharina heiratet irgendeinen Tobias. «Tilman Rammstedt ist der Erzähler einer neuen Zeit.» (Welt am Sonntag)
Roman, rororo 24402

# Junge deutsche Literatur

## Kirsten Fuchs
## Die Titanic und Herr Berg

Die Angst des Eisbergs vor dem Untergang. Eine junge Frau – Sozialhilfeempfängerin – verliebt sich in einen nicht mehr jungen Mann, ihren Sachbearbeiter. Daraus folgt die Kollision zweier Welten und Wahrnehmungen, wie sie unterschiedlicher nicht sein könnten. Natürlich droht ein Unglück, denn sie ist die Titanic und er heißt: Herr Berg ...
Roman, rororo 24084

## Uwe Tellkamp
## Der Eisvogel

Wiggo Ritter, ein junger Mann aus gehobenen Verhältnissen, liegt schwerverletzt im Krankenhaus und schildert seinem Verteidiger, warum er töten musste. Enthüllt wird eine faszinierende Geschichte von Sehnsucht, Verrat und verhängnisvoller Liebe. Vom Bachmann-Preisträger Uwe Tellkamp.
Roman, rororo 24235

.Weitere Informationen in der Rowohlt Revue oder unter www.rororo.de